KB193572

그때, 그 아이

김화성

삶의 고통은 훈장이요 면류관이다.
가자, 또 가자, 길가메시처럼 나아가자.
두려워하지 말라.
거기에 삶의 존재 의미가 있다.
Dum spiro spero! 둠 스삐로 스뻬로
살아있는 한, 희망은 있다.
나는 아직 살아있다.

– 본문 중에서 –

가슴이 시키는 대로 살아온

그때,
그 아이

하루가 전 생애인 것처럼,
오늘이 마지막 날인 것처럼 살고 싶었던 그 아이에게

프롤로그

....

일요일 아침 아내는 교회에 간다.

카페를 하는 아내에게 이 시간이 유일한 휴가다.

일요일 오전에 카페에 오는 손님은 거의 없다. 있다손 치더라도 아내가 교회에서 돌아올 때까지 기다려야 한다.

내 손질이 투박해 커피 맛을 변질시킬 수 있다는 이유로 아내가 커피머신에 손도 대지 못하게 하여 나는 커피를 만들지 못한다. 내가 하는 일은 깡통을 따는 일이나 장작을 패는 일, 난로를 피우거나 수영장 바닥을 청소하는 일 등, 옛날 머슴들이 하는 일이 대부분이다. 이 일을 해결하면 하루 세 끼는 문제 없이 보장된다.

요즘 벌이가 시원찮다고 점심은 합의 하에 건너뛰기로 하여 두 끼로 줄었다.

말러(Mahler)나 리스트(Liszt)를 들으며 나는 텅 빈 카페에 홀로 앉아 글을 쓴다. 주로 오전에 글을 쓰는데 이 시간이 내겐 가장 행복한 시간이다.

'천국은 거대한 도서관에 지나지 않을 것'이라는 말처럼 책을 읽을 수 있고 글을 쓸 수 있는 공간이 있다면 나는 지옥의 뱃사공 '카론'이라도 따라나설 것이다.

걱정 근심이 없는 곳이라느니 안개꽃이 만발한 꽃동산일 거라는 따위가 천국이라면 나는 사양한다. 매주 일요일 오전 아내는 교회에 나가고, 나는 매일 오전 천국에 간다.

다른 건 젬병인 내게 글을 쓰는 취미가 있다는 것은 여간 다행인 일이 아닐 수 없다. 생각을 정리하고 그에 맞는 언어를 선정해 원고지에 배열하는 일은 도제(徒弟)의 일처럼 신성하다.

도대체 그따위 글을 왜 쓰느냐고 묻는다면 '헤르만 헤세'의 글로 대신하겠다. "소설가들은 마치 자신이 한 사람의 일생을 훤히 아는 신(神)처럼 행동하고 글을 쓴다." 헤르만 헤세의 『데미안』 서두에 나오는 글이다.

글을 쓰는 순간만큼은 나는 신(神)이요, 지상(紙上)의 제왕(帝王)이다. 상황을 분석하는 전략가이기도 사람의 정신을 분석하는 해부학자이기도 하다. 사랑을 말할 때, 나는 열여덟 순이가 되기도 하고, 죽음을 생각할 땐 철학자가 되기도 한다.

책을 쓴다는 것은 나에게는 그다지 어려운 일이 아니다.

나는 『돈키호테와 날라리 벌』과 『바람 바람 바람』을 출간한 작가다. 명저(名著)인데 사람들이 알아주지 않는다. 두 책이 몇 권이나 팔렸는지 나는 모른다. 기획 출판을 감행한 출판사에 물어보지 않아서다. 안 팔리니 매대에서 몽땅 거두어 내게 한 트럭이나 보내 주었다.

나는 이 책을 아프리카 카페 한쪽 구석에 처박아 두고 있다. 내 협박과 강요로 책을 사준 내 친구들과 지인들은 내게 말했다. 한 번만 더 책을 내면 죽여 버리겠다고 나를 협박했다. 그들 앞에서 나는 절필(?)을 선언했다. 먼지만 받아내고 있는 그 책들을 볼 때마다 숨어서 나를 욕하고 있을 것이다. 그들을 생각하면 약간 미안하다.

책을 내고 그들이 내게 붙여 준 이름은 작자(作者)다.

김 작자…!

아내를 제외하고 나를 작가라고 부르는 사람은 아무도 없다. 하지만 나는 몰래몰래 이 책을 썼다.

누에는 뽕잎을 먹고 자란다. 안 먹으면 죽는다. 먹으니 실이 자꾸 나온다. 누에가 고치를 뽑듯 모아보니 실타래가 되었다.

사랑으로 가슴 깊이 데어 본 사람은 안다.

사람으로 크게 상처받아 본 사람은 안다.

세상을 불꽃처럼 뜨겁게 살아 본 사람은 안다.

오목가슴까지 묵직하게 박혀있는 '가슴애피'를 토하지 않고선 살 수가 없다는 것을….

나는 무역 상사원에서 교육 사업으로, 석산업에서 아파트 시행 사업으로 숨 가쁘게 달려왔다. 그런데도 또 다른 새로운 사업에 도전하려 한다.

직업 하나로 쫑치는 사람이 대다수인 사회에서 나는 이상한 나라의 이상한 사람이다. 하지만 다른 사람의 평가나 그들의 성취에는 관심도 없고 안중에도 없다. 한 인간의 평가는 관뚜껑 닫을 때의 한 줄 평이 전부이기 때문이다.

인생은 목적이 아닌 과정이다. 나의 인생을 말한다면 결코 평범하지 않았다. 성취도 있었지만, 하늘의 뜻이라고 하기에는 불공평하고, 우연이라고 하기에는 가혹한 일들도 많았다.

왜, 그렇게 힘들게 사느냐고 묻는다면, 나는 역시 '헤세'의 말로 답하겠다.

"내 속에서 솟아 나오려는 것, 바로 그것을 살아 보려 했다. 왜 그것이 그토록 어려웠을까!"

헤세의 말처럼 나는 내 가슴이 시키는 대로 살아 보려 했지만 어려웠다. 하지만 쉬우면 그게 인생이겠는가! 어려울 때마다 나는 딱 하루씩만 살기로 했다. 하루가 전 생애인 것처럼 살았고 오늘이 마지막 날인 것처럼 살았다. 문밖에서 서성이고 있는 행복이 언젠가 내게 다가와 살포시 껴안아 줄 거라 믿었다.

이제 나는 말할 수 있다.
사랑으로 아플 이유를 만들지 않을 것이다.
사람으로 인한 고통과 번민으로 밤을 새울 일을 만들지 않겠다.
슬픔을 되살려 가슴 아플 일도 하지 않겠다.
하루치 처방전이 필요 없는 삶을 살아 보겠다.
그리하여 아직도 벗어나지 못한 무지(無知)의 베일을 벗는 날,
나는 나의 사랑하는 아내와 함께 소풍을 떠나겠다.

이 자리를 빌려 꼭 하고 싶은 말이 있다.
나에게 생명의 탄생과 외경을 깨닫게 해 준 승민, 승연 쌍둥이 손자와 나의 가족에게 영원히 사랑한다는 말을 꼭 전하고 싶다.
그리고 늘 함께하는 썬더 원장님들과 골목회 회원님들, 다 열거하지 못한 지인들께도 하고 싶은 말을 남긴다. 좋은 인연으로 동시대를 함께 살 수 있게 되었음에 감사드린다고….

아울러 가슴속 작은 모닥불이 되어 은은히 타고 있는 어릴 적 나의 소중한 벗들이여….

그대들의 아름다운 이름을 영원히 기억하겠다고.

그리고 저의 세 번째 책을 출간해 주신 지식공감 김재홍 대표님께도 같은 마음을 전합니다.

마지막으로 대한불교 지엄 조계종 총무원장 여몽 현각 대종사님께 감사하다는 말씀을 올립니다.

2025년 정월
미륵산 기슭 아프리카 카페에서

제Ⅱ막

제
I
막
···

미끼

형님, 제가 아끼는 후뱁니다. 석산업을 크게 하고 있고요.
앞으로 이 지역사회를 이끌어 갈 큰 기업인이 될 겁니다.

형님한테 인사드려, 김 사장!

일식집에 먼저 와 기다리고 있던 부지점장이 내게 김무식(武植)
사장을 소개한 건 10년 전의 일이다. 매달 적지 않은 금액을 펀딩
하고 있었고 은행 잔고도 넉넉했던 나는 K은행 대출 담당 책임자인
부지점장 입장에서는 꽤 괜찮은 고객이었다.
  처음 본 김 사장의 눈매는 작고 예리했으며 특히 긴 눈꼬리는 귀
쪽 간문으로 치달아 있었다.
  흰 창과 검은 창이 구별이 안 될 정도로 깊은 그의 눈은 어두웠
으나 상대방을 보는 눈초리는 날카로웠다. 실제 나는 그와 오랫동
안 함께했는데도 그의 눈동자 흰 창을 단 한 번도 보지 못했다.

  내가 일식집 다다미방 문을 열고 들어가자 그는, "처음 뵙겠습니
다…. 형님! 말씀 많이 들었습니다."라며 일어나서 내게 손을 내밀었

다. 손바닥 살집이 두터웠고 앉아 있을 때와는 달리 그의 몸은 거구였다.

키가 커서 거구라기보다 그의 복부 내장지방은 보기에도 부담스러울 정도였고 그의 몸집을 거구로 보이게 만들었다.

조폭들이 상대방에게 위압감을 주기 위해 일부러 몸집을 불리는 것처럼 그의 몸집은 비대했다. 포마드로 깔끔하게 정리해 올백으로 넘긴 그의 반듯한 머리는 40대라고 보기에 어려울 정도로 관록이 들어 보였다.

다만 40대 중반의 젊은 친구가 은행에서 인정할 만한 사업을 일구고 성공했다는 사실이 한 편으로 달리 보였다.

대학을 졸업하고 서울에서 무역 회사 상사맨으로 몇 년을 근무한 뒤, 나는 지방의 소도시인 이곳으로 내려와 학원을 운영하고 있었다. 소규모학원으로 시작하여 대형 어학원과 입시학원의 경영자로서 자리를 굳혀가고 있던 그즈음 나는 어느덧 50대 중반의 나이로 치닫고 있었다. 30만 명이 못 미치는 지방의 소도시였지만 나는 이곳에서 어느 정도 기반을 잡고 대형 프랜차이즈 어학원으로 부산까지 진출하여 몇 개월 만에 두 개의 가맹점을 오픈할 정도로 사업은 순조로웠다.

몇 순배의 술이 돌자 "형님…! 식사 마쳤으니, 입가심이라도 한잔 하러 가시지요."라고 부지점장이 2차를 제안했다.

그러나 나는 거절하고 그 자리를 피했다. 술보다 분위기를 더 즐기는 나는 데면데면한 그런 자리가 싫었고 무엇보다도 탐색하는 듯한 김무식 사장의 눈초리가 마음에 걸렸다.

며칠 후, 부지점장으로부터 만나자는 연락이 왔다.

그 자리에는 김 사장과 낯선 사람 네 사람이 합석해 있었다.

세 사람은 자영업자였고 그 중 한 사람은 부동산 중개업자였다.

김무식 사장과는 이미 서로 알고 지내는 듯, 주고받는 말투가 가벼웠고 전체 분위기는 약간 들떠 있었다.

이 물건을 함께 뜹시다!

분위기를 전환시킨 건 부지점장이었다.

퇴직이 빠른 은행원들이 은퇴 후의 안정적인 재정수입을 위해 틈틈이 공부해 자격증을 따거나 부동산에 손대듯이 부지점장도 그런 방면으로 머리를 굴리고 있었다. 그의 단골 중에 재력이 되는 몇 명과 함께 좋은 물건을 함께 낙찰받자는 의도였고 이 사실을 어느 정도 미리 듣고 온 나는 함께 뜨자는 그의 말을 대략 이해할 수 있었다.

경매에 대해서는 김 사장은 속칭 '꾼'이었다.

커피 한 잔을 마시고 경매 물건에 대한 본격적인 대화가 시작되자 김 사장이 회의 분위기를 주도했다. 감정가, 낙찰가, 법정 지상권, 대항력 있는 유치권 등 경매 전문용어를 섞어가며 설명하는 그의 분석에 다들 고개를 주억거렸다.

경매라는 것이 전문적인 지식 없이는 함부로 덤벼들 분야도 아니지만 특히 나처럼 문외한은 그의 설명을 자세히 이해할 수 없었다.

하지만 물건의 분석이나 전체를 주도하는 그의 경쾌한 설명에 대해서 참석했던 누구 하나 토 다는 사람이 없었다.

"당신 오늘은 술값 내지 않았나 봐…"
어느 자리나 먼저 계산하는 오지랖 넓은 남편이 자신과 함께 사용하는 카드가 결제되지 않은 게 무척 궁금했던지 집에 돌아오자, 옷을 받아쥐면서 아내는 먼저 물었다.
일행들의 술값은 김 사장에 의해 이미 계산이 끝난 상태였다.

그의 정확한 분석대로 대전 건물은 입찰에 성공해서 우리 손에 떨어졌다. 감정가 154억의 건물이 4차까지 유찰되는 바람에 약 50억에 낙찰을 받았으니 대단한 성공이었다. 대항 능력이 있는 유치권이 있었으나 충분히 해결 가능하다고 판단되는 물건이었다. 수협은행에서 80억을 대출받아 이탈을 원하는 다섯 명의 투자자들에게는 투자금과 이익금을 배당하고 깔끔히 정리하였다. 다섯 사람은 전문가들이었다. 자신의 이익금을 챙기고 떴다방처럼 빠져나갔고 건물의 소유는 김 사장과 나, 두 사람의 공동 소유가 되었다. 자금이 넉넉하지 못했던 김 사장을 위해 내가 초기 투자 자금을 태워 주었지만, 경매를 성공시킨 그의 공을 생각해 50:50 지분으로 법인 등기를 마쳤다.
돈 벌기 쉬웠다. 돈 놓고 돈 먹기였다. 정보와 지식 싸움이었다. 대학 졸업하고 괜찮은 직장에서 따복따복 나오는 월급 착실히 모아 적금 붓고 느리게 살아가는 사람들이 우습게 보였다. 평생을 열심히 학생들 가르치고 착실히 돈을 모으면 된다고 생각했던 나는 생각을 고쳐먹었다.

"저축하는 사람들은 패배자가 된다"라는 로버트 기요사키의 말이 생각났다.

"돈을 위해 일하지 말고 돈이 자신을 위해 일하게 하라"는 그의 말을 실감하는 순간이었다. 부자 아빠가 되기 위해서는 성실이 아니라 자산투자와 부동산 투자뿐이 없다는 생각이 뒤늦게 들었다.

그리고 그 건물을 운영할 유한회사를 만들고 회사 대표 명의를 그의 이름으로 해 두었다. 세무와 회계에 밝고 나보다 숫자 계산이 능한 그가 적임자라고 판단했다.

대전시 서구 관저동 1106번지에 위치한 건물은 부지가 약 1,000평에 지하 1층 지상 6층 건물로 각 층당 평수는 500평이었으니 전체 건평은 약 3,000평이 조금 넘는 큰 건물이었다.

1층에 대형마트가 입점해서 월 4천3백만 원씩 임대료가 발생했고 나머지 층도 임대가 가능했기에 주변 상가와 택지가 들어서면 부동산의 미래가치로 수백억 원은 예상할 수 있었다.

인생 한 방이었다.

김무식 사장은 성격도 깔끔했다.

경매로 맺어진 관계였지만 그는 내 사무실에 올 때마다 빈손으로 오는 법이 없었다. 솥뚜껑 같은 그의 손에는 하다못해 딸기 한 박스라도 들려있었다. 누가 보더라도 그는 될성부른 사람이었다. 대학을 포기하고 일찍부터 사업에 뛰어든 그의 머리는 명석했고 달변이었다.

술값이든 밥값이든 그는 먼저 결제해 버렸고 그 이후 몇 번의 해외여행에서도 그는 항상 내 몫까지 결제했다. 처음에는 그게 부담스러웠지만 어느 순간 그게 편했고 나중에는 자연스러운 현상이 되어 버렸다. 통 크게도 공항 면세점에서 자신의 벨트나 구두 등을 구매할 때면 내 것도 함께 결제하는 것을 결코 잊지 않았다.

"형님! 이거 한번 매 보시지요. 형님한테는 이것이 잘 어울립니다. 형님!"

그의 말은 항상 깍듯했고 예절 발랐다.

남자 형제가 없는 내게 그는 친동생 이상의 감정이 들었다.

나는 그를 이 지방 제일의 기업가로 만들기로 작정했다.

유혹

형님! 언제 저희 석산에 한번 오시지요.

애들 시켜서 점심 준비시켜 놓겠습니다요…

김무식 사장의 본업은 석산업과 아스콘 사업이었다.

방문한 그의 회사는 잘 정돈되어 있었고 사무실과 화장실도 깨끗했다. 사장실 그의 큰 책상에는 결재할 서류가 가지런히 놓여 있었고 경매정보지도 책상 한쪽에 나란히 쌓여있었다.

때맞춰서 경사진 법면에 폭약을 장착해 다이너마이트를 발파시켰다. 깜짝 놀라 밖을 내다보니 엄청난 폭발음과 함께 쏟아지는 파쇄석 소리가 천지를 진동시켰다. 통제실에서 내려다본 6백 톤 크러셔(crsher) 기계 돌아가는 광경은 웅장했고 그 소리 또한 엄청났다. 대형 파쇄기에서 파쇄되어 나오는 원석들은 1차 콘에서 파쇄되고 2차 콘으로 보내지면 여기에서 다시 잘게 부서져 컨베이어 벨트를 타고 골재 크기별로 구분하여 골재와 모래로 생산되고 있었다. 45미리, 25미리 골재와 모래와 석분이 각 컨베이어 벨트를 타고 꾸역꾸역 쏟아지고 있었다. 대기하고 있던 25톤 트럭들에 포크레인들이 종류별로 실어 담기 바빴고 적재된 트럭들은 현장으로 달려갔다.

1루베(1m³)당 만 원씩만 잡아도 25톤 압사바리(덤프) 트럭 한 차량에 약 20만 원. 하루 100대가 나간다면 2천만 원이었다.

혼자 머리를 굴리고 있던 나는 내 배짱에 이 업이 맞을 수도 있 겠다는 생각에 잠시 빠졌다.

형님! 오늘 저녁 약속 있으십니까?

응, 특별한 일은 없는데, 왜?

그와는 자주 만나게 되었고 저녁도 함께하는 날이 많아진 어느 날, 나는 전화 한 통을 받았다. 김무식 사장이었다.

예, 저녁에 식사나 함께 하시게요. 형님.

어, 그래 알았어, 그리로 나갈게.

나는 그가 말하는 약속 장소에 나갔다. 특별히 용건이 없어 보였 지만 자주 있는 저녁 자리라 편안하게 식사를 하던 그때 전화가 한 통 걸려 왔다. 김 사장 회사의 재무 담당 이사로부터 온 전화였다.

어, 그래… 부도났어…? 응, 알았어…!

김 사장은 아무렇지도 않다는 듯이 전화를 받았다. 그리고 전화 통화를 마친 그는 먹던 밥을 마저 마쳤다.

그의 표정이나 태도에는 미동이나 동요가 전혀 보이지 않았다.

형님, 입가심으로 맥주나 한잔하러 가시지요. 차를 가져오겠습니 다.

부도라니…. 부도가 옆집 강아지 이름인가.

회사가 부도났다는데 서둘러 회사로 돌아가야 하는 게 아닌가, 이 순간에 입가심이라니…

나는 그의 제안에 적지 않게 놀랐지만 내색하지 않았다. 맥주 한 잔하면서도 회사 이야기나 부도라는 말을 그는 입 밖에도 꺼내지 않았다.

큰돈이 아니라면 내가 도와 줄 수도 있었는데 그는 내게 돈 이야기는 단 한마디도 하지 않았다.

숱하게 많은 사람을 알고 있지만, 내가 아는 사람 가운데 그의 내공과 표정 관리는 압권이었다. 여치나 메뚜깃과가 아니라 그는 사마귓과였다. 내가 좋아할 만한 성향을 그는 다 가지고 있었다. 우리는 그날 밤 그렇게 헤어졌다.

김 사장과 나는 함께하는 자리가 더 많아졌다.

지역사회 커뮤니티 활동을 하는 모임에도 김 사장을 입회시켜 주기도 하였다.

대전을 함께 다녀오던 어느 날, 운전하고 있던 김 사장이 말을 불쑥 던졌다.

레미콘 회사 하나만 있으면 끝내주는데요, 형님.

어… 그래…? 하나 만드는 데 얼마나 드는데?

한 십억은 들지요. 우리는 아스콘 시설과 골재라는 원재료가 있으니 레미콘 회사를 세우면 앉아서 돈방석입지요, 형님.

그렇구먼, 그럼 내가 얼마 태우면 될까? 내가 아들도 하나 있으니 멀리 봐서 이런 사업을 해서 물려주는 것도 방법이겠는데…

나는 가슴이 설렜고 오히려 그의 제안이 고마웠다.

예, 형님 반절만 태우세요. 법인을 하나 만들어서 형수님을 대표이사로 앉히면 되겠는데요?

그는 나를 쳐다보며 씽긋 웃었다.

오래 담아둔 생각이었는지 아니면 순간적으로 던진 제안인지는 모르나 나는 그의 제안을 흔쾌히 받아들이기로 했다.

마침 이명박 정부가 들어서면서 외고와 특목고를 없앤다는 정책이 발표되는 시점이기도 했다. 전략적으로 학원의 출구전략을 세우는 방편을 고민하던 중이었다. 나는 일단 부산에 벌려 놓은 어학원 두 개를 정리하기로 마음먹었다.

그쪽을 정리하면 그 자금은 충분히 마련할 수 있었다.

부산에 2호점까지 벌려 놓았던 프랜차이즈 어학원을 함께 경영하던 두 이사에게 말하자 그들은 내 주식을 인수해 갔다.

투자금의 반값으로 주식을 넘긴다고 하니 그들이 거절할 이유가 없었다. 더 매력적인 일에 투자한다고 생각하니 몇억 원의 손해는 아깝다고 생각되지 않았다. 더군다나 일주일에 한 번씩 오가던 부산 운전을 줄이니 날아갈 것 같았다. 그리고 손절 된 투자 금액을 레미콘 사업에 투자했다.

석산은 산을 발파해 골재와 모래를 생산하는 일이다.

하천과 강, 바다의 모래와 골재는 함부로 채취할 수 없다.

불법이기 때문이다.

옛날에는 허가받지 않고 누구나 채취할 수 있었다.

천지에 널린 게 자갈 골재였다.

하천이나 강바닥에서 삽으로 퍼서 체에 걸러 말 구루마나 소형 트럭에 실어 내다 팔면 그만이었다. 그런 골재로 벽돌도 찍어내고 건물도 짓고 다 그랬다. 하지만 골재는 바닥나고 자연 훼손은 필연적이었다. 이런 행위들을 법으로 규제하니 업자들은 모두가 산으로 들어갔다. 불법적으로 골재를 채취하고 산림을 훼손하니 국가는 산림법을 강화했다. 소음이나 하천오염, 비산문제 등의 환경문제를 야기한다는 이유로 지방자치 시대에 들어서면서 석산 개발의 허가 조건을 매우 까다롭고 엄격하게 심사했다.

그래서 석산업은 이율배반적 사업이다.

골재는 일종의 산업의 쌀이다. 골재와 시멘트가 섞이면 레미콘이고 석유 페트와 섞이면 아스콘이다. 골재는 SOC 사업이나 건설 건축 사업에 필요한 필수자재이지만 개발에 따른 자연 파괴가 수반되는 산업이다. 바닷모래는 염분이 많아 쓸 수 없고 사막의 모래는 너무 몽글어서 응집력 문제 때문에 수입해다 쓸 수 없다. 석산이 허가되고 잘만 운영하면 돈을 버는 사업이다.

하지만 문제가 있다. 장치산업이기 때문에 초기 자금과 고정비가 많이 소요된다. 그게 문제다.

수렁

형님…! 석산 하나 나왔는데 구경 한번 가시지요.

김 사장은 어느 날, 바람이나 쐬러 가자며 자신의 차에 나를 태웠다. 웬만해서는 그는 자신의 의도나 목적을 남에게 잘 드러내지 않는다. 상대방이 궁금해서 물어 올 때까지 그는 기다린다. 덩치는 하마만큼 크지만, 머리 회전은 비상해서 어지간한 상대방의 속셈은 꿰뚫을 정도다.

그가 나를 데려간 곳은 정읍의 버려진 석산이었다. 경매 전문가답게 자신이 경매로 낙찰받은 석산이었다.

이전에 이미 영세한 두 회사가 운영하다 부도가 나 경매로 나온 산을 김 사장이 경매로 싸게 떴다는 것이다.

"두 사람이 망해 나가고 세 번째 투자자가 돈을 번다"는 석산 업계의 속설이다. 그만큼 석산업은 리스크가 큰 사업이다.

개발하다 방치된 석산은 산의 반쯤이나마 절토되어 있었고 폭격 맞은 듯 여기저기가 파헤쳐진 채 방치되어 있었다. 움푹 팬 곳마다 빗물이 고여 깊은 물웅덩이가 되어 있었다.

석산 인허가를 내는 데 오래 걸린다는데…?

대전 건물을 인수하고 레미콘 사업에도 투자한 나는 석산마저 함께 하자는 그의 제안은 부담스러웠다. 무엇보다도 내가 잘 알지 못하는 분야였고 까딱하면 내 전부를 던져야 할지도 모른다는 생각에 왠지 내키지 않았다.

그리고 무엇보다도 자신이 직접 경영하는 석산도 만만치 않은 규모인데 석산을 하나 더 경영하려는 그의 욕심과 의도가 궁금했다.

그럼요, 지금 신청하면 인허가는 내년에 바로 나오지요.

형님도 보셨잖아요, 저의 석산요, 생산량이 엄청나잖아요. 저번에 직원 놈이 어음 날짜를 깜빡해서 어음 부도가 났지만 제가 다음 날 바로 처리했잖아요, 자금관리만 잘하면 웬만해서는 어음 부도날 일이 거의 없어요.

그리고 요새 같으면 골재는 부르는 게 값이지요….

파헤쳐진 석산 법면을 바라보며 그는 자신 있다는 투로 말했다.

믿음직스러웠다.

나는 학원을 정리하기 시작했다.

건물의 천 평 정도를 임대해서 학원으로 사용하던 전세 보증금을 돌려받았다. 그리고 오랫동안 함께 일했던 직원들에게 아무 조건 없이 학원은 통째로 넘겨주고 나왔다.

서울에 사 두었던 재개발 지역 단독주택 두 개도 정리하고 펀딩에 넣어 두었던 자금과 적금 그리고 마감을 임박하던 수십 개의 보험금을 정리해서 김 사장이 필요할 때마다 자금을 건네주었다.

저녁을 먹고 서류들을 정리하는데 아내가 커피를 가지고 서재로 들어왔다.

당신 그 사람하고 자꾸 일을 벌이려는 거 같은데, 다시 한번 잘 생각해 봐요. 그 사람에 대한 이상한 소문을 최근에 들었어요. 예전에 우리 학원에서 어린이 영어 회화를 가르쳤던 여선생님 남편이 그 사람 회사에서 포크레인 기사로 일했던 적이 있었대요. 월급이 안 나오는 건 기본이고 몇 달씩 월급이 적체되었던 게 한두 번이 아니래요. 그리고 그 김 사장이 젊었을 때 사채업자였다는 소문도 있고 사기꾼이라는 말도 있어요. 동업 하나도 부담스러운데 한 사람과 세 개씩 함께 한다는 건 리스크가 너무 크니 잘 판단하고 결정해요.

새로운 사업에 잔뜩 기대를 가지고 그를 자주 만나고 다니는 내게 아내는 자신이 들은 이야기라며 조심스럽게 말했다.

무슨 소리야? 개인감정을 가지면 무슨 말인들 못 만들겠어. 투자가 이미 상당히 진척된 마당에. 그리고 회사 재정 상태가 안 좋으면 은행에서 거금의 대출이 나가겠어? 괜한 소리 하지 말아요.

내가 하는 일에 지금까지 단 한 번도 NO라고 말하지 않았던 아내는 나의 면박에 계면쩍었던지 한마디 던져두고 아래층으로 내려갔다.

지옥으로 가는 길은 선의(善意)로 포장되어 있대요.

세상에 공짜 점심은 없는 거래요.

당신, 그 사람과 술자리 잦은 것도 문제고 의심 없이 사람 잘 믿는 당신도 걱정이라는 것만 알아둬요.

실제 지금까지 살아오면서 많은 선택의 순간에서 나는 제법 괜찮은 승부수를 던졌고 빈손으로 시작해서 이 정도의 성공을 거두었다고 자인하는 마당에 아내의 말은 귓등으로도 들리지 않았다.

고행

김무식 사장의 예측은 틀렸다.

쉽게 나온다던 석산 인허가는 나오지 않았다. 결국 시(市)를 상대로 행정소송으로 갈 수밖에 없었다. 자금이 투자된 레미콘 회사도 무슨 일인지 차일피일 미뤄져 갔다.

"이 업계에서 쉽게 이뤄지는 일은 없다"라며 김 사장은 조금만 기다려 달라고 했다.

학원을 정리하고 나니 나는 할 일이 없어졌다.

건강 생각해서 동네 어귀에서 자전거나 타고 다니라고 조카가 내려보내 준 중고 자전거를 손질했다. 그리고 초가을이 되어서 나는 길을 떠났다.

'바람이나 쐬고 와야겠다'고 길을 나선 것이다.

가까운 강경이나 논산 쪽으로 가다가 지치면 중도에서 작파하고 돌아오겠다고 생각하며 자전거에 올라탔다.

꾸역꾸역 달려 도착한 곳이 공주였다.

67km를 달렸다. 첫날 너무 멀리 와버렸다.

돌아갈까 말까는 내일 걱정하기로 하고 모텔에서 하룻밤을 묵었다.

여행 나가면 '애인은 빨리 돌아오라고 하고 아내는 더 놀다 오라'
고 한다. 다음 날 아침, 전화하니 아내는 더 멀리 돌다 오라고 했
다.

아내의 말대로 나는 공주에서 천안 삼거리를 거쳐 안성까지 달렸
다. 100km가 넘는 거리다. 학창 시절을 빼고 자전거를 한 번도 타
지 않은 나에게 이런 힘과 의지가 있었다는 게 의아할 정도였다.

삼 일째 되던 날, 드디어 사달이 났다.

내 몸에 고장이 붙어 버렸다.

퇴화되어 한 번도 써 보지 않은 근육들이 반란을 일으키기 시작
했다. 나는 일어설 수도, 앉을 수도 없는 상태가 되어 버렸다.

목과 허리가 옴짝달싹할 수 없을 정도로 아파왔다.

퀴퀴한 모텔 침대에서 천천히 몸을 일으켰다. 앉았다 서기를 반
복했다. 관절 마디마디마다 기름칠하지 않은 기계처럼 우두둑 소리
가 났다. 자전거에 관한 한 동네 아마추어 엉클에 불과한 내가 준
비운동도 전혀 하지 않고 달리기만 한 것이 과부하가 걸린 것이다.

하루 일정이 끝나면 몸과 근육을 충분히 풀어주어야 하는데 그
럴만한 여력이 조금도 남지 않았다. 방전된 몸을 침대에 눕히는 게
우선이었다.

목적지에만 관심을 두니 경치고 나발이고 즐길만한 여유가 전혀
없었다. 목적과 수단이 완전히 전도되어 버렸다. 나의 시도는 성급
했고 열정은 무모했다.

작파하고 돌아가려고 뭉그적거렸다. 널브러진 옷을 주섬주섬 챙
겼다. 어! 그런데 돌아가 봐야 할 일이 없었다.

그렇다. 내 사업장이 없어진 것이다. 공허했다.

포기하고 돌아가면 돌아온 탕자처럼 아내가 받아주긴 할 것이다. 하지만 내 그럴 줄 알았다며 뒤돌아서 코웃음 칠 게 분명했다. 쳇! 할 수 없다! 나는 자전거에 다시 올라탔다.

안장에 앉자 엉덩이가 떨어져 나갈 것처럼 아팠다.

북쪽으로 길을 잡았다.

페달을 천천히 밟으니 아프던 관절들이 서서히 열이 붙기 시작한다. 동력이 조금씩 다시 생기기 시작했다.

안성맞춤이라는 안성을 출발하여 쌀이 좋다는 이천으로 길을 잡아 나갔다. 내처 내가 군대 생활을 했던 양평까지 달렸다. 아픈 몸으로 84km를 달렸다.

양평 두물머리 강가에 앉아 장엄하게 흐르는 강물을 바라봤다.

있는 돈 없는 돈 다 끌어다 레미콘 사업과 석산사업에 투자한 뒤부터 매일 연락해 오던 김 사장은 연락이 뜸해졌다. 내가 전화해야 받을 정도였다. 도도하게 흐르는 강물과 낙조를 바라보며 목이 깊은 종이컵에 쏘주 한 병을 부었다. 갈증인지 허기인지 모를 밭은 목구멍에 한 컵을 다 부어 넣었다. 칡뿌리 같은 오징어를 입안으로 쑤셔 넣으며 두 번째 병을 땄다.

모텔로 돌아오자마자 나는 그대로 곯아떨어져 버렸다.

소금에 절인 배추처럼 몸은 무거웠고 머릿속은 엉킨 실타래처럼 혼란스러웠다. 아침 해장국을 뜨는 둥 마는 둥 하다가 숟가락을 놓아 버렸다. 소태처럼 쓰고 입안이 밭아 버려 음식을 입안으로 넣을 수가 없었다. 자전거를 올라탈 수 없을 정도로 온몸이 쑤셨고 목은 떨어져 나갈 것처럼 아팠다. 가슴팍을 자전거 안장에 기대고 엎드린 채 술에 취한 사람처럼 걸었다.

이럴 때 아내가 옆에 있으면 황태해장국이라도 끓여 내올 텐데… 하는 생각에 젖자 가슴이 묵직해졌다. 어젯밤 문자로 보내온 큰딸 메시지가 떠올랐다. 오늘이 아내 생일이다. 눈치 빠른 큰딸이 짚어 주었기에 망정이지 정말 큰일 날 뻔했다.

양평 우체국을 찾아 들어가 엽서를 한 장 샀다.

"여보! 사랑해! 영원히!"라고 쓰고 보니 너무 상투적이었다.

찢어 버리고 생일 축하 엽서 한 장 사서 우체통에 넣고 손을 탈탈 털었다.

'애인은 나이는 잊고 생일만 기억하고 마누라는 생일은 잊고 나이만 기억한다'는 말이 생각났다. 이래도 되는지 아니면 자연스러운 현상인지 나도 헷갈렸다.

홍천을 거쳐 인제까지 달려 죗값을 치르자고 마음먹었다. 130km가 넘는 거리다.

강원도 옛 지형 산맥을 타야 했기에 단순 거리가 아니다. 언제 돌아갈지 모를 북회귀선에 제대로 올라탄 셈이다.

인제에서 하룻밤, 그다음 날 속초 밤바다에서 하룻밤, 이틀간 나는 야무지게 죽었다. 해발 1,000m 한계령 터널을 지나 해발 800여m의 미시령을 넘고 설악의 주봉 대청봉을 끼고 돌았다. 등고선 밀도가 좁은 산맥과 계곡을 따라 걷다 서기를 반복했다. 오르막 산길은 내려서 걸었다. 산엔 밤이 빨리 온다. 마을도 인기척도 없는 캄캄한 밤길을 나는 하염없이 걸었다. 인기척에 놀라 밤 짐승이 후다닥 튀어 달아난다. 그 녀석도 놀라고 나도 놀란다. 귀신이 있다고 믿지 않지만, 어둠은 온갖 상상력을 만들어 낸다.

내 판단과 결정이 끔찍하게 잘못될 수도 있다는 걱정과 불안감은 칠흑 같은 어둠과 두려움을 압도하고 남았다. 어딘지 분간도 안 되는 산맥, 어느 자락 깊은 산길을 나는 타박타박 걸었다. 거친 숨소리와 발소리만 나와 동행할 뿐이었다.

석산과 아스콘, 그리고 건물, 세 분야로 투자해 놨으니, 별일이야 있겠는가, 라고 생각했지만, 상대가 한 사람이라는 게 문제였고 그놈은 믿을 수 있겠느냐는 미심쩍은 생각과 때늦은 검증이 머릿속을 헤집고 돌아다녔다. 불안은 끊임없이 나를 미행하고 있었다. 파국이 나를 꺾을 수는 없겠지만 그 파산이 내 가족을 덮친다면 그건 견디기 어려운 일이었다.

땀과 흙먼지로 온몸이 서걱거렸다. 오늘도 한 끼 먹었다. 밤엔 기행일지를 쓴다고 두세 시간 잘 뿐이다. 깜짝 놀라 깨면 아침 9시나 10시다. 밥맛이 있을 턱이 없다. 커피나 오렌지 한 알 입안에 털어 넣고 페달을 밟는다. 어쩌다 길섶 한적한 식당을 만나도 그냥 지나친다. 입맛도 없으려니와 밥 먹는 시간만큼 지체될까 두렵다. 배를 채우기 위해 잠깐 쉬고 자전거에 올라타면 더 힘들고 더 아프다. 해지기 시작하면 밤길에 또 갇힌다. 자전거가 다니는 길은 오지이기 때문에 인가(人家)는 물론 사람도 잘 다니지 않는다. 자전거를 오래 타면 평지도 고달프다. 15도 이상의 각도는 벅차다. 하물며 강원도는 숫제 25도 30도가 보통이다. 속초를 내려와 대포항으로 이동했다. 밤바다를 바라본다. 끝도 없이 밀려오는 파도는 방파제를 후려친다. 보고 싶은 사람들, 사랑하는 아내 그리고 가족들의 얼굴이 하나둘 떠오른다. 나의 불안을 알 리 없는 아내는 부디 조심하라고 전화한다.

가슴이 먹먹하고 울컥한다.

빈손으로 시작해 지금까지 크고 작은 성취를 만들며 인생 경영을 무난히 잘 해왔던 내가 낯선 세계, 거친 파도와 격랑의 바다에 내 자신을 던져 버린 판단은 옳은 결정이었을까.

내 동업자는 선의를 가지고 있는가.

이혼보다 더 지저분하게 뽀개지는 게 동업인데 배우자를 만나는 것보다 나는 더 신중했는가.

때늦은 의문과 회의감이 밀려왔다.

외로움은 증폭 장치라도 달린 것일까!

다갈색 절망의 비가 끊임없이 내리고 있었다.

퇴직하고 한가롭게 노닥거리는 인생은 내 마지막 길이 아니라고 선언했지만 지금 내 의지로 아무것도 할 수 없는 현실이 불안하고 안타까웠다.

"가련한 하루살이여, 우연의 자식이여, 고통의 자식이여, 결코 제때 살지 못하는 자가 어떻게 제때 죽을 수 있겠는가! 최상의 것은 그대가 결코 어찌할 수 없는 것, 태어나지 않는 것, 존재하지 않는

것, 무(無)로 존재하는 것, 차선의 것은 바로 죽는 것, 죽음은 삶을
끝내는 것이 아니라 삶을 완성하는 것이며 죽음은 가장 아름다운
축제다. 하지만 죽을 의지로 현재를 살아야 한다."

니체도 나처럼 이 세상에 태어나지 말걸, 하고 자기 삶에 후회했
다. 죽는 것도 괜찮아! 그러나 죽을 마음이 있으며 그 정신으로 살
아봐! 라고 말했다. 나는 다 이해할 수 있다.

나처럼 고통을 달관하면 니체 같은 철학자가 된다.

고통은 훈장이요 왕관이다. 고통이 클수록 그것을 극복할수록
더 큰 면류관(Crown)을 계관(係冠)하리니 피하지 말자.

삶의 고통은 훈장이요 면류관이다.
가자, 또 가자, 길가메시처럼 나아가자.
두려워하지 말라.
거기에 삶의 존재 의미가 있다.
Dum spiro spero! 살아있는 한, 희망은 있다.
나는 아직 살아있다.

지난 과거가 나의 현재와 미래를 힘들게 할 수 있다.
그러나 어떠한 고난과 역경도 나를 무너뜨릴 수 없다.
퓨즈가 나가고 동력이 떨어질 때까지
어떤 길이든 나는 끝까지 포기하지 않고 달릴 것이다.
완주(完走)의 끝은 죽음!
누구나 언젠가는 도달할 목적지.

지름길은 어리석은 시도!

이 문이 닫히면 또 다른 문을 열어 볼 것이다.

그 길이 재미없으면 또 다른 길로 들어설 것이다.

고통이 뒤따를 것이다. 그러나 나는 자유를 얻을 것이다.

내가 살고 있는 서쪽 소도시에서 '역 기역' 자(字)로 꺾어서 속초까지 올라왔다. 6일 만에 자전거로 꾸역꾸역 속초까지 와버렸다. 이제 역 '니은' 자(字)로 꺾어 내려가면 된다.

딱 반절 왔다. 이제 7번 국도를 따라 동해안을 타고 내려가면 된다.

새벽부터 강릉은 비가 왔다.

속초에서 강릉을 지나 정동진까지 가는 길은 내리막길이 아니다. 백두대간 산맥들은 힘차게 뻗어 나가 동해 바다로 모조리 처박혀 있다. 새로 난 길들은 산맥을 뚫고 직선 길로 쭉쭉 뻗어 있지만, 자전거는 조선시대 그 길 그대로 자연 등고선을 타야 한다. 김삿갓처럼 주막집에 들러 밥술이나 얻어먹고 농짓거리나 하고 갈 텐데 나는 홀로 누구 하나 말 붙일 사람 없이 산맥 고샅고샅 훑고 지나갈 수밖에 없었다. 묵언수행을 나는 일주일째 하고 있다. 묵언수행은 말함으로써 짓는 온갖 죄업을 정화하기 위해 말을 하지 않는 수행이다. 이러다가 나는 우리말도 잊어먹게 생겼다.

해안가에서 불어오는 거센 바람과 비를 쫄딱 맞으며 겨우 정동진에 도착했다. 이 거센 비바람을 뚫고 자전거를 타고 달리는 사람은 아무도 없다. 연인끼리 가족끼리 주말을 즐기기 위해 정동진 해안가로 차들이 줄달음을 쳐서 달렸다. 아무도 반겨 맞아줄 이 없는 정동진을 향해 나도 그들과 함께 정신없이 달렸다. 아차 하는 순간 죽음이 도반(道伴)처럼 찾아온다. 제발 빨리 도착해서 쉬고 싶었다.

하루 종일 내리는 거센 비바람을 뚫고 정동진 바닷가에 도착한 건 늦은 오후였다.

때맞춰 정동진 해안가로 기차가 들어오고 있었다.

나는 정동진 바닷가에 앉아서 소주 한 병을 비웠다.

연인끼리 친구끼리 하하 호호 즐거워 보였지만 내겐 단지 대화가 삭제된 연극 배우들의 몸짓 정도로 밖에 보이지 않았다. 무기력한 외로움을 정동진 파도에 쓸려 보내고 서둘러 모텔로 들어왔다.

그리고 다음 날 아침 일요일, 정동진을 떠났다.

아쉬움도 미련도 해안가에 버려두고 왔다고 생각했는데 배낭은 여전히 묵직하다. 어깨와 목이 떨어져 나갈 듯이 아팠다. 정동진을 빠져나와 동막골을 지나니 해안가에 아담하게 자리 잡은 자그마한 사찰이 눈에 들어왔다.

조개사(朝開寺).

한자(漢字)만 아니면 공동어시장 경매꾼 별호인 줄 알겠다.

소멸할 개(開)로 읽는다면 태어나고 죽는다는 것이 한순간이라는 뜻이었다.

아무도 없는 어둑시런 법당 안에 조심조심 들어서자, 땀으로 젖은 몸이 법당 안의 한기(寒氣)로 으스스했다.

젊은 청춘남녀의 영혼결혼식이 있었던가!

시든 꽃바구니가 한쪽에 놓여 있고 양옆으로 액자 사진 두 개가 놓여 있다. 젊은 남자 쪽은 창백한 흑백사진으로, 여자 쪽은 예쁘장한 컬러 사진으로 가지런히 놓여 있었다.

스물여남의 살이나 됐을까. 여자애가 예쁘게 웃고 있었다.

'재환이 선영이 사랑해…!'라는 리본이 시든 꽃바구니에 힘없이 메어있었다.

다른 시대에 태어나 각자 달리 살다 갔지만, 삼세(三世)의 깊은 인연에 의하여 화혼의 가약을 통해 두 영가가 왕생극락할 수 있도록 대자대비하신 부처님께 고(告)한 영혼결혼식이 있었나 보다.

억울한 원혼의 넋을 달래주려는 목적이 있었겠으나, 의식을 통해 산(生)자들이 아픔과 고통을 치유받고 위로받았으리라.

절을 하려고 몸을 굽히려는 그 순간, 갑자기 무릎이 힘없이 꺾어지면서 차가운 마룻바닥에 나는 그만 꿇고 말았다.

"으어… 헉. 커억… 꺼억…!" 내 입에서 짐승 같은 울음소리가 흘러나왔다.

알 수 없는 일이었다.

피고름을 벌컥벌컥 쏟아내듯이 나는 울고 말았다.

꺼억 꺼억 울던 울음이 어린아이 울음소리로 변했고 주체할 수 없는 눈물 콧물이 흘러내렸다. 그러다 모로 쓰러져 하염없이 울었다. 세상의 모든 일이 헛되어 보였다.

어두컴컴한 높은 제대에서 부처님이 내려다보고 있었다.

부처님 앞에서 나는 한 마리 풀벌레에 불과했다.

그래… 너 같은 애들을 부지기수로 보아 왔느니라….

인생은 날개에 묻은 꽃가루 같은 것이니 너무 슬퍼하지도 아파하지도 말아라…. 미련을 버려라. 과거를 털어라. 그리고 현재를 살아라. 깊은 어둠을 지나야 새벽빛을 보게 된단다. 얘야…!

부처님은 마치 내게 그렇게 말하는 것 같았다.

나는 종교를 오랫동안 방치했다.

인간의 이성을 중시하고 종교적 편향성을 경시했다.

인간은 어렵고 힘들 때만 신을 찾는다고 믿어왔다.

여유가 있었으므로 나는 오만했다.

법당 밖으로 나왔을 때는 날은 이미 어둑어둑해졌다.

행여 누가 볼세라 나는 서둘러 양 소매로 눈물을 닦았다. 다행히 조개사 경전 안에는 아무도 없었다.

아침 11시나 되어서야 눈을 떴다. 어젯밤 임원항 모텔에 몸을 눕힌 건 한 밤이 지나서였다. 아침을 커피 한 잔으로 때우고 행장을 꾸렸다. 집을 떠난 지 8일째 되는 날이었다.

강원도와 경상북도의 경계선. 갈령재를 넘는다.

갈령재는 해발 443미터다. 칡이 많다고 해서 칡 갈(葛) 자, 갈령재다. 갈등(葛藤)의 갈(葛)은 칡이고 등(藤)은 등나무다. 칡은 오른쪽으로 감고 등나무는 왼쪽으로 감아 올라간다. 둘은 서로 종잡을 수 없이 뒤틀려 타래를 감고 올라간다.

그래서 불화와 갈등의 상징이다.

억조창생의 인간은 모두 제각각이다.

서로 다른 꼴로 태어나지만, 모두가 자신의 꼴에 맞춰 달라고 주장한다. 콤파스의 꼭지점을 자기를 중심으로 찍고 자신의 생각을 돌리고 지구도 돌린다.

인간의 모든 관계는 갈등의 역사다. 화합은 짧고 갈등은 길다.

동업을 생각해 본다. 특히 자전거 여행을 시작하면서 가지고 떠난 화두(話頭)였다. 욕심을 내려놓고 선의로 시작하는 동업도 갈등으로 끝날 가능성이 많다. 디오니소스(Dionysos)처럼 자유롭게 살아온 내가 김 사장과 잘할 자신이 없었다.

인간은 태어나면서(Birth) 죽을 때까지(Death) 선택적 존재(Choice)다. Choice라는 단어에는 ice(얼음)가 내포되어 있다. 살아가면서 많은 선택과 결정을 하게 되지만 그 선택만큼은 얼음처럼 냉정하고 이성적으로 결정하라는 의미다. 작지만 중요한 디테일을 놓쳤다는 생각이 들었다.

영덕을 지나 강구항을 건너 영일만을 끼고 내쳐 포항까지 내려왔다. 도중에 나의 애마인 늙은 로시난테를 자전거포에서 손보고 동네 한의원에서 누워 한 시간 남짓 침을 맞았다.

그런데도 오늘 하루 100여km를 달려 온 것이다.

개 발에 땀이 나야 이 정도를 달린다.

슈퍼에 들러 물 한 병을 사는데 말투가 확 다르다. 억센 경상도 말투다. 강원도에서 경상북도 경계선을 넘은 것이다. 산맥 하나를 두고 말투가 달랐다.

막내 고모가 포항에 살고 있지만 못 만나고 지나간다.

형제간인 부모 세대가 데면데면하니 자식새끼들도 남남이다.

형제지간의 갈등은 술로도 풀지 못한다.

지금까지 얼마를 달렸는지 기억나지 않는다.

하루가 끝나면 모텔방에 쓰러져 송장처럼 잠든다.

죽음보다 깊은 수렁에 빠진 의식을 건져 올려 정신을 수습한다. 새벽이 오지 않은 까닭에 자리를 고쳐잡고 행적을 더듬어 기록했다.

열째 날이다. 형산강을 지나 통도사까지 내려왔다.

형산강은 경북 남동부를 가로지르는 긴 강이다. 경주 포항의 젖줄인 이 강은 신라 천년고도의 역사를 관통하고 있다.

이 강에서 마을을 이루고 평화롭게 살기도 하고 부족 간의 침략과 약탈로 강물이 핏물이 되어 흐르기도 했으리라.

나는 경주 김씨다. 역모에 휘말리거나 민생도탄을 벗어나기 위해서 우리 조상 중 한 분이 경주 고도를 벗어나 호남에 안착했을 것이다. 아니면 유능한 조상이 있어 족보를 위조했거나.

나의 호남 출토는 그 두 가지 이유 중 하나다.

가문과 족보는 자신이 일으키고 자신이 써야 한다.

아들에게 오래전에 해 둔 말이다.

'수양산 그늘이 강동 팔백리'라는 말이 있다. 자신이 잘되면 가문이 흥하고 자신이 잘못되면 가문이 흩어진다는 말이다. 그래봤자 삼대(三代)를 넘기지 못한다.

가문의 전통과 역사는 유교의 흔적이다.

산업 민주화 시대에는 각자가 주인이고 어른이다.

형산강은 맑고 아름다웠다.

수조 사이로 한 무리의 오리 떼들이 한가롭게 떠 있었다.

더도 말고 저 오리처럼 걱정 없이 살다 가고 싶다.

형산강을 따라 홀로 강변도로를 걷는 스님이 있어 말을 붙여본다. 뒤돌아보시는데 비구니(比丘尼), 아니 여스님이었다. 스님이면 스님이지 굳이 '니(尼)' 자를 붙여 남승 여승을 구별할 이유가 없다.

외롭긴 마찬가지였던가. 강변을 따라 함께 오랫동안 걸었다. 공양 보시하는 마음으로 함께 정갈한 한식집에 마주 앉았다. 식사를 대접하고 싶었다.

속세에서 대학교를 마치고 직장 생활까지 하시다 탈속해 산사로 들어갔단다. 참선을 하고 구도를 해도 고집멸도(苦集滅道)를 벗어날 길이 없더란다. 환속해 경주의 승려대학에 편입해 정식으로 불교를 공부하기 시작했단다.

조용조용 세간사를 말할 때마다 보련 스님의 단아하고 가지런한 단순호치(丹脣皓齒)가 희고 아름다웠다.

식사 후 스님과 헤어져 통도사로 가는 길은 가슴이 아려왔다.

잔불처럼 남아 있는 인연에 대한 고민이었을까 아니면 생로병사의 근원적인 번민 때문일까.

나는 그녀에게 차마 묻지 못했다.

어찌 보면 그게 그닥 중요한 일도 아니다.

사람마다 사는 방법과 목적이 다 달라도 나고 죽는 건 똑같다.

잠시 잠깐 찰라(札剌)를 사는 게 인생이다. 단순하고 소박하게 사는 게 최곤데 그게 제일 어렵다. 인간의 욕심과 욕망 때문이다. 그에 비례해서 고민과 고통은 사채이자처럼 늘어난다.

구도나 학문의 길이 행복하다면 그 길을 가야 한다.

나는 보현스님이 속탈하여 착하고 좋은 남자 만나 아들딸 낳고 행복하게 살기를 간절히 기도했다.

통도사 주석(主席)으로 계셨던 경봉 스님도 '극락에는 길이 없다'라고 말씀하셨다. '이승이 극락이니 잘 먹고 잘 놀다 가면 그만이다'는 말이다. 여행은 나그네를 철학자로 만든다.

통도사 앞에 자전거를 놓고 긴 산사를 걸어 들어갔다.

오가는 사람은 아무도 없다. 호젓한 산길을 걸어 올라갔다.

무풍한송(無風寒松)이랄까… 청류동 계곡을 따라 일주문까지 양쪽 숲길을 따라 몇백 년은 되어 보이는 소나무에서 솔향이 은은하게 쏟아져 내렸다. 묵직한 어둠에 잠겨 있는 천년고도 사찰 통도사 경내로 들어갔다. 대웅전에 들어서니 불상이 없다. 부처님의 진신사리(眞身舍利)만 모셔져 있다.

여스님이 들어와 촛불을 켜 준다. 한참을 엎드려 있었다.

인간도 한 이백 년은 살아야 솔처럼 인향(人香)이 날 텐데 백 년도 못 살면서 구린내만 풍기다 간다.

낙동강을 넘어 김해로 접어든다.

진영을 지나 창원까지는 90km, 400리 길을 달렸다. 재를 넘고 골을 건넜다. 작은 재와 작은 재 사이에는 작은 마을이 있고 큰 골과 큰 골 사이에는 큰 마을과 도시가 있다. 작은 오르막을 올라서면 작은 성취가 있고 큰 오르막을 오르면 큰 성취가 있다. 모든 오르막에는 그만한 내리막이 반드시 존재한다. 자연은 인간에게 가능성을 제시한다. 그 가능성을 선택하고 발전시키는 것은 인간의 생각과 의지다.

마산만을 지나 함안을 거쳐 군북을 달린다. 문산을 지나니 남강이 눈에 들어온다. 남강을 끼고 한참을 달려 촉석루 근처 작은 모텔에 몸을 눕힌다. 창원 마산 함안 의령을 지나 진주에 온 것이다. 사방팔방이 온통 산이다. 거의 해발 500미터에서 800미터에 이르는 수많은 산과 계곡, 양 대간 사이에 형성된 마을과 도시, 강들을 지나왔다.

고산준령(高山峻嶺)도 처음에는 하나의 흙덩어리로 시작되었을 것이고 흘러가는 강물도 몇 개의 물방울들이 모여 만들어졌을 터, 인간의 삶도 하늘에 떠 있는 구름이고 진주 남강의 강물과도 같은 것. 언젠가 흔적도 없이 사라질 나는 어디에서 와서 어디로 가고 있는가.

나는 너무 멀리 온 것은 아닐까.

아무런 목적도 없이 출발했고 아무런 의미도 없이 달리고 있다. 이대로 우주로 사라져 흔적 없이 흩어질 수는 없는 것인가.

나는 머리를 깎아도 되겠다.

어제 오늘 경상남도를 관통했다.

여기를 관통해서 어쩌자는 것인가.

잠시 잠깐 가던 길을 멈춰 서서 한참을 생각했다.

내가 어디로 가고 있는 것일까.

아, 그렇구나! 돌아갈 집이 있구나!

내게도 사랑하는 아내와 가족이 있었구나!

온갖 상념과 고민은 나를 자전거 위의 성자(聖子)로 만들어 놓았다.

진주는 높고 하동은 낮다. 하동은 낮지만 광양은 높다.

순천까지는 약 100km 정도 된다.

섬진강을 지난다. 진안 장수 팔공산에서 시작해서 하동을 지나 광양만으로 흘러드는 이 강은 길이가 약 220km가 넘는다. 신(神)께서 붓질을 길게 하셨다. 북한강과 남한강이 만나는 양수리와 달리 부드럽고 여성적인 섬진강은 한 폭의 동양화다.

강어귀 군데군데 형성된 모래톱에 조각배들이 박혀있고 갈대숲 사이로 갈매기가 날아든다.

순천에서 북쪽으로 가면 구례 곡성으로 치닫고 남해안 쪽으로 가면 보성, 장흥이 나온다. 중학교 때 만났던 여자아이는 보성에 살고 있고 대학교 때 만났던 여자애는 곡성에 살고 있다. 고등학교 3년 동안 짝사랑하던 전주 여고생은 시집가서 강원도 어디메쯤 군인 장교와 살고 있다.

그리워하는데도 한 번 만나고는 못 만나게 되기도 하고 일생을 못 잊으면서도 아니 만나고 살기도 한다는 게 인연줄이라지만, 나를 가른 인생길, 내 운명을 휘감은 여성은 단 한 사람, 지금의 아내다. 택도 없는 거짓말이라고 아내는 말하지만 진심이다. 대학교 1학년 때 만나, 나 같은 사람하고 지금까지 사십여 년을 산다는 건 결코 쉬운 일이 아니다.

변덕스럽지, 까다롭지, 완급이 조절되지 않는 사람하고 살아준다는 것은 도(道)나 닦아야 가능한 일이다.

내 인생 팔 할이 바람이다. 바람에 아니 뭘고 싶으나 끊임없이 바람이 분다. 내 마음의 깃발이 흔들리는 건 내 탓이 아니다. 보는 사람 때문이다. 인식의 주관성과 객관성의 차이이다.

바람기 많은 건 남자들 탓이 아니다. 흔들리는 여자들 때문이다. 남자들의 바람기는 천성이자 본능인 줄 모르는가! 자기복제를 늘리기 위한 자연선택이다. 내 말이 아니다. 리처드 도킨스의 말이다.

언젠가 아내가 내게 말했다.

'당신 아니더라도 나는 아무나 맞춰서 잘 살 수 있는 여자야!'

니가 잘나 함께 살아주는 거 아니니 조심하라는 일종의 협박이었다. 니가 잘나 일색이냐, 내가 잘나 일색이다(I am really a good Woman)라는 경고이자 아내의 독립선언이었다. 나는 죽어 화장하면 다마가 나올 것이요 아내에게서는 사리가 나올 것이 분명하다.

이상하다. 오늘은 브레이크가 고장 났나 보다.

내가 너무 지쳤나 보다. 오늘 내가 너무 나간다.

나는 분명히 말한다. 내 가슴에는 오직 한 여인, 지금의 내 아내만 존재하고 있을 뿐이다. 내 가슴의 여러 심방(心房) 중 가장 큰 심방의 안주인이시다. 고해성사는 아무 때나 하는 게 아니다. 역지사지로 내가 아내였다면 나는 고무신 진즉 바꿔 신었다.

여자 인물 좋다는 순천이다.

열넷째 날이다. 순천만을 지나 벌교에서 꼬막 비빔밥으로 점심으로 때우고 전남 보성과 장흥을 거쳐 강진까지 8시간, 약 100km를 달려왔다. 아니 걸어 왔다는 표현이 맞다. 자전거 안장 위에 앉아 있기 힘들 정도로 온몸이 쑤시고 아팠다. 목관절은 디스크에 걸린 자라목처럼 굳어져 시선과 몸통이 함께 돌리는 게 오히려 편할 정도였다. 벌교에서 급발진하는 차를 피한다고 아스팔트 위에 나뒹굴어 깨진 팔과 다리가 욱신거렸다. 임시방편으로 때운다고 때운 자전거 튜브에는 바람이 하나도 남아 있지 않았다. 자전거 튜브에 공기가 하나도 남아 있지 않다는 사실을 강진읍에 와서야 알게 된 것이다.

그렇다면 내가 언제 어디에서부터 걸었단 말인가.

순천만의 습지는? 벌교의 보성여관은? 보성의 녹차밭은?

그 자리에 있었던 걸까? 아니면 없었던 것일까?

보지 않은 일을 나는 겪었다고 말할 수 있는 것일까?

직관주의적인 인간의 인식론의 한계다.

너무 오랫동안 내가 길 위에 갇혀 있었던 경험만 확실할 뿐이다.

탐진강의 낙조는 붉은 물감을 쏟아 놓은 것처럼 붉었다. 정약용 선생의 유배지여서일까…. 탐진강은 쓸쓸하고 처연했다. 김 사장은 며칠째 전화가 없다. 여관방을 찾아 들어가 잠을 청하는데 좀처럼 잠들지 못한다. 몸은 물에 젖은 솜이불처럼 무거웠고 잠은 문밖에서 서성거린다.

아침에 일어나 지도를 꺼내고 오늘 가야 할 방향을 살폈다. 땅끝마을 해남까지는 21km다. 월출산을 끼고 돌아 목포로 방향을 잡았다.

강원도 속초에서 포항을 거쳐 부산까지, 부산에서 남해안을 끼고 1,000km 이상을 달려왔다는 게 믿어지지 않았다.

여관 밖에 매여 있는 나의 자전거, 로시난테를 애잔하게 바라봤다. 자신의 현실을 망각하고 여행을 떠나 거대한 풍차와 싸우고 탑속의 공주를 구하며 인간의 꿈과 희망, 이상과 현실의 대립 속에서 온갖 모험을 하는 돈키호테의 삶과 별반 다르지 않았던 내 삶의 궤적이 순식간에 스크리닝(screening) 되었다. 내 삶 속에는 또 어떤 모험과 역경이 도사리고 있는 것일까.

목포에서 무안을 찍고 나주까지 달렸다. 도로는 형편없었고 함께 달리는 차들은 까불면 가만두지 않겠다는 듯이 경적을 울렸다. 가운뎃손가락을 뽑아 올려 하늘에 대못질을 하는 운전자도 있었다.

군대 전우이자 대학 동기인 친구에게 전화했다.

몇 년 만에 만난 친구는 머리가 다 빠진 할아버지가 되어 있었다. 나주 곰탕집에 앉아 우리는 소주잔을 기울였다.

군대 제대 후 대학에서 다시 만난 이 친구는 학교 근처에서 자취를 함께했다. 언젠가 이 친구의 유일한 통학 수단인 자전거를 잃어

버린 적이 있었다. 태권도가 공인 5단인 체육과 복학생인 이 친구의 자전거를 누가 훔쳐 간 것이다.

군대 전령이었던 이 친구는 시비를 걸어오는 공수부대원 5명을 작살낸 적이 있을 만큼 싸움 실력이 출중했다. 같은 이등병인 훈련병 시절, 고졸(高卒) 향도반장이었던 내게 엉겨 붙다가 나의 선빵에 나가떨어진 적이 있다. 키 190의 장신에 태권도 선수라는 사실을 몰랐기에 망정이지 잘못했다가는 나는 뼈도 못 추렸을 것이다. 자전거를 도난당하고 코가 빠진 이 친구를 데리고 나가 학교 도서관 앞에 있는 남의 새 자전거를 부착물 몇 개 떼어내고 소유권 이전을 시켜준 적이 있다. 범강장달같이 생긴 이 친구는 졸업 후 나주에 있는 고등학교에서 선생질하고 있다.

"거짓말하지 말라…. 남의 물건을 훔치지 말라…!"라고 말하며.

고단한 군대 훈련병 시절과 가난한 늙다리 고학생 시절을 함께했던 친구에게조차 나의 불안을 함께 나눌 수 없었다.

오래 우려낸 사골 같은 친구가 사주는 곰탕 맛은 깊고 담백했다.

마지막 날이다.

오늘 하루 170km를 달려야 한다.

작심해야 주파할 수 있다. 나주에서 출발해 장성을 지나 정읍 내장산을 돌아 모악산을 지나면 전주 초입에 쑥고개가 나온다. 거리로는 130km다. 여기에서 다시 33km를 달려야 내가 사는 소도시가 나온다. 걸출한 장성 갈재를 넘어야 하고 정읍 내장산과 전주 모악산을 타고 넘어야 한다.

몸은 형편없이 망가져 있지만 밤새워 달린다면 내일 안으로 집에 도착하게 된다. 자동차 전용도로처럼 생긴 캄캄한 국도에서 수많은 자동차들과 함께 달려야 한다. 자전거 여행에 대한 지식이 전무한 나는 검은 옷에 검은 바지 검은 헬멧을 준비하고 출발했었다. 자전거 백(Back)등이라고 해 봤자 오백 원짜리 동전만 한 깜빡이가 전부였다. 야광 패치가 붙은 점퍼나 야광 운동화 정도는 장만해서 출발해야 했다. 야간 운전자에게 지금까지 얼마나 큰 민폐였겠는가 생각하면 참으로 미안한 일이었다.

1,300km 이상을 넘게 달리면서 지금까지 나는 죽을 고비도 숱하게 넘겼다. 절해고도와 같은 캄캄한 산길에 갇히기도 하고 도로에서 미끄러져 수렁에 처박히기도 여러 번이었다.

죽음은 두렵지 않았으나, 끊임없이 나를 따라오는 불안은 죽음보다 두려웠다.

내 자신이 아닌 외부요인과의 불일치가 그리고 그 불확실성이 주는 불안은 불길했고 불쾌했다.

불안과 달리 죽음은 정확하고 확실하다.

죽음을 찾지 않아도 죽음이 언젠가 나를 찾아내 내 삶을 환수해 갈 것이기 때문이다.

초등학교 1학년 무렵이었다.

나는 깊은 물에 빠졌다.

수영도 못하는 나는 살기 위해 발버둥을 쳤다. 한계치 이상의 물을 들이켜 거의 죽을 지경이 되자 나는 서서히 의식을 잃어가고 있었다. 살기 위해 허우적거리던 팔다리가 축 늘어지기 시작하고 팔락거리는 내 몸은 나비처럼 가볍고 부드러워졌다. 나는 슬로우비디오처럼 물속으로 서서히 가라앉기 시작했다. 숨을 쉴 필요가 없어졌다.

편안했다. 안온한 꿈을 꾸고 있는 것 같았다.

내 몸은 천천히 하천 바닥에 살포시 놓였다. 십 년이나 살았을까, 지나온 과거가 파노라마처럼 지나간다. 아무런 고통도 느끼지 못한다. 고요와 평화, 그 아늑함을 지금도 잊지 못한다.

아…! 죽음이란 이렇게 편한 것이구나.

나의 사생관(死生觀)은 그때 확정되었다.

기운이 모여 형체가 되고, 형체가 변하여 몸이 되는 게 삶이라면 삶이 죽어서 원래 없던 그 상태로 돌아가는 것은 너무 자연스러운 일이기에 죽음은 아늑하고 평안한 잠과 같은 것이었다. 수많은 사람 사이로 우연히 나를 주시하고 있었던 한 어른을 만나지 않았더라면 나는 아마 그때 떠났을 것이다.

어린 철학자로 떠났을 것이다.

그 이후의 삶은 잉여(剩餘) 또는 여분(餘分)이다.

인생은 순간의 적분과도 같은 것, 주어진 인생과 남겨진 시간을 완전 연소(燃燒)시키며 사는 것, 그것이야말로 한 번 더 주어진 나의 삶을 잘 살다 가는 것이라고 생각했다.

저녁이 되어서야 전주 초입 쑥고개에 도착했다.

타이밍 절묘하게도 자전거 타이어가 펑크 나 버렸다.

가지고 간 타이어 펑크 패치 이십여 개가 다 떨어지고 말았다.

오갈 데 없는 상황이 되자 비로소 집으로 전화했다.

불 켜진 근처 주유소 구석, 차가운 콘크리트 바닥에 몸을 눕혔다.

아침 10시부터 달려 130여km를 줄기차게 달린 셈이다.

평지가 아닌 산과 계곡을 타고 온 것이다.

한참을 기다린 뒤에야 아내와 아들이 차를 몰고 달려왔다.

차에서 내리자마자 아내는 나를 와락 껴안아 주었다.

우리 셋은 서로의 목과 어깨를 끌어안고 한참을 소리죽여 울었다. 말이 터져 나오지 않았다. 무슨 말을 할 수 있겠는가!

그리움과 반가움, 서러움 등의 만감이 교차했다.

각자의 입에서 터져 나오는 불규칙한 거친 들숨과 날숨, 그리고 쏟아지는 눈물만이 우리가 표현할 수 있는 전부였다.

가자… 어서 가자, 집으로 가자.

나는 다시 자전거에 올라탔다.

앞에서 달리는 남편이자 아빠를 내 사랑하는 가족이 백업하며 따라 와 주었다.

집까지 33km. 이건 식은 죽 먹기보다 쉬웠다.

나는 철인 십종 경기 선수가 되었고 이미 나는 초인이 되어 있었다. 나는 하루도 쉬지 않고 16일 동안 1,500km 대장정을 마쳤다.

내 인생의 3막 7장이 끝났다.

이제 나는 내 인생의 4막의 커튼을 올려야 한다.

내가 하고자 하는 일이 안단테로 갈지 모데라토로 갈지 알 수 없다. 환상곡으로 끝나든 광시곡으로 끝나든 나는 내 인생의 마지막 도전을 시작할 것이다.

죽어 내 삶을 심판하는 판관이 있다면 내 인생의 시놉시스 (Synopsys)를 읽어 볼 것이다. 평범하거나 드라마틱하지 않다면 내 원고는 휴지통으로 처박힐 것이다.

어려움 없는 단순한 성공보다 시련과 역경, 절망과 좌절을 딛고 일어선 과정에 점수를 더 쳐 줄 것이다.

나의 판단과 결정이 잘못되어 또 다른 고통이 주어진다면 그 또한 부닥쳐 보기로 결론을 내렸다. 성공과 실패는 내 소관이 아니지만 그 도전과 응전을 온몸으로 관통해 볼 것이다.

내 인생을 남이 어떻게 평가하는 것은 내 관심사항이 아니다.

한 인간의 신념이나 가치는 외부의 평가와 인정에 의해서가 아니라 자기 자신의 판단과 정체성에 의해 정의되어야 하기 때문이다. 바람은 일정한 경로나 방향없이 자유롭게 흐른다. 자연의 조화와 균형을 존중하며 사회적 규범이나 기대에 얽매이지 않고 바람처럼 자유롭게 살으리랏다.

난관

16일 동안 1,500km 순례를 다녀온 다음 날, 나는 김무식 사장을 일식집으로 불렀다.

"여행 다녀오면서 생각해 봤네. 아무래도 일을 함께한다는 건 옳은 결정이 아니라고 생각하네. 생각이 너무 다르고 서로 원망으로 끝날 가능성이 많아서 좋은 인간관계로 매듭지으려면 각자 가던 길을 가세." 그동안 내가 투자한 돈을 단계적으로 회수해야겠다고 말하자 그는 내 앞에서 머리를 조아렸다.

"형님이 주신 돈은 다 쓰고 없습니다요. 형님, 정말 한번 잘해 보겠습니다. 저를 믿고 한번 해보시게요. 한 번만 믿어 주십시오… 대신 형님 통장으로 매달 천만 원씩 입금시키겠습니다."

그의 대답은 예상과 다르지 않았다. 그럴 거라고 예측하고 나는 그를 만났다. 내가 투자한 자금에 대한 지출처에 대해 그가 한 번도 보고 하지 않았다는 사실을 깨달았다. 너무 믿었던 것이다.

레미콘 회사는 어떻게 되어가고 석산 허가는 언제 난다는 말인가? 나는 단숨에 술을 털어 넣으며 그에게 물었다.

예, 조금만 기다려 주십시오. 레미콘보다 재생 아스콘 회사로 방향을 틀어야겠습니다. 돈벌이는 재생 아스콘이 훨씬 낫습니다요. 그리고 행정소송은 판사를 잘 구워삶아 놨기 때문에 좋은 결과가 나올 것입니다.

금방 나온다는 석산은 언제 끝날지 모를 행정소송 중이고 10억에 레미콘 회사를 만들자는 그의 초기 제안은 갑자기 재생 아스콘으로 바꾼다는 말은 전혀 납득이 가지 않았었다. 자신의 석산에 설치되어 있는 기존 아스콘 시설을 활용해 처음부터 재생 아스콘을 함께 생산하자고 제안하면 돈을 투자받지 못할 가능성이 크다고 보고 레미콘으로 이름을 살짝 바꿔 투자금을 받아 갔다는 생각이 들었다.

여러 부분이 의심스러웠지만 일단 거액이 투자된 입장에서 천천히 발을 빼야겠다고 결심했다.

일단 알았네. 다만 두 가지만 전제 조건을 붙이니 잘 시행해 주게. 나의 말에 그는 자세를 고쳐 앉았다.

형님! 뭐든 말씀만 하십쇼. 그대로 따르겠습니다.

나는 말을 이어 갔다.

대전 건물의 임대와 분양은 계속 진행하고 수익금에 대해서는 회사 이사를 통해 매월 보고해 주도록 하게. 그리고 재생 아스콘과 정읍 석산의 경영은 재무 회계가 투명해야 하네. 법인끼리 연계하지 말고 독립경영 하도록 하지 않으면 절대 안 되네. 그렇게 하지 않으면 함께 갈 수 없네.

네, 형님, 여부가 있겠습니까, 당연히 그렇게 해야지요.

나의 제안을 눈치가 빠른 그는 잽싸게 받아들였다.

결기가 부족한 나의 단호함을 그는 이미 읽고 있었고 퇴로가 별반 없다는 사실까지도 그는 알고 있었다.

자전거 여행을 떠난 16일 동안 내가 전화하지 않으면 그는 먼저 전화하지 않았다. 하지만 내 불편한 감정을 노출해 그에게 약점 잡히는 일을 해서는 안 된다고 생각하고 서운한 감정을 일체 언급하지 않았다.

상대방의 장점만 보고 긍정적으로 판단하자고 생각했다. 기본은 착하고 선한 놈이다. 힘들고 어렵게 자라며 빈손으로 기반을 잡기 위해 사채도 하고 노름도 했을 것이다. 나의 선한 의지로 개과천선 시키고 사업을 완성시키자고 다시 마음을 고쳐먹었다. 석산이나 레미콘에 대한 투자가 잘못되어 투자한 돈을 날리더라도 대전 건물 하나가 대장주처럼 버티고 있으니 그거라도 야무지게 관리하자고 스스로를 타일렀다. 그와의 단절과 결별을 선택하는 대신 나는 내 자신과 타협의 카드를 선택함으로써 어려운 사태를 잘 무마시켰다고 생각했다.

그는 아스콘 시설을 다시 가동시켰다.

밀린 세금과 유류대가 없어서 아스콘 시설을 가동하지 못했을 것이다. 운영자금을 마련하기 위해 레미콘 사업을 언급했을 거라고 이해했다.

학원을 정리하고 쉬고 있는 아내를 아스콘 법인 대표로 앉히고 나는 정읍 석산으로 출근했다.

마침내 석산은 행정소송에서 승소했다.

모든 사업이 비슷하지만 석산에서 중요한 부분은 기계, 장비, 설비 그리고 매장량이다. 이보다 더 중요한 것은 사람이다.

인허가가 나오자 기계를 설치해야 했다.

돌을 파쇄하는 '크러셔(crusher)'라는 대형 설치 기계는 국산 기계도 훌륭하다. 조사해 보니 90%가 넘는 회사들이 국산 기계를 사용하고 있었다. 그러나 김 사장은 스웨덴 제품을 고집했다. 성능은 우수했지만 국산 가격보다 세 배 이상이 비쌌다. 모래와 골재를 생산하는 설비와 장치 비용들도 수십억 원이 들어갔다.

그가 원하는 대로 설치하려면 60억 원 이상이 투자되어야 가능했다. 문제는 이 대형 장치들을 앉히기 위해 산 비탈면을 깎아야 했다. 깎아내고 평탄 작업하기 위해 발생하는 아까운 골재를 헐값에 내보내야 했다. 쌓아 놓을 공간이 없는 여건에서는 아까운 골재들이 헐값이나 다름없는 막골재로 내다 팔아야 했다. 우리 재무 형편에 맞는 작은 국산 기계부터 설치해서 조금씩 생산하며 제값 받고 골재를 팔아야 한다고 나는 주장했다. 자본이 생기면 좀 더 큰 기계를 연결해서 생산량을 늘리면 어음을 발행하지 않아도 충분히 배짱 장사 할 수 있다고 판단했으나 그는 나와는 생각이 다른 사람이었다.

금융권에 대출을 받거나 어음을 발행해서 대규모로 시설하고 대량으로 생산하면 금융권에서 추가 대출을 받기 더 쉬워진다고 그는 판단했다.

좋은 결정은 경험에서 나오고 경험은 나쁜 결정에서 배운다. 실수와 실패를 통해 배우고 옳은 판단력을 갖게 된다는 의미지만, 단 한 번의 판단 착오로 회사 전체가 날아갈 수 있는 게 사업이다. 많은 우려가 앞섰지만, 석산 경험이 전혀 없는 나는 할 수 없이 그의 결정에 따라갈 수밖에 없었다. 그의 석산 경력 십 년 짬밥의 경험을 믿기로 했다.

그의 결정대로 법면을 더 크게 치고 시설비로 60여억 원이 더 투자되었다. 외형적으로는 호남에서 가장 큰 석산이 되었다.

그럼에도 불구하고 불안했다. 대표이사가 내 이름으로 되어 있으니 잘못되면 나락으로 떨어지는 것은 한순간이었다.

익산에 있는 부동산을 아내 이름으로 증여했다. 잘못되면 아내라도 살리기 위한 조치였다.

모든 시설이 완공되자 돼지를 잡고 개업식을 한다고 아침부터 회사가 떠들썩했다. 나는 혼자 조용히 산 정상으로 올라갔다.

팔을 높이 들어 올리고 하늘을 향해 기도했다.

그리고 땅에 엎드려 산신(山神)과 지신(地神)에게 빌었다.

의연하게 행동하려 했으나 아내와 자식들 앞에서 나는 한낱 나약한 존재에 불과했다.

"하늘의 신이시여! 천지간의 조화를 관장하시는 천지신명이시여…! 후손이 이용할 자연을 훼손하게 되어 정말 죽을 죄를 짓게 되었습니다. 산업의 쌀이기도 한 골재를 생산할 수밖에 없음을 하량으로 용서해 주시기를 바라나이다. 청컨대 사업이 순조롭게 진행되고 직원들과 항상 안전하게 공생할 수 있는 좋은 일터가 될 수 있기를 간절히 기도합니다. 잘 개발하고 보시기에 '좋으다' 하실 정도로 잘 복구하겠습니다." 나를 위해서가 아닌 회사와 직원들을 위해 간절히 기도했다. 떡갈나무 갈색 잎들이 바람에 우수수 떨어져 얼굴을 스치운다. 오랜 기도에도 마음은 개운치가 않았다.

'다 알겠는데 그게 왜 하필 너냐!'라는 말이 산을 타고 내려오는 내내 내 귓전을 때렸다.

불안은 실패를 두려워할 때 찾아오는 것일까. 내 예상은 틀리지 않았다.

스웨덴 샌드빅(SANDVICK) 본사에서 파견된 기술자, 요르겐(Yorgen)은 자신의 회사 제품을 장담했지만 그의 말은 일부만 맞았다.

국산 기계에 비해 힘은 좋았으나 스웨덴 콘(JAW)들은 너무 예민했다. 조그만 이물질만 들어가도 제동이 걸렸다. 원석들을 제대로 파쇄시켜 주지 못했다. 한국의 화강암 강도가 북유럽의 암반보다 강했다. 막힐 때마다 근로자들은 서너 명씩 달라붙어 문제가 되는 이물질들을 제거하기 위해 몇 시간씩 시간을 허비해야만 했다. 가동하지 못한 시간으로 말미암아 하루에도 수백만 원씩 앉아서 손해를 봤다.

자금압박이 시작되었다. 돌아오는 어음이 문제였다.

어음을 결제하기 위해서 생산된 골재를 싼값에 반출할 수밖에 없었다. 유통업자들은 그 약점을 이용해 싼값에 가격을 후려쳤다.

자금과 어음 관련 업무는 모두 김 사장이 맡아서 진행했고 나는 관리와 생산 업무에만 전념했다.

파이를 키우는 일은 내가 잘한다. 더하기 곱하기는 내가 잘하는 일이다. 동업이라는 환경 속에서 오해 살 수 있을까 싶어 나는 오히려 '돈통'을 주시하지 않았다. 잘못된 결정이라는 걸 잘 알고 있었지만, 돈 문제로 예민해져 꼭지를 따기도 전에 그와의 관계를 파탄시킬 수는 없었다.

아주 어려운 환경 속에서 우리는 첫해 78억 매출을 올렸다.

그럼에도 불구하고 부채는 줄어들지 않았고 자금은 항상 바닥이었다.

위기의 싹은 기회의 틈바구니 속에서 자란다.

국세청에서 갑자기 세무조사가 나왔다. 내가 대표로 있는 회사만이 아닌 김무식 사장의 회사에도 함께 세무조사가 나온 것이다.

관계 요로에 있는 선후배들을 소환했다.

김 사장이 문제였다. 석산이 시작도 하기 전에 페이퍼컴퍼니를 만들고 법인의 실적을 만들기 위해 자신의 회사와 무자료 상거래를 한 것이었다. 은행에서 대출과 어음을 받기 위한 편법과 조작이었던 것이다. 이런 편법이 은행에 먹혀 가능했을지 모르겠으나 나중에 결국 다 갚아야 할 채무였다. 나에게는 조금도 언급하지 않고 자신의 회사 재무이사와 은밀히 진행했던 일이 터지고 나서야 그는 내게 실토했다. 황당했지만, 달리 화를 낼 수도 없는 일이었다. 정직과 신용은 그와 상반되는 가치들이었다는 사실만 확인할 뿐이었다.

세금을 조금이라도 줄이기 위해 나는 동분서주했다.

내가 아는 선배와 후배들이 자기 일처럼 뛰었다.

열댓 명의 국세청 직원들이 15일 동안 양쪽 회사를 탈탈 털었다. 결국 탈세로 12여억 원을 추가 납세해야 했다.

그의 무모하고 독단적인 행동으로 회사에 막대한 피해를 끼쳤지만 이미 부과된 세금을 납기일을 연장해 지불할 수밖에 없었다.

발을 뺄 수 없는 상황에서 회사를 살리고 연착륙시켜야 한다고 다짐했다.

뛰기도 전에 모래 한 가마니를 지고 뛰어야 할 형국이 된 것이다. 직원들의 월급이 밀리기 시작했다. 월급날만 되면 직원들의 얼굴을 볼 수가 없었다. 그들도 가족이 있고 생활인이었다. 남편이 받아오는 월급만 바라보고 있는 아내가 있고 그 돈을 쪼개 생활하고 아이들 학원도 보낸다. 직원들 가족의 행복이 내 손안에 달려 있었다. 개인적으로 수십 년 동안 회사를 경영하면서 한 번도 경험하지 못했던 일들을 나는 감당해야 했다.

어려운 여건 속에서도 직원들은 나를 믿고 열심히 뛰어 주었다. 이물질로 크러셔의 가동이 중지되면 직원들은 앞다퉈 기계 안으로 들어갔다. 집채만 한 쇳덩이 안의 체감온도는 40도가 넘는다. 웃통을 벗어붙이고 함께 들어가 이물질을 제거해야만 했다.

그들의 노동은 신성했고 꽃을 받을 자격이 충분한 이들에게 월급을 미룬다는 것은 그들의 꿈과 희망에 차꼬를 채우는 것과 다름없는 일이었다. 회사는 갈수록 힘에 부쳤다.

고육지책

여보, 여기 장부를 좀 봐봐요. 매출장부가 이상해요. 매달 나오는 금액도 일정하고…. 어느 날 퇴근하고 서재에 앉아 있는데 아내가 아스콘 회사의 매출장부를 가져왔다.

아닌 게 아니라 아내가 대표로 있던 재생 아스콘 회사는 1년 동안의 매달 매출이 항상 일정했다. 주문량이 많거나 적거나 유통 거리가 근거리거나 원거리와 관계없이 매출단가는 항상 비슷했고 이익금은 엇비슷하게 기록되어 있었다.

골재에 시멘트를 넣어 만들면 레미콘이고 골재와 석유 페트를 혼합해서 만들면 아스콘이다.

레미콘은 건축자재에 쓰이고 아스콘은 아스팔트 포장에 쓰인다. 아스콘설비에 신생골재를 넣어 생산하면 신생 아스콘이고 오래된 아스팔트를 걷거나 폐건축자재를 넣으면 재생 아스콘이다.

김 사장이 제의한 레미콘 회사와 아스콘 회사는 설비와 공정 자체부터 다르다. 레미콘 회사를 설립하자고 투자받은 김 사장이 재생 아스콘이 돈이 된다고 방향을 튼 이유를 알게 되었다.

이미 자신의 회사에 설치된 아스콘 장비를 가동해 재생 아스콘을 생산하면 될 일이었다. 회사가 자금이 없으니 세금이나 기타 공과금을 납부하지 못한 상태에서 정지된 기계를 돌리기 위해 레미콘 투자 명목으로 돈이 필요했던 것이다.

레미콘 시설은 하지 않은채 급전 마련을 위해 빤히 보이는 거짓말을 하고 투자금을 받아갔다.

그리고 매달 이익금을 일정하게 만들기 위해 그의 회사 직원들에게 지시해 수치를 조작하고 대표인 아내에게 보고하게 했던 것이다.

그리고 매달 400~500만 원의 이익금을 대표인 아내에게 일정하게 지급한 것이었다. 이 금액은 아내가 학원을 운영하면서 매달 은행에 불입했던 펀드 금액의 십분의 일도 안 되는 금액이었다. 아내와 함께 꼼꼼히 검토해 본 결과 회사의 매출장부는 조작이었다.

나는 아내에게 재생 아스콘 회사를 정리하라고 말했다.

결국 아내는 1년 만에 회사 대표직에서 사임했다.

투자금만 날린 것이다. 매달 천만 원씩 내 통장으로 입금하기로 약속했던 금액도 두서너 달 지나자, 김 사장은 그 약속도 지키지 않았다.

김 사장을 불렀다.

회사 하나를 정리하고 구조조정을 하라고 단호히 말했다.

그는 내게 갑자기 다른 제안을 했다.

형님 회사의 주식 30%를 팝시다. 지분을 팔지 않으면 자금난 때문에 회사가 더 이상 버티지 못할 거 같습니다.

자신에게 불리한 상황이 오면 화제를 돌려 분위기 국면 전환을 시키는 건 그의 전매특허였다. 그리고 그다음 날 투자자 한 사람을 데리고 나타났다. 투자자로부터 30억을 투자받고 회사 주식 30%를 넘기는 조건이었다.

투자자는 특약 조건을 내걸었다. 30억에 대한 이자로 매달 4,500만 원씩, 1.5% 이자를 주는 조건이었다.

투자면 투자고 사채면 사채지, 투자를 받고 주식 지분을 넘겨 주는 건 이해가 되는데 사채이자까지 물어 줘야 하는 이런 조건이 무슨 투자야…? 김 사장에게 따져 물었다.

"형님, 내역서 잘 봐 보세요. 형님 주식은 5%만 넘기고 25%는 제 주식을 넘기는 조건입니다. 회사가 어려우니 자금난을 풀고 생각합시다요, 일단 회사를 살리고 봐야 하잖아요."

옳지 않을 뿐, 김 사장의 말은 틀린 말은 하나도 없었다. 결국은 허기를 면하려 독당근을 삼키려는 고육지책이었다.

그가 만들어 온 주식 양수·양도 계약서에는 이미 내 이름과 사용인감 도장까지 찍혀 있었다. 30억 차용 증명서에는 채무자 대표는 내 이름이, 그 아래 연대 보증인 명의는 김 사장 이름이 적혀 있었다. 투자 계약서가 아닌 차용 계약서를 만들어 온 두 사람 앞에서 나는 무력했다. 이런 조치를 취해도 '형님'인 내가 다른 선택이 없다는 사실을 그는 이미 간파하고 있었다. 나는 창밖으로 시선을 돌렸다. 컨베이어 벨트에서 골재가 쏟아지는 모습을 보며 포크레인 중장비들이 돌아가는 거친 소리를 망연자실하게 듣고 있었다. 서류를 보며 나는 차마 도장을 찍지 못하고 있었다.

당장 그만두면 대표이사로 있는 내가 책임져야 할 의무가 너무 컸다. 대전 건물에까지 여파가 미칠 소지가 충분했다. 김 사장의 제안을 거절하면 그는 소통을 단절시킬 것이다. 무심코 들어간 곳이 퇴로가 차단된 지뢰밭이었다.

제대로 말리고 제대로 엮인 것이다.

소음과 비산먼지 속에서 땀 흘려 고생하는 직원들, 포크레인과 장비 기사들의 얼굴이 떠올랐다. 팔 한쪽을 떼어 내주고 회사를 먼저 살려야 한다는 생각했다. 나는 마침내 서류에 도장을 찍었다.

30억에 회사 지분 30%를 인수하고 매달 4,500만 원씩 이자를 받게 된 심 사장은 잔혹한 사람이었다. 교회 장로라고 자신을 소개한 그는 서류에 도장을 받자, 만면의 미소를 띠고 내게 다가왔다.

김 대표님, 저 김 사장이라는 사람은 말입니다. 목이 마르면 우물을 파야 하는데요, 양잿물이든 바닷물이든 먼저 들이키는 사람입니다. 어떻게 저런 사람과 함께 사업을 시작했어요?

나보다 몇 살 연배인 그는 김 사장이 화장실 간 틈을 이용해 귓속말로 내게 말했다. 김 사장을 오래 만났다는 사람이 처음 만난 내게 김 사장을 험담하는 그는 더 나쁜 놈이었다. 세상은 넓고 사기꾼은 많다는 사실을 증명이라도 하듯 그는 사채업자들이나 취할 수 있는 이중적 태도를 보여 주었다. 이런 사람들을 얼마나 더 만나야 하나 생각하니 아뜩해졌다.

자신의 회사 부채를 갚기 위해 버려진 석산을 가동시키려 나까지 끌어들였지만, 자신의 판단 실수로 양쪽에서 누적되는 빚과 어음을 김 사장이 감당할 수준을 넘어서고 있다는 것을 직감할 수 있었다.

독립경영을 누차 강조했건만 김 사장은 나와의 약속을 지키지 않았다. 자금난을 해결하기 위해서 차입금 30억을 끌어들일 수밖에 없었고 결국 나는 김 사장 회사와 함께 맞보증을 설 수밖에 없었다. 심 사장이 그걸 요구했었다. 변제하지 않으면 두 개의 석산을 한꺼번에 잡아먹겠다는 의도였다. 김 사장 회사를 살려야 내 회사도 살릴 수 있다는 고육지책이었지만 매월 이자로 나가는 4,500만 원은 큰 부담이었다. 더 큰 문제는 김 사장의 회사에서는 매달 그 이자조차 반부담하지 않았다. 그런 까닭으로 30억을 투자받았는데도 자금 사정은 조금도 나아지지 않았다.

김 사장 회사의 회계 담당 이사에게 전화했다. 투자받은 30억 자금 사용 내역서를 가져오라고 했다.

투자된 30억 중, 10억은 우리 회사 직원 월급과 가수금 정리하는 데 일부 사용되었고 나머지 20억은 김 사장 자신의 개인 사채와 이자, 자신의 회사 밀린 외상값을 갚는 데 다 써버렸다. 우리 회사의 지분을 팔고 투자받은 자금을 우리 회사에 사용하지 않고 자신의 회사와 개인 사채 갚는 데 사용하는 그의 무모함과 몰지각에 나는 경악했다. 감옥 갈 작정이 아니면 이러한 배임과 횡령은 도저히 가능하지 않은 행동들이었다.

사람의 근본은 정말 중요하다.

아무리 큰 회사를 가지고 있더라도 직원들로부터 인정받지 못하면 사회적으로 존경받지 못한다. 반대로 작은 회사를 운영하더라도 직원들을 아끼고 존중하며 노사 간 상생의 기본 정신을 갖고 있으면 그는 훌륭한 경영인이다.

김 사장의 회사 직원들은 수시로 들락거렸고 성실한 직원들도 오래 버티지 못하고 나가 버렸다. 애사심이 없기 때문에 비싼 고가의 장비를 맡겨도 때려 부수기 일쑤였다. 좋은 선순환이 없기 때문에 나쁜 결말은 정해져 있다.

오랜 자금난을 견디지 못하고 마침내 그는 자신의 회사를 팔기로 결정했다. 다행이었다.

서울의 한 회사가 인수하려고 접촉했다. 김 사장은 계약금으로 7억 원을 받고 매매 약정서를 작성했다. 며칠 후, 인수하려고 내려온 서울 회사의 실사팀과 법무팀은 깜짝 놀라고 말았다. 김 사장의 회사 우발부채가 180억이 넘는다는 사실을 발견한 것이다. 그걸 속이고 김 사장은 계약금 7억 원을 받은 것이다. 급하니 양잿물을 들이킨 것이다. 인수하려는 회사는 인수를 거부하고 김 사장에게 계약금 반환을 요구했다.

계약금이 남아 있을 리 없었다.

계약서 잉크가 마르기도 전에 그는 계약금을 이미 다 써버렸다. 서울 회사는 김 사장을 형사 고발했다. 부랴부랴 4억 원을 마련한 김 사장은 인수하려는 회사에 통사정을 하고 검찰에 합의서를 제출해서 겨우 집행유예로 빠져나왔다.

이런 사실들에 대해 김 사장은 함구하고 있으나 세상의 비밀은 없는 법이다. 김 사장과 소송을 준비하고 있는 다른 사람이 내게 건네준 공소장을 보고 알게 된 사실이다.

큰일이었다. 회사에 암울한 먹구름이 밀려오고 있었다.

나는 회사를 정상화시키기 위해 안간힘을 썼다. 한 달 내내 벌어도 매달 갚아야 할 사채이자와 어음이 큰 부담이었다.

우리 사장님만 계시면 회사 분위기가 달라지고 생산량도 확 달라져요. 사장님이 회사를 꼭 살려 주세요.

직원 사오십 명의 식사를 외주 받아 운영하는 식당 아주머니는 내 손을 꼭 잡고 간곡히 말했다.

어느 날 식당 아주머니에게서 전화가 왔다.

'회사가 난리 났다'는 것이다.

밖에서 일을 보다가 회사로 급히 들어갔다.

조직 간의 갈등과 회사에 불만을 품은 직원 한 명이 회사를 퇴직하면서 600톤 수조 탱크 속에 20리터 깡통들을 몰래 던져넣고 사라진 것이다.

꼬깔콘 모양의 탱크를 거꾸로 매달아 놓은 형태의 수조 탱크 규모는 수백 톤의 무게이며 그 탱크 하중을 떠받치는 하부철근 구조는 엄청난 시설 규모다. 아파트 5층 높이의 대형 수조탱크를 돌리는 발전실은 규모도 크지만 사용되는 전력소모량은 매달 수천만 원의 전기요금이 들어간다. 수조 탱크 안의 600톤의 물을 회전시켜 꼬깔콘 모양의 하단부로 쏟아지게 하여 파쇄되어 오는 모든 골재를 세척시켜야 깨끗한 모래를 생산할 수 있다.

한마디로 앙심을 품은 직원 한 명이 던진 이물질이 맨 밑 하단의 물구멍을 틀어막은 것이다.

회사에 도착하니 모두 손을 놓고 있었다.

방법이 없었다.

일부 젊은 직원들은 거대한 수조통 안으로 들어가 켜켜이 쌓인 진흙 슬러지를 삽과 드릴로 파내고 있었다.

살펴보니 그 양이 몇 날 며칠을 파내도 제거될 양이 아니었다.

실장 반장들을 불렀다. 관록 있는 그들은 6, 70대의 노장들이다. 평생을 석산을 옮겨 다니며 이 작업만 해오던 반장들도 원시적인 수단 말고 다른 방법이 없다고 말했다.

가만히 앉아서 몇억을 날릴 판이었다. 회사가 바람 앞의 등불이었다.

이 수조 탱크 두께가 얼마나 됩니까? 두께를 감안해서 이 대형 수조통 하단부를 용접해서 직사각형 모양으로 딸 수 없습니까?

나는 단도직입적으로 물었다.

따기야 따지요. 하지만 쏟아지는 물과 엄청 많은 진흙뻘을 어찌 감당하시려고요. 그리고 발전실과 모터들은 어떻게 하고요?

직원들은 불가능하다고 말했다.

시내에 가서 대형 비닐 포장막을 사 오세요. 여기 있는 기계실을 덮으세요. 그리고 뒤집힌 꼬깔콘 모형의 수조통 하단 1/5 지점을 가로세로 2미터씩 용접으로 따세요. 장화를 신고 나는 작업복으로 갈아입었다. 기상천외와도 같은 나의 지시에 그들은 벌린 입을 다물지 못했다.

그 방법으로 진행하세요. 그리고 진흙 슬러지는 고압세척기로 쓸려 내려보내면 되지 않아요?

나의 설명에 직원들은 서로 바라보며 고개를 주억거렸다.

그들도 주인이라면 그런 결정을 했을 것이다.

다만 계란을 세우는 일처럼 계란 하단부를 깰 생각은 어느 누구도 생각하지 못했다.

약 세 시간에 걸친 용접 작업으로 하단을 땄다.

수조 안의 엄청난 슬러지와 물이 한꺼번에 쏟아졌다.

모두가 환호성을 지르며 기뻐했다. 그들의 환호와 기쁨에 나는 안도했다. 수억 원의 큰 손실을 막을 수 있었다.

'노동자는 임금뿐만이 아니라 장미를 받을 권리도 있다'는 말이 생각났다. 직원들과 함께하는 저녁 식사 내내 직원들이 안쓰럽고 가슴이 아팠다.

오판

형님! 대전 건물을 팝시다. 좋은 값을 쳐 준다는 작자가 나타났습니다. 우리 건물 3층에서 스크린 골프하는 사장의 친군데요. 이 건물을 떠가겠답니다. 매가는 105억 원입니다.

이런 수단 저런 수단을 다 써도 더 이상 방법이 없자 김 사장은 최후의 수단을 썼다.

김 사장은 마지막 카드를 꺼내 들었다.

드디어 올 것이 왔다는 사실을 나는 직감했다.

대전 건물은 나의 최후 보루였다.

레미콘 사업은 물 건너갔고 석산 경영마저 위태로워지자 여러 가지 방법을 시도했지만 대전 건물까지 매각한다는 결정은 나는 차마 하지 못했다. 아니 할 수 없었다.

대전 건물까지 매각한다는 것은 자살행위였다.

그러나 계속되는 그의 오판과 헛발질을 지켜볼 수는 없었다. 그러다 모든 것을 날릴 수도 있다는 생각이 들었다.

나는 며칠을 두고 고민한 후, 매각을 결정했다. 건물을 매각함과 동시에 그와의 관계도 정리하고 싶었다.

인생을 살아가면서 인간은 크고 작은 판단과 결정을 하며 살아간다. 옳은 판단과 결정은 자신이 가진 지식과 경험을 기반으로 하여 나온다. 나는 나의 이성과 직관을 믿었고 지금까지 좋은 타율을 만들며 살아왔다고 생각했다. 그러나 정말 중요한 순간에 크게 헛스윙을 하고 말았다. 그것은 마지막까지 그를 믿었다는 사실이다. 김 사장은 대표이사인 자신이 대전에 가서 계약을 하고 오겠다고 말했다. 주택을 신축하고 있던 나는 건물신축으로 정신이 없었다.

　형님, 계약치고 왔습니다.
　건물 매수자를 만나고 온다고 김 사장이 말하던 그날, 나는 김 사장과 함께 동행해야 옳았다. 바쁘다는 핑계로 김 사장만 보낸 건 최악의 판단 미스였다.
　건물을 매각하고 온 김 사장의 표정은 역시 하마처럼 무덤덤했다. 다만 무슨 이유 때문인지 몰라도 덥지도 않은 날씨에 그는 필요 이상의 땀을 흘리고 있었다.

　얼마 받았는가?
　예, 계약금으로 4억 받아왔습니다.
　응, 수고했네. 내 통장으로 일단 2억 입금시켜 놓도록 해. 그리고 잔금은 언제 주기로 했는가?
　내가 묻자 그는 약간 뜸을 들이며 말했다.

　예, 홍 사장이 다음 달 잔금을 입금시켜 주기로 했습니다.

대전의 건물을 인수하는 사람은 홍석찬 사장이라는 사람이라고 말했다.

그 자리에서 그는 내 통장에 2억을 입금시켰다. 그리고 약속이 있다며 그는 서둘러 자리를 떴다.

다음 날, 김 사장은 나를 다시 찾아왔다.

형님, 제가 급히 어음 막을 게 하나 있는데요, 1억 5천만 원만 빌려주시면 안 될까요? 이삼일 내로 '마석'이라는 회사에서 돈 들어올 게 있는데요, 그때 그 돈을 형님께 바로 입금시켜 드리겠습니다요.

나는 김 사장이 말한 금액을 그의 통장에 입금시켜 주었다.

건물이 105억에 매각되었으니 잔금이 들어오면 패가 좀 풀리겠다는 생각이 들어 안도했다. 대전 건물을 경매로 뜨면서 김 사장이 각을 잘 잡은 공(功)을 감안하면 그 정도는 들어 줄 수 있었다.

초기 대전 건물을 작업하려는 즈음, 여러 투자자들이 각자 비율대로 투자금을 마련할 때, 김 사장은 자기 지분 비율이 없다고 실토했었다.

나는 은행 부지점장에게 말했다.

아내 이름으로 대출을 좀 받아서 김 사장의 투자금을 태워 주라고. 그에게 부채 의식을 심어 주기 위한 조처였다. 그리고 이자는 아내 이름으로 나가게 했다. 몇 년 동안 그의 대출이자를 대신 내주고 있었다.

이삼일 만에 입금시키겠다고 가져간 김 사장은 그 뒤로 그 돈을 갚지 못했다. 내 성화에 그는 1억 5천짜리 약속 어음 하나를 가져왔지만, 지금까지 내 지갑에서 걸레처럼 휴지 조각이 되어가고 있다.

속임수

　김무식 사장은 경매로 싸게 받은 석산을 개발해 자신의 부채를 타개하려 했다. 석산이라는 신규 사업장의 신용을 이용해 신규 대출이나 어음을 받아 만기 도래하는 자신의 회사 어음을 막기 위한 표적으로 나를 찍었다. 나는 만만한 사람이었다. 호기롭지 뱃포크지 사람 잘 믿는 나는 그의 적당한 사냥감이었다. 사업이 순조롭게 나갔으면 그럴 의도는 없었을지 모르나 근본적으로 그는 순수한 의도가 없었으며 함께 감당하기에도 벅찬 우발부채를 숨기고 나에게 접근했다. 사업을 시작도 하기 전에 법인만 만들어 놓고 무자료 거래를 만들고 허위 실적을 부풀렸다. 국세청에 적발되고 막대한 세금을 물어야 했다. 꿀을 따기도 전에 벌을 잔뜩 쏘여 혼수상태까지 가게 되자 결국 주식을 팔 수밖에 없었다. 나의 주식 5%와 그의 주식 절반을 팔고 30억을 투자 받아 그의 권리가 작아졌지만, 나는 여전히 그를 회사의 반쪽 지분권자로 인정해 주었다. 김무식 사장을 내치기에는 세무나 회계, 은행 등의 대외관계까지 내가 전담하기에는 벅차고 부담스러웠다. 무엇보다도 석산 경영에 대한 노하우는 내가 아직 부족했기 때문이었다.

형님, 혹시 회사를 넘길 생각은 없으십니까? 형님 석산을 인수한다는 사람이 있는데요. 형님은 45% 지분과 대표이사직을 그 분에게 넘기고 나가시면 됩니다.

김 사장은 치밀하고 머리가 좋은 사람이다.

웬만해서는 그는 화내는 법이 없다.

기분 나쁘다고 상대방의 감정을 자극하는 말도 하지 않는다. 항상 깍듯하고 겸손해서 밉다가도 그의 조용한 말투가 때로는 상대방의 동정심을 자극하기도 했다.

저놈이 시대를 잘못 타고나서 고생하는구나…

어떻게든 저놈을 도와주어 좋은 기업인으로 만들어 줘야지.

형이 일찍 죽고 동생이 없는 나는 함께 활동하는 동안 그가 밉거나 같잖아 보이지 않았다.

나는 화를 내기보다 내 회사를 인수한다는 말에 오히려 구미가 당겼다.

엉…? 그게 누군데?

나의 반문에 그는 허리를 굽혀 강아지풀을 뽑아 입에 물고 질겅질겅 씹으며 한참을 뜸을 들였다.

예, 사실은 대전 건물을 인수한 홍 사장인데요. 석산을 하고 싶다고 하네요. 형님의 지분과 대표이사를 인수하고 제가 돕고 해서 회사를 함께 운영하자고 하네요.

자신의 생각이 아닌 홍 사장의 의지라며 에둘러 말했다.

나는 재차 물었다.

대전 건물을 인수해 가고 아직 잔금을 치르지 않은 홍 사장 말이야? 그러니까 김 사장하고 홍 사장이 내 회사를 인수해서 함께 동업한다는 얘기네?

말하자면 그렇지요. 아직은 확실치는 않습니다만…. 말꼬리를 흐리며 그는 더 이상 말을 진척시키지 않았다.

건물을 매입해 가고 잔금을 주기로 약속한 홍 사장은 5개월이 다 가도록 잔금을 내놓지 못하고 있었다. 자신의 조그마한 건물이 팔리지 않았다는 이유에서였다.

일단 생각해 보자! 자금이 여유 있는 사람이 인수만 한다면야 회사도 살리고 직원들 입장에서도 안정적 환경이 될 것 같은데….

김 사장과의 관계도 정리하고 지난 7년 동안 헝클어진 내 주변도 깔끔히 정리할 수 있는 기회이기도 했다. 다만 그동안 정성을 들인 회사와 함께 동고동락했던 직원들과의 관계도 정리한다고 생각하니 한편으로는 아쉬웠다. 90억이 넘게 투자된 회사다.

회사를 인수하겠다는 말을 김 사장으로부터 듣고 한두 달이 지났다. 회사를 인수하겠다는 사람이 내가 없는 동안 우리 회사에 다녀갔다는 말만 들릴 뿐, 내 앞에 얼굴을 드러내지 않았다. 건물 매각 잔금 지급을 독촉하라고 김무식 사장에게 여러 차례 독촉했으나 김 사장은 알았다고만 할 뿐 두 사람 모두 나타나지 않았다.

다만 홍 사장은 부모로부터 물려받은 자산이 수백 억대 자산가이니 잔금 받는 일은 조금도 걱정하지 말라고 김 사장은 나를 안심시켰다.

회사 인수를 하려면 회사에 대한 정보가 필수적일 텐데 홍 사장은 대표인 나를 만나자고 전화 한번 하지 않았다. 김 사장을 통해 정보를 받을 수는 있어도 적어도 석산 전문가라도 동원해 자신이 직접 실사도 해보고 인수할 회사의 매출과 재정 상태가 분명하고 확실한지 등은 직접 확인해야 했다.

다른 방법으로 은밀하게 우리 회사 실태를 알아보고 있다는 사실을 알고서야 홍 사장은 소심하고 의심이 많은 사람이라는 사실을 알게 되었다. 그는 우리 회사 경리팀장의 전화번호를 알아내 접촉을 시도했다.

회사 내에서 김무식 사장을 김 회장이라고 호칭하라는 건 내 지시 사항이었다. 대외적인 활동을 많이 하는 김 사장에 대한 나의 배려였고 회사 안팎으로 김 사장은 김 회장이라고 호칭되었다.

석산의 대표이사로 취임하자마자 나는 회계와 컴퓨터를 잘하는 남자 직원을 한 사람 채용했다. 대부분의 석산이 주먹구구식으로 운영되는 반면, 나는 모든 생산 과정과 공정을 계량화, 수치화, 통계화시켰다. 월요일 오전 생산 회의를 진행할 때마다 도표를 놓고 회의를 진행했다. 그렇게 진행하자 부서별로 다툴 이유가 사라졌다.

발파와 운반을 책임지는 하청업체의 입장에서도 '늦다 빠르다' 추궁당할 이유가 사라졌다.

또한 자연적인 사고인지 인위적인 사고인지 그 원인을 명확히 파악할 수 있었다. 원인과 책임이 분명하면 분쟁이 사라진다. 문제를 줄이면 생산량은 늘어날 수밖에 없다.

내가 채용한 경리팀장은 통계와 도표 작성에 아주 유능했다. 반면에 김 사장을 늘 미워하고 의심했다. 생산을 아무리 잘해도 제때월급 나오는 경우가 거의 없기 때문이었다. 자금을 틀어쥐고 있는사람이 김 사장인 까닭이었다. 팀장의 심정을 이해는 하나, 회사 내갈라치기에 대해서 사정없는 꾸지람을 몇 번 들은 후부터 경리팀장은 내 앞에서 김 사장을 '김 회장'이라고 꼬박꼬박 호칭하였다.

반면에 나를 사장님이라는 호칭 대신에 '주군(主君)'이라고 부르는그의 고집만은 꺾지 않았다. 그는 일본 소설 '대망'에 심취해 있었다.

야, 이놈아! 내가 사시미칼이라도 들고 다녀야 그 호칭이 맞지, 먹물 서생에 불과한 내게 웬 주군이냐고 야단을 쳐도 나에 대한 호칭은 변하지 않았다.

장미가 무슨 이름으로 불리든 무슨 상관이랴! 향기가 없으면 장미도 아닌 까닭에 그의 호칭에 대해 큰 의미를 두지 않았다.

주군! 홍 사장이라는 사람에게서 전화 왔습니다. 주군이나 회장님에게는 일절 말하지 말고 회사 회계 장부와 회사 전체 파일을 들고 오라는데 어찌할까요?

내 사무실엔 아무도 없었지만 그는 내게 바짝 다가앉으며 목소리를 낮췄다. 회사가 매각될 수 있다는 가능성을 경리팀장에게만 언급한 까닭에 매사 조심스러운 까닭이다.

그래? 잘 됐다. 홍 사장이 원하는 대로 다 갖다주고 대신 글자 하나 숫자 하나 고쳐서는 안 된다. 그분이 회사를 인수하면 회사 형편도 나아지고 너도 좋을 게다.

진짜 사실 그대로 가져다드려도 될까요?

그는 눈을 똥그랗게 뜨고 나를 쳐다봤다.

당연하지! 만약 홍 사장이 우리 회사를 인수한 뒤 장부를 확인해서 숫자가 하나라도 틀리면 어떡할래. 너는 그 자리에서 해고다. 다만 매출장부 위주로 숫자 하나, 토씨 하나 바꾸지 말고 있는 그대로 갖다주어라. 진실이 아니면 나까지 문제 된다. 알았지?

네, 알겠습니다. 분부대로 이행하겠습니다. 주군.

나는 몇 번이고 그를 단단히 확인시켜 보냈다.

마침내 홍 사장으로부터 만나자는 연락이 왔다.

건물 매매 잔금으로 전화만 몇 차례 주고받았으나 그를 만나게 된 것은 처음이었다.

김 사장을 불러 홍 사장과 함께 그가 운영하는 커피숍에서 만났다. 대학로 후문에 대형 빌딩을 두 개를 소유하고 있는 홍 사장은 시 외곽 상업지역에도 건물을 소유하고 있었다. 자신의 건물 1층에 유명 커피 브랜드까지 가지고 있었다.

건물 매입해 간 지가 언젠데 잔금을 아직까지 안 주고 있는 겁니까? 악수를 나누고 자리에 앉자마자 나는 단도직입적으로 물었다.

그의 두상은 원근법을 무시할 정도로 컸으며 코와 입술은 두툼해서 누가 보더라도 재복 있는 관상이었다.

아~ 건물 조그마한 게 하나 있는데 그게 쉽게 안 팔리네요. 금방 팔릴 것 같은데요. 미안합니다. 김 대표님. 잔금은 꼭 드리겠습니다. 조금만 기다려 주십시오. 그는 겸연쩍은 모습으로 연신 미안하다고 했다.

계약한 지 벌써 6개월이나 지났습니다. 우리 석산도 인수하신다면서요? 자신의 건물이 팔리면 그걸로 잔금을 준다는 게 말이나 됩니까? 잔금 지급일이 있을 거 아닙니까?
대전 건물 매매 계약서를 확인하지 못했다는 생각이 그때서야 생각이 났다.
김 회장, 대전 건물 매매계약서 어디 있지?
예, 형님! 계약서는 우리 사무실에 있습니다. 형님께 보여 드리지 않았습니까?
잔금 문제로 홍 사장을 닦달할 때, 옆에 앉아서 아무 말도 하지 않던 김 사장은 황급히 내 말을 주워 담았다. 잔금 문제로 내가 홍 사장을 채근할 때 같은 동업자로서 최소한 나를 거들어 주고 홍 사장을 압박해야 했음에도 불구하고 그는 아무 말도 하지 않고 커피만 마시고 있었다.

석산은 괜찮습니까?

홍 사장은 말꼬리를 돌려 석산에 대해 물어왔다.

석산을 운영하겠다는 사람이 인허가증이나 허가 매장량도 물어보지 않고 인수하는 법이 어디 있습니까? 내가 상관할 바는 아니지만, 여기 김 회장을 믿고 간다 치더라도 석산에 대해 좀 알아보고 회사도 직접 방문하고 대표인 나도 만나보는 게 순서 아닐까요?

그를 바라보며 어이없는 표정으로 반문하자 그는 사람 좋은 얼굴로 웃으며 말했다.

김 대표님, 이래 봬도 제가 공대 출신입니다. 웬만한 건 다 고쳐쓸 수 있습니다. 그리고 회사도 일요일 날, 안 계실 때 두 번이나 다녀왔습니다. 여기 김 회장님하고요.

석산에 대한 매각 이야기가 나올 즈음, 홍 사장을 데리고 김 사장이 두 번이나 답사 다녀갔다는 사실을 나는 알게 되었다.

잘 알았습니다. 회사 인수하기 전에 건물 잔금 마무리부터 하시길 바랍니다.

홍 사장은 잘 알겠다고 말하며 황급히 자리를 떴다. 김무식 사장은 홍 사장 차를 타고 함께 떠났다. 어떤 자리에서도 나와 동행하던 김 사장은 언젠가부터 따로 행동한다는 생각을 하며 나도 그 자리를 벗어났다.

그들과 헤어져 집으로 돌아오자, 아내가 옷을 받아주며 이야기가 잘 됐느냐고 조심스럽게 물었다.

걱정할까 봐 그때까지 자세한 사항은 아내에게 말하지 않았다.

석산을 팔아야 할까보다 라고 말하자, 아내는 손뼉을 치며 좋아
했다.

잘 되었네요. 직원들 월급날만 되면 항상 전전긍긍하더니 얼마나
잘 되었어요.
아내는 내가 파 놓은 방죽에서 항상 헤엄치며 잘 놀았다.
작으면 작은 대로 크면 큰 대로 내가 시작한 사업을 아내는 야무
지게 관리해 주었다. 그러나 최근 몇 년간 남편이 이상한 사람들과
만나고 다니며 아스콘이나 석산 같은 큰 사업에 투자하면서부터 부
정기적으로 들어오는 수입에 대해 말은 안 해도 그녀는 매우 불편
해하였다. 더구나 레미콘 사업에 투자한 돈을 회수할 방법을 고심
하고 있으나 건물 매각 잔금 문제를 아퀴짓고 해결하겠다고 나는
아내에게 약속했다.

사기

그해 초가을 홍석찬과 김무식 그리고 나는 법무사 사무실에 함께 앉았다.

대표이사와 주식 전체를 넘겨주고 20억 원을 받는 조건으로 합의를 봤다. 90억 원이 넘게 투자된 회사였지만 회사 재정 상태가 어려운 상황임을 감안했다.

인수대금도 2년 이내에 6회에 걸쳐서 약정금을 나눠 받는 조건이었다. 모든 권한과 의무를 즉시 넘겨주는 나와는 달리 회사 자금 사정이 풀리면 상환하는 조건이기 때문에 홍 사장에게 더 유리한 조건이었다.

김 사장은 홍 사장과 입을 맞추고 왔는지 매매협약서는 홍 사장이, 회사 재무 회계 서류는 김 사장이 작성해서 가져왔다. 매매 계약서에 도장을 찍으려는 순간, 홍 사장은 멈칫했다.

"요기 마지막 항에 단서 조항 하나만 추가 합시다."
"뭔데요?"
내 대신 김 사장이 물었다.
첨부된 회계 장부에서 우발부채가 발생하거나 숨겨진 채무가 단

하나라도 나오면 김 회장님하고 김 대표님이 책임진다는 조항을 하나 추가합시다.

우발부채는 현재 채무로 확정되지 않았으나 가까운 장래에 돌발적인 사태가 발생하면 채무로 확정될 가능성이 있는 채무를 의미한다. 홍 사장 입장에서는 충분히 요구할 수 있는 조건이었다.

"채무나 미지급금 중 누락된 금액이 있나 정확히 확인해 봤는가, 김 회장?"

"네, 신 이사를 통해 여러 번 확인 해 봤습니다. 형님."

신 이사는 김 사장이 데리고 있는 자기 회사의 경리팀장이었다.

홍 사장이 요구한 조항을 삽입하고 마침내 세 사람은 함께 서명 날인했다.

내가 밖으로 나오자, 홍 사장은 나를 따라 나왔다.

나는 담배를 하나 꺼내 입에 물었다.

잘 경영하시기를 바랍니다.

알아서들 하겠지만 제일 먼저 하셔야 할 일은 회사에 인접한 두 필지 땅을 먼저 매입하시길 바랍니다. 지금 매입하시면 싸게 매입할 수 있으며 그만큼의 매장량도 확보할 수 있습니다. 그리고 '돈통'은 꼭 지키시길 바랍니다. 자금관리는 꼭 홍 사장님의 통제하에 두시기 바랍니다.

나는 내가 통제하지 못했던 부분을 지적해 주고 싶었다. 그는 고개를 크게 주억거렸다.

마지막으로, 30억 투자받고 매월 이자 4,500만 원을 김 회장 회사와 함께 분납해야 하는데 우리 회사만 내고 있습니다. 벌써 2년째 납부하고 있습니다. 아까 보니까 미지급 어음 장부에 매월 이자 납부 사항이 자세히 기재되어 있으니 그 부분은 김 회장과 상의하시고 함께 분납하시면 됩니다. 30억 투자한 심 사장이 이자를 내놓지 않는다고 김 회장을 가만두지 않겠다고 벼르고 있습니다.

큰 빌딩을 여러 채나 가지고 있는 사람이 어떤 의도로 석산을 인수하는지 모르겠으나 인수한 내 회사를 그가 잘 성장시켜 주기를 바라는 마음에서 몇 가지 사항을 말해주었다.

그가 회사를 제대로 운영해야 내 약정금을 받을 수 있었다. 더불어 대전 건물 잔대금도 가급적 빨리 정산하라고 말하고 그와 헤어졌다.

가을이 오고 있었다. 하늘을 보니 성급한 나뭇잎들은 벌써부터 자신의 색깔을 물들이고 있었다. 싸늘해진 가을바람은 고단한 지난 세월을 떠올리게 하였다. 나는 아내와 함께 떠날 가을 여행 생각에 한결 마음이 놓였다.

초겨울의 문턱에 들어서는 그해 늦은 오후 무렵이었다. 늦장마가 오려는지 하늘에는 먹장구름이 낮게 깔려 있었다.

홍 사장으로부터 급히 만나자는 연락이 왔다. 건물 매각 잔금을 차일피일 미루고 전화해도 잘 받지 않던 홍 사장의 전화는 의외였다.

커피숍에 들어서자 그는 내게 다가와 손을 내밀었다.

내가 자리에 앉기도 전에 그는 서둘러 말을 꺼냈다.

김 대표님, 대전 건물 사실은… 잔금은 8개월 전인 지난 3월 6일 완불이 다 끝났습니다.

아니, 그게 무슨 말입니까?

나는 그의 말을 댕강 끊고 성급히 물었다.

그러면 지금까지 내게 거짓말했다는 말입니까?

네, 사실입니다.

아니, 그런데 왜 그런 거짓말을 그렇게 오랫동안 할 수 있었지? 그럼, 당신 건물 팔리면 잔금 준다는 말은 다 헛소리였단 말이네?

하늘이 노래졌다. 나보다 네 살 아래인 그를 향해 다급하게 반문하자 홍 사장이 말을 이었다.

아이… 김 회장 그놈이 하도 졸라서 할 수 없이 그럴 수밖에 없었어요. 다음 달에 자신에게 목돈이 들어올 게 있으니 형님에게는 당분간 잔금이 남아있다고만 해달라고 하도 해서 나도 어쩔 수 없었어요. 하~아…!

나는 망연자실하고 말았다. 그는 내게 미안하다고 말하지 않았고 어쩔 수 없었다고 말했다.

그게 얼마나 잘못된 행동인지 알기나 해? 어디서 그런 짓거리를 하고 변명이야. 그게 사기 방조죄가 된다는 걸 알아 몰라… 이 개새끼야! 마침내 내 입에서 험한 말이 튀어나왔다. 내 말은 짧고 급해졌다.

하~아… 선의의 거짓말이었어요. 하~아…. 제가 석산을 하려면 김 회장 도움이 꼭 필요했거든요. 그래서 그냥 할 수 없이…. 따를 수밖에 없었어요.

그는 연신 하~악 하~악하면서 자신을 방어하기에 급급했다.

아니, 거짓말도 선의가 있고 악의가 있어, 엉? 너희들의 작당으로 평생 모은 재산을 다 날리고 죽고 못사는 사람이 생겼는데 선의의 거짓말이었다고! 엉? 이런 개 같은 경우가 어디 있어…! 그래, 그 김 회장이라는 놈, 지금 어디 있어, 엉?

화가 머리끝까지 치솟아 올랐다. 당장이라도 홍 사장 면상에 주먹을 날릴 기세로 그를 몰아쳤다.

하~아…. 그놈이 사기꾼이더라고요. 회사에 들어가 장부를 확인하니 우발부채가 있더라고요. 그리고 그때 회사 매매 계약서 쓴 날도 지 맘대로 2억 5천짜리 어음을 발행했더라고요. 그날부로 제가 대표가 된 거잖아요? 근데 나한테 말도 안 하고 어음을 발행했더라니까요.

내가 망연자실하자 그는 계속 말을 이어갔다.

사실 건물 매매 계약은 작년 12월에 치고 그때, 계약금 5억을 건네줬어요. 중도금은 올 1월에 한 번 더 건너갔고요. 마지막 잔금 날이 3월 6일이었으니까요. 그날, 김 회장 개인 통장과 법인 통장으로 수십억 원이 건너갔단 말입니다.

건물을 계약했다고 하면서 김 사장이 내게 4억을 들고 온 날은 김 사장이 홍 사장으로부터 잔금을 몽땅 받아 간 날이었다. 4개월 전에 이미 단독으로 건물을 넘기고 김 사장은 내게 아무 말도 안 했다는 사실에 나는 경악했다. 홍 사장은 김 사장의 사주를 받아 거짓말을 성실히 수행해 주고 그 사실을 거의 10개월 동안 나를 감쪽같이 속이고 있었다. 속인 게 아니라 선의의 거짓말이었다고 홍 사장은 자신의 거짓말을 합리화시켰다.

법인으로 등재된 회사를 자신이 대표이사라는 명분으로 김무식 사장은 팔아넘겼다.

잔금을 받아 간 날, 계약했다고 2억을 내 통장에 입금한 그는 다음 날, 자신의 어음을 막는다고 1억 5천을 또 가져갔다.

홍 사장은 김 사장을 만나 대전 건물을 105억 원에 인수하고 10개월 뒤, 내 석산까지 인수해 간 것이다.

홍 사장의 대전 건물 인수는 합법일지 모르지만, 그의 거짓말은 사기 동조 불법이었다.

적의 적은 친구가 된다고 돈과 어음 관련 문제가 발생하자 홍 사장은 김 사장을 해고하고 나를 찾아온 것이다.

내 석산에 대한 지분도 없고 단물 꿀물 다 빨아 먹은 김 사장 입장에서는 홍 사장의 해고는 앓던 이까지 뽑아 준 셈이었다. 자신이 바라던 바였으며 글자 그대로 원대한 사기극을 그는 성공적으로 깔끔히 마무리했다.

하~아이…. 그놈에게 도움을 좀 받아볼까 했는데 일이 틀어져 버렸네. 하~아 씨~ 이 일을 어쩐다지?

홍 사장은 내게 정황을 알려주기 위해 온 것이 아니라 하소연하러 왔다는 사실을 나는 뒤늦게 깨달았다.

김 사장은 악마였고 자신은 선의의 거짓말의 희생양이었다고 그는 말하고 있었다.

"예수를 팔아넘긴 건 유대인들의 요구였지 내 잘못이 아니라"고 말하는 본디오 빌라도와 그는 다를 게 하나도 없었다.

아내의 얼굴이 떠올랐다.

이런 상황을 예견이라도 했던 것일까? 홍 사장을 만나러 간다고 하니 점퍼를 걸쳐주며 아내는 내게 말했다.

여보, 그럴 리 없겠지만, 어떤 일이 있어도 싸우지 마세요. 당신 성격 내가 잘 알아요. 꾹 참고 대화로 풀어가세요. 돈보다 중요한 건 사람이고 사람보다 더 중요한 건 가족이에요. 당신이 무슨 일 생기면 나는 죽고 말 거야. 아무리 화가 나더라도 나와 우리 새끼들을 생각해서 절대 감정을 죽이고 이성적으로 대화를 풀어 나가세요.

집을 나오기 전 했던 아내의 말이 뇌리를 쳤다. 나는 밖으로 뛰쳐나왔다.

그 자리에 함께 있으면 홍 사장의 얼굴을 회반죽으로 만들까 싶었다. 가슴 깊은 곳으로부터 솟구치는 분노와 살기를 억누를 수가 없었다. 내가 홍 사장을 만나 잔금을 독촉할 때도 김무식은 옆에서 꿀 먹은 벙어리처럼 아무 말도 하지 않았다는 사실이 머리에 떠오르자 도저히 참을 수가 없었다. 나오자마자 급히 김 사장에게 전화를 했다.

전화는 꺼져 있었다.

최근에 직원 문제로 나에게 트집을 잡은 일이 생각났다. 사소한 문제를 크게 만들어 갈등 관계를 만들어 놓고 연락을 끊는 건 그의 특기이자 잔머리였다. 전화를 안 받아도 충분한 이유가 될 상황을 만들어 놓고 잠적해 버렸다는 사실을 깨달았다.

아스콘 회사가 지지부진해도 석산을 매각해도 대전 건물 하나만 지키면 된다는 믿음과 그 최후의 보루였던 내 모든 것이 하루아침에 사라져 버렸다.

자동차에 올라탔다.

천둥이 치고 비가 억수로 쏟아지고 있었다.

시동을 걸고 고속도로를 올라탔다.

해남 바닷가까지 무한 질주로 내달렸다.

검은 밤바다가 내려다보이는 절벽 위에 차를 세웠다.

담배를 하나 꺼내 물었다.

불을 붙이는 손이 가늘게 떨렸다.

빈손으로 시작하여 수십 년 동안 일궈놓은 모든 것이 하루아침에 물거품이 되었다는 사실이 믿어지지 않았다.

치욕스러웠다.

죽어야 한다고 생각했다.

내가 밟고 있는 브레이크에서 발을 뗀다면 절벽 아래 굴러떨어져 자동차와 함께 깊은 바닷속으로 수장이 될 터였다.

핸들 위로 몸을 꺾고 목을 떨궜다.

"아빠. 저에게 좋은 재능을 주어서 너무 감사해요."라고 말한 둘째 딸.

"아빠, 다음 생에 태어나도 아빠의 아들로 태어나고 싶어요."라고 말한 내 아들.

독립군처럼 혼자 힘으로 씩씩하게 세상을 헤쳐 나가는 큰딸과 사랑하는 아내의 얼굴이 하나하나 떠올랐다.

눈에서 뜨거운 눈물이 복받쳐 흘러내렸다.

담배 하나를 더 꺼내 불을 붙였다.

거센 비바람이 휘몰아쳐 차창을 때렸다.

나는 의자를 뒤로 젖히고 몸을 눕혔다. 눈을 감았다.

번개가 밤바다에 내리꽂힐 때마다 파도가 거칠게 일렁거렸다.

하늘이 울어주니 죽기에 딱 좋은 날이었다. 자동차 대시보드 시침은 이미 자정을 넘기고 있었다. 관심 없다는 듯 시간은 무심히 흘러갔다.

나는 내 자신에게 물었다.

내가 죽을 자리가 여기였던가? 이제 어떻게 해야 하나?

내가 죽어서 이게 해결될 일인가? 그들의 사기와 기망보다 나의 바보 같은 오판과 실수가 가증스러웠다.

이 비극과 삶의 포기가 남겨진 내 가족의 슬픔보다 더 큰가?

죽을힘으로 살아 돌아온 나의 자전거 고행이 죽음만도 못한 만용이었던가? 죽을 용기가 있다면 자전거 여행을 떠나라고 큰소리쳤던 나의 패기는 어디에 있는가?

내게 기회는 다시 없는 것인가?

죽어야 할 이유가 살아야 할 이유보다 더 많은가?

나는 반문하고 있었다. 아니, 비겁하게도 나는 살아야 할 이유를 찾고 있었다. 나는 흐르는 눈물을 닦았다.

싸우다 죽을 일이었고 죽어도 길에서 죽을 일이었다.

내 죽음은 정당하지 않지만 치욕스럽게 끝내서는 아니 되었다. 나는 몸을 일으켜 세웠다. 후진기어를 넣고 차를 뺐다.

다음 날, 나는 홍 사장을 다시 찾았다.

홍 사장은 자신의 건물을 신축하고 있었다.

부모가 물려준 땅에 그는 대형 상가를 신축하고 있었다.

왜, 약정금을 입금시키지 않고 있는 거야?

하~아…. 돈이 없어요, 돈이… 건물을 거의 올렸는데 타일이 안 들어오네. 타일이. 하~아….

그는 나와의 약속보다 입고되지 않은 타일이 그에게는 더 큰 일이었다. 곤란한 상황에 빠지면 '하~아 하~아' 장탄식을 연발하는 홍 사장은 본심을 드러내기 시작했다.

그리고 김 사장이 만들어 온 협약서에 문제가 많아요!

무슨 말이야?

다른 핑계를 들고 그는 나를 공격했다.

협약서 쓴 날, 김 사장이 가지고 온 회계서류에 문제가 많다는 얘깁니다. 누락된 채무가 있단 말입니다. 내 말인즉슨….

그의 말투가 빈정거리고 있다는 사실을 감지한 나는 된소리로 반문했다.

그래서, 어쩌겠다는 거야…. 못 주겠다는 거야?

홍 사장이 학교 4년 후배라는 사실을 뒤늦게 안 사실이지만 사회에서 그런 인연 따위는 아무짝에도 쓸모가 없다.

교활한 놈과 강자만이 살아남는다.

정글의 법칙이 적용되는 사회에 나는 독 하나 없는 목도리도마뱀에 불과했다.

내가 자리에서 일어나자 그는 황급히 말을 이었다.

못 주겠다는 게 아니고 드리긴 드리겠는데, 좀 기다려 달라는 얘깁니다. 나도 정확히 파악 좀 해보게요. 하~아~씨….

매각된 건물에 대한 등기이전도 끝나고 석산 법인에 대한 주식을 자신의 앞으로 돌린 홍 사장은 이제 급할 게 전혀 없었다.

분명히 말해 두겠는데 인수해 간 석산이 문제가 있으면 내게 반환 청구 소송을 넣어, 알겠어? 너희 두 놈 다 가만두지 않을 거야.

큰소리쳤지만 나는 방구석 '여포'에 불과했다.

주먹으로 해결되는 세상이 아니었다.

근데 하나만 물어보자! 김무식이하고는 어떤 관계야?

내가 담배를 꺼내기 위해 호주머니를 뒤적이자 그는 다가와 라이터를 내밀었다.

하~아~ 정말. 하~아~ 작년 초부터 김 사장에게 약 13억 가까이 빌려줬단 말입니다. 차용증서 한 장 안 받고 돈을 빌려줬어요. 내가 미친놈이죠. 하~아~

급히 어음 막을 게 있는데 돈이 없다고, 오늘까지 안 막으면 부도라고 하~아~ 어찌나 와서 졸라대던지. 하~아~ 근데, 고래 심줄이야. 이 놈이, 없다고 하면 가야 하는 거 아뇨? 근데, 내 사무실에 죽치고 앉아 가질 않아요! 하~아~ 어떨 때는 심지어 눈물까지 흘리는데 베겨날 수가 없었어요. 그렇게 해서 조금씩 빌려준 게 12억 5천인가? 조금 넘는단 말입니다. 하~아~씨….

그는 장탄식을 늘어놓았다.

자신의 손톱 밑에 박힌 가시가 더 아팠다고 그는 말하고 있었다.

"부도났어? 응, 알았다"라고 내 앞에서 태연스럽게 말하던 그때의 그 사람이 홍 사장이 말하는 김무식인가 의심스러웠다. 김 사장은 전혀 다른 얼굴들을 가지고 있었다.

사람 봐가면서 연기했다는 말인가! 상상이 가지 않았다.

공손하고 예절 바르며 사내다운 묵기였던 김 사장은 다른 사람 앞에서는 나약한 인간에 불과했다.

사람의 성향에 따라 상황과 분위기에 맞는 여러 가면을 쓰고 메소드 연기를 하는 그는 진정 배우였다.

'20대 후반, 잠깐 사채업도 했다'고 말했던 그의 말이 생각났다.

노름방을 열고 '뽀찌 돈'을 대 주고 못 갚자 채무자 부인을 잡아다가 노름방 주방일도 시켰노라고 말하며 웃던 그의 모습이 떠올랐다. 돈 없고 빽 없던 시절, 어린 시절의 객기였을 거라고 가볍게 넘겼던 나는 내 발등을 찍었다.

홍 사장 말은 계속되었다.

"가가 그 새끼를 소개시키지 말아야 했는데… 하~아~

초등학교 동창이 하나 있어요. 사업도 크게 하고 친하게 지내는 믿을만한 사람이 있다면서 김무식이를 소개시켜 주더란 말입니다. 만나보니 떡대도 크고 사람이 묵직하더라고요. 젊은 친구가 석산을 두 개나 하고 있고 대전 건물도 소유하고 있다고 하길래 괜찮은 사람이라고 생각해서 어음을 몇 번 막아 줬거든요. 어음도 제날짜에 꼬박꼬박 막고 해서… 하~아~"

그는 일어나서 얼음컵에 콜라를 따라 벌컥벌컥 마셨다.

그는 큰 손으로 입을 쓱 닦더니 갑자기 욕을 내뱉었다.

내가 미친놈이죠. 씨팔~ 그 돈 13억 재판하면 다 받을 수 있었는데 그놈 말만 믿고 석산을 인수하다니 내가 바보 멍충이지 씨발 개 같은 새끼….

자신인지 김 사장인지 모를 대상을 놓고 그는 내 앞에서 포괄적 욕을 퍼부었다.

얼마 전까지도 김 사장과 한패가 되어 나를 배신하고 외면하던 그였다. 김 사장의 사주를 받아 잔금을 김 사장에게 몽땅 쓸어 담아 주고서 "자신의 건물이 팔리면 잔금을 꼭 드리겠다"라고 나를 속이던 그였다. 김 사장에게 빌려준 13억을 받기 어렵겠다고 판단한 그는 돈 받는 대신 내가 운영하는 석산 인수까지 감행한 그였다. 그는 자기 하소연으로 나의 예봉을 비켜 나갔다.

그는 나와의 긴 싸움을 예고하고 있었다.

감정을 주체하지 못하고 일어서려는 그를 나는 오히려 주저앉혔다. 그가 나에게 한 잘못을 생각하면 당장이라도 박살을 내야 하겠지만, 어떻게 해서든 그를 도와야 했다. 회사를 살려야 내 약정금을 받을 수 있었다. 자본이 뒷받침만 되면 회사는 얼마든지 살릴 수 있었다.

홍 사장! 석산은 석산 전문가가 해야 해. 개발도 개발이지만 복구 계획을 세우지 않으면 나중에 복구 비용이 더 많이 들어. 석산 전문가를 먼저 채용하세요! 채용하기 전까지는 내가 무급으로 출근해서 도와드리리다. 아니면 석산을 파는 방법도 고려해 보세요. 석산 인허가 내는 건 하늘의 별 따기입니다. 욕심부리지 말고 약간의 이문을 붙여 팔면 사 갈 사람 있습니다. 나야, 김무식이 욕심을 부려 팔 생각도 못했지만 개발하면서 시간을 두고 찾으면 가능합니다. 문제가 있으면 내게 다시 넘기세요!

사실을 말하되 나의 충고는 힘이 없었고 내 말은 애원조가 되었다. 안타까웠다. 하지만 그를 달래지 않으면 안 되었다.

아니, 괜찮아요. 내가 알아서 하겠습니다.

출구전략을 함께 세우자는 내 제안조차 그는 거부했다.

완강하게 손사래를 치는 홍 사장을 두고 일어섰다.

근본적으로 홍 사장은 의심이 많은 사람이었다.

공감 능력 또한 전혀 없는 사람이었다. 자신이 속은 것만 분하고 남에게 피해 입힌 것에 대해서는 무관심한 사람이었다. 욕심이 많은 그는 석산까지 손에 넣었지만 어떻게 처리해야 할지 갈피를 잡지 못하는 눈치였다.

김무식 사장은 연락이 되지 않았다.

홍 사장으로부터 잔금을 싹쓸이해 간 그는 자신의 사채를 갚았거나 다른 곳으로 돈을 빼돌렸을 가능성이 농후했다. 김 사장은 사법처리하는 방법 말고는 다른 방도가 없었다. 잘못되면 재판이 쌍립으로 나겠다는 불길한 예감이 들었다.

배신

사기나 배신은 아는 사람에게 당한다. 그것도 친한 사람으로부터 당한다. 사기 치고자 결심하는 사람은 온 정성을 다한다. 상대방의 믿음을 얻기 위해 최선을 다한다. 더 큰 보상과 자신에게 떨어질 이익을 위해 공짜 점심이나 잔돈푼을 결코 아끼지 않는다.

극진한 배려와 친절, 화려한 언변과 인맥 자랑은 그들의 전형적인 수법이다.

우리는 그런 사람들을 사기꾼이라고 부른다.

마침내 김무식 사장과 연락이 되었다.

그가 나를 철저히 이용해 먹었다는 사실을 알고 난 뒤, 나는 며칠 동안 장고(長考)에 장고를 거듭했다.

아내를 포함해 누구에게도 말할 수 있는 상황도 아니었다.

나는 그를 친동생처럼 생각했고 아꼈다.

열심히 함께 노력하면 충분히 작품을 만들 수 있다고 생각했다. 둘이 힘을 합해 성심으로 최선을 다해도 안 되면 어쩔 수 없는 일이다. 바닥을 치면 바닥을 찍고 다시 일어서면 된다고 생각했다. 그가 의심스럽고 흔들릴 때마다 내 스스로 마음을 다잡았다.

성공할 수 있다고 믿었다. 하지만 나는 실패를 너무 가볍게 생각했다. 그에 뒤따를 부작용을 감안하지 않았다. 무엇보다도 내가 계산에 넣지 않은 중요한 사실이 하나 더 있었다.

성품(性品)과 인간성(人間性)이다. 가장 기본적인 인간 본성을 제치고 그의 말과 진중한 태도를 보고 나는 판단했다.

대전 건물을 팔고 그 잔금을 다 쓸어 담아 갔다면서….

차 옆자리에 앉은 그를 보자 나는 질책했다.

잔금을 받은 날, 계약치고 왔다고 왜 그런 거짓말을 했어. 엉…?

연이은 물음에 그는 아무 말도 하지 않았다.

그는 자신의 아들 이름을 부르며 갑자기 오열했다.

내가 알고 있는 그의 친아들 이름이 아니었다.

대전 건물을 매입하고 얼마 뒤, 내가 살고 있는 펜트 하우스 아파트를 그에게 매각했다. 그 집에서 그는 다른 여자와 동거하고 있었으며 아들까지 출산해서 함께 살고 있다는 사실을 그는 이야기했다. 놀라운 일이었다.

도현이가 너무 불쌍해요. 지 엄마도 안타깝고요. 지금 외국에 나가 있는데 연락이 안 됩니다, 형님. 흐흐흑….

그는 탁월한 연기자였다.

불리하면 본질을 벗어나 화제를 다른 곳으로 돌리는 그의 언변과 연기는 그의 주특기였다. 자신의 연민과 딴죽으로 핵심을 피해가고 있었다.

형님 돈은 드릴게요. 어떤 방법으로든지 드릴 테니 조금만 기다려 주세요.

순간을 모면하기 위해서 그는 또 거짓말을 하고 있었다.

그는 자신이 처한 경제적인 문제와 난제를 해결할 방도가 없다며 장황하게 늘어놓았다. 나와는 전혀 관련 없는 일들이었다. 앞말은 반복되고 엉뚱한 뒷말을 잘라 중간에 끼워 넣었다. 장광설을 쏟아 놓으면서도 '잘못했다'거나 '미안하다'는 말을 단 한마디도 하지 않았다.

석산 매각과 관련해서 협약서에 첨부한 서류에 우발부채가 숨겨져 있다고 홍 사장이 내 약정금을 지급하지 않겠다는데 그건 어떻게 할래. 엉?

그의 말을 끊고 약정금 문제를 꺼내자 그는 화를 내기 시작했다.

아니, 형님 내가 서류를 왜 속입니까. 아니 그 새끼, 말도 안 되는 소리를 하고 있어. 우리 직원들한테 물어보세요. 아주 기본적인 미지급금이나 이미 지급된 항목들을 체크하고 지웠는데 그게 속였다고 하면 말이 됩니까?

그는 내 앞에서 필요 이상으로 길길이 날뛰었다.

자신이 한번 만나보겠다고 하면서 자동차 문을 쾅 닫고 나가 버렸다. 그는 뜨거운 양철지붕 위에 앉아 있는 고양이였다. 그 뜨거운 자리를 피하고 싶었다. 나는 그가 앉았던 빈 조수석을 우두커니 쳐다봤다.

그는 나약하고 비열했다.

그의 계획과 작전대로 그는 나를 잘 감아 엮었다.

나는 오랫동안 그가 쳐 놓은 거미줄에 걸린 먹잇감에 불과했다. 약간의 보스기질과 대의명분 앞에서 자기 이익도 챙길지 모르는 손쉬운 먹잇감에 불과했다.

그가 실행했던 모든 계획은 자신이 살아남기 위한 수단이고 방편이었다. 그는 주도면밀하게 계획을 세우고 자신의 이익과 욕망을 채우기 위해 지악스럽게 살아가는 사람이었다.

그가 작정하고 만나는 사람들은 그의 욕망의 그물 위에 던져지는 제물이 되었고 희생양이 되었다.

숨 쉬는 것조차 거짓일 정도로 현실 세계를 부정하고 허구의 모래 위에 카드집을 짓고 살아가는 김 사장에게 진실 따위는 거추장스러운 장식에 불과했다.

그와 함께 시작한 아스콘 사업이나 석산 사업이 잘못되고 건물이 매각되는 결과를 두고 나는 그를 물리적으로 난도질하고 싶지 않았다.

대전 건물 매각과 함께 거금을 횡령한 후에도 그는 내 앞에서 밥도 먹고 술도 먹었다. '형님 사랑하고 존경합니다.'라는 소리를 입에 달고 살았다.

곁을 내주고 인간적으로 믿어 준 사람의 등에 칼을 꽂고 발버둥치는 내 모습을 보며 그는 잔인하게 즐겼다.

실험실의 청개구리의 배가 갈라지고 내장이 쏟아져 몸부림치는 모습을 그는 가학성애자처럼 천연덕스럽게 즐겼다.

나는 자랑스럽게 살진 않았으나 부끄럽게 살지 않으려 노력했다.

특별할 것도 없는 뻔한 결말을 향해 가는 것이 인생이다.

그 과정을 어떻게 채워가는가는 사람마다 다 다르다.

그는 사기와 거짓말로 자신의 인생을 채워가고 있고 나는 좌절과 실패 그리고 잔인한 희망으로 내 인생을 채워가고 있었다.

'태양은 가득히(Plein Soleil)'나 '리플리(The Talented Mr Repley)' 같은 영화의 결말은 불행을 예고하는 예시로 끝난다.

나는 그의 거짓 인생에 종지부를 찍어야겠다고 생각했다.

물리적으로 그와 다투고 소통한다는 것은 가당치도 않고 쓸모도 없다.

법이 없어도 사는 사람은 법이 없으면 죽는다. 원래대로 되돌릴 순 없으나 나 같은 피해자가 더 이상 나와서는 아니 되었다. 나는 그를 법정에 세우기로 결심했다.

웬만해서는 불길한 생각이나 일을 집안으로 끌고 들어오지 않는다는 불문율을 깨고 나는 그날 밤, 아내에게 사실대로 실토했다.

오랫동안 내 이야기를 찬찬히 듣고 있던 아내는 아무 말 없이 자기 방으로 들어가 버렸다.

이불을 뒤집어쓰고 오랫동안 동물처럼 웅크리고 있던 아내는 늦은 밤, 거실로 나왔다.

침대 머리맡에는 휴지가 잔뜩 쌓여있었고 아내의 눈자위는 벌겋게 상기되어 있었다. 아내는 나를 한참 노려봤다.

옳은 길을 놔두고 그년하고 오랫동안 놀아날 때부터 알아봤어! 신은 당신에게 절망과 좌절의 길로 인도하실 거야…. 각오하고 단단히 준비해…….

자신의 감정을 더 이상 주체할 수 없는지 말을 미처 마치지 못하고 아내는 내 앞에서 허물어지고 말았다.

"나를 지나 사람은 슬픔의 도시로
나를 지나 사람은 영원한 비탄으로
여기 들어오는 자 희망을 버려라"
단테의 『신곡』 지옥문에 쓰여 있는 글귀다.

인생의 한 중간에서 나는 아내를 이끌고 어둡고 황량한 숲속으로 들어갔다.

그러다 길을 잃고 끝을 알 수 없는 깊은 낭떠러지로 아내와 함께 굴러 떨어지고 말았다.

바람

'늙으면 지금까지 우리를 끊임없이 괴롭게 하던 성욕으로부터 자유로워졌다는 것만으로도 행복해질 수 있다.'

이 말은 고대 그리스 철학자 플라톤이 한 말이다.

사랑이라는 이름으로 미화된 성적 욕망과 광기, 쾌락으로부터 벗어나야 고통이 없는 평온함을 찾을 수 있다는 말이다. 플라톤이나 아리스토텔레스 같은 할아버지도 젊은 시절이 있었고 사랑이라는 이름의 광기와 환상에 빠져 우리와 비슷한 경험을 치르고 나서야 인생을 깨달았다.

"사랑은 아무리 미화되어도 성욕이 우선이다"라고 말한 쇼펜하우어나 "남녀 간의 사랑은 외적 요인을 통해서 얻게 되는 쾌락에 불과하다"라고 말한 스피노자 같은 사람들은 사랑에 대한 표현이 야박하다 못해 천박했다. 사랑이 젊은 날의 일시적인 욕망과 광기일 순 있어도 그 이면의 감춰진 열정과 헌신을 과소평가했거나 문학적 감수성이 부족했다.

두 사람 모두 평생 독신으로 살다 간 이유가 있다. 긍정적인 여성관을 갖지 못하니 행복한 결혼 생활을 할 수 없다.

그들이 말한 대로 사랑은 광기일 수 있고 쾌락일 수도 있다. 그러나 그 욕망과 광기, 그 열정에 감전되어 보지 않고서는 누구와도 인생을 함께 논할 가치가 없다. 그 환상 때문에 인간은 명예도 걸고 목숨도 건다. 그 욕망과 광기를 벗어나야 인간은 평온과 평정을 유지할 수 있다. 그 평온과 평정을 이성이라고 말하기도 하는데, 결론적으로 고통 없는 상태, 그 평온함을 인간은 행복이라고 말한다.

하지만 남자들은 열정이라는 엔진이 가열되어 있는 동안 자의든 우연이든 그 특고압선에 자신의 몸을 던진다. 그리고 그 감전 상태를 진정한 행복이라고 말하거나 고통이었노라고 추억한다.

누구나 한 번쯤 또는 몇 번 더 겪게 되는 이 끔찍한 감전 상태가 언제였느냐에 따라 인간은 사회적 윤리와 도덕으로 심판된다.

그녀는 남자들의 이런 점을 일찍 간파했다.

"당신의 능력이나 오지랖을 보건대 여자 한둘은 만날만한 충분한 소질이 있다는 걸 내가 잘 알아! 당신에게 분명히 말해 두겠는데 나는 다른 건 다 용서해 줄 수 있지만, 어떤 년을 만나든 솥단지 걸어 두고 만나는 건 절대 용서할 수 없어. 알았지?"

그녀는 선지자처럼 말했다. 그리고 네가 노는 물에 일찍이 가두리를 쳐 놓았다.

대학생 때부터 여자들 치마폭에 싸여 노는 꼴을 아니꼽게 지켜본 그녀는 네가 자신의 남편으로 등기가 끝나자마자 선언했다. 미필적 고의를 핑계로 네가 사고 칠 것을 우려해 미리 선수를 친 것이다.

동물의 세계에서 수컷들은 가능한 많은 암컷을 만나 자신의 유전자를 최대한 번식시키는 게 목표이며 건강한 새끼를 낳기 위해 암컷은 최상의 수컷을 유혹한다.

자연계의 법칙이다.

자신의 새끼를 보호하기 위하여 하나의 짝만을 선택해서 사는 것이 남는 장사라는 사실을 깨달은 호모사피엔스는 일부일처제를 받아들였지만, 이 제도는 자연의 법칙에 맞지 않는 매우 부자연스러운 짝짓기 제도이다.

그럼에도 불구하고 공동체의 유지나 안정성 등을 고려해서 일부일처 결혼제도는 일부 국가를 제외하고 영원히 지속될 것이다.

하지만 일부일처제를 아무리 강조해도 외도와 같은 혼외관계는 결코 막을 수는 없다. 사랑과 애정을 갈구하는 것은 인간의 본능이기 때문이다.

다른 여자를 만나는 것을 외도라고 봤을 때, 단 한 번으로도 간음이라는 A(adultery)자를 가슴에 달고 평생 살아야 하는지 아니면 여자로부터 용서받을 수 있는 한계치가 몇 번인지 너는 잘 모른다.

하지만 그녀의 선언은 분명 실수였다.

그녀로부터 함무라비 왕과 같은 금칙 선언을 받을 때, 너는 엄숙한 표정을 지어 바쳤으나 속으로는 코웃음 쳤다.

그런 선언은 하나님이나 할 수 있는 계율이다.

'이브'에게 금단의 열매를 따 먹으면 안 된다는 조치는 어린아이에게 성냥을 던져 주고 불장난하면 안 된다는 거와 똑같다. 무슨 깊은 뜻이 있으셨는지는 모르겠으나 천지 삐까리가 향기롭고 달콤한 과일 동산을 만드시고 절대 먹으면 안 되는 사과나무 한 그루를 심어 놓으신 조치는 인간의 의지를 너무 믿으신 하나님의 패착이었다.

하나님은 아담을 만드시고 그 갈비뼈를 몰래 빼내 이브를 만드셨다. 그리고 혼을 불어넣으실 때, 인간의 본성과 자연적인 감정까지 모두 주입하셨을 것이 분명하다.

기쁨, 노여움, 슬픔, 두려움, 사랑, 미움, 욕망 등의 자연적인 감정이 본성이라고 본다면 그 중 '사랑과 욕망'은 인간의 힘으로 자제가 안 되는 위대한 감정이다.

사랑과 욕망은 세계사를 움직이는 거대한 양대 축이다.

모든 예술과 문화의 원천(原泉)이자 전쟁과 폭력의 근원이었다. 사랑과 욕망은 최고의 권력자도 대문호도 파멸로 이끈 광기와 충동이었으며 불세출의 영웅과 천재도 뛰어넘지 못한 장애물이다.

너는 실험정신이 강한 지극히 평범한 사람이었다.

선지자적 관점에서 그녀가 너에게 던진 경고일 순 있으나 '한두 번은 용서할 수 있다'는 그녀의 선포는 '선을 넘지 말라'는 금칙이 아닌 '하긴 하되 조심하라'는 경고와 다름없었다. 이제 와서 고백하건대 너는 속으로 코웃음 쳤고 그런 그녀의 여유에 감동을 받았다.

농부들은 안다.

선제 방제약을 아무리 뿌려도 자랄 잡초는 다 자란다.

그녀의 경고는 선제조치를 위한 방제약 같은 것이었다.

인생의 긴 터널을 지나가면서 확정적 고의든 미필적 고의든 남자들은 누구나 욕망의 덫에 자신을 던진다.

자기 아내를 덜 사랑해서가 아니다. 본능이기 때문이다.

이 세상에는 '바람 피우는 남자와 바람 피우고 싶은 남자, 두 종류의 남자만 있을 뿐이다'라는 표현은 본능에 후달리지 않은 인간은 없다는 사실을 극단적으로 표현한 것이다.

이기적 유전자 중 유달리 바람기가 많고 냉정했던 너의 조상들과 달리 너는 사리 분별 하나만큼은 분명했다.

결혼 전을 포함하여 그 후로도 계속, 너는 네가 만났던 여자들 중 지금의 그녀만큼 사랑한 여자는 결코 없었다.

부잣집 고명딸로 태어나 아무 걱정 없이 곱게 자란 그녀는 너를 선택해 주고 딸 둘 아들 하나까지 근사하게 낳아 준, 네가 데리고 살기에 아까운 여자다. 남들은 한 직업으로 평생을 살아가는 데 비해 너는 롤러코스터를 여러 번 갈아탔고 환승할 때마다 그녀도 올라타 함께 고생했다.

공무원이나 교사, 또는 의사 같은 안정적 직업을 가진 남자를 선호했던 그녀는 운명처럼 너를 만나게 되면서 퇴직 후 편안하게 연금 타고 행복하게 여행하는 자신의 꿈을 접었다.

너라는 사람이 규정 속도에 맞춰 가거나 선행 차량을 따라 얌전히 안전 운행하는 사람이 아니라는 사실을 그녀는 알아챘다. 속도 위반은 관행이었고 비포장도로든 추월차선이든 틈만 주어지면 내달리는 무모한 사람이라는 사실을 간파하고 그녀는 자신의 운명도 순탄치 않을 거라고 예측했다.

자신의 꿈과 희망을 접고 너에게 맞춰 살려는 그녀를 위해 평생 헌신하고 사랑해야 한다고 너도 역시 다짐했다.

너는 성공하기도 했고 그녀의 기대와 달리 실패도 있었다.

가지고 있는 연장이 망치 하나면 모든 것을 못으로 본다.

'날라리 벌'처럼 자유로운 성정을 가지고 태어난 네가 행여 다른 여자들을 만나지나 않을까 하는 우려에서 그녀는 간헐적으로 선제 방제약을 쳤지만 금지할수록 욕망하는 게 인간이다.

대학생 둘 딸린 이혼녀였다.

의처증 있는 남편을 만나 18년을 함께 살다 헤어진 불행한 여자였다. 의처증 때문에 위기에 처한 엄마를 구하기 위해 대학생인 아들과 딸이 서둘러 이혼을 시키고 엄마와 함께 이곳 소도시로 이사와 살게 된 여인이었다.

식당 일을 하면서 자녀 학자금을 마련하며 힘들게 살아가는 그녀는 착하고 순한 여자였다.

인연은 운명처럼 스치는 것일까. 운동이 끝나고 친구들과 함께 찾아 들어간 음식점에서 너는 자리에서 일어났다. 때맞춰 카트에 음식을 담아 밀고 들어오는 그녀와 화장실에 가는 너는 스치듯 말듯 찰나에 잠깐 스쳤을 뿐이었다.

'애매함으로 둘러싸인 이 우주에서 이런 감정은 단 한 번 오는 거요. 몇 번을 다시 살더라도 다시는 오지 않을 거요.'

사진작가 로버트가 가정주부 프란체스카를 우연히 만나 꼬시는 장면이다. 사흘간 잊을 수 없는 연애를 하고 헤어지는 영화 '메디슨 카운티의 다리'(The bridges of Madison county)에 나오는 대사처럼 '이 여자 때문에 너의 운명이 바뀔 수도 있겠구나'라는 생각이 무당의 예언처럼 뇌리에 와서 박혔다.

기본적으로 인간은 이성과 합리적 판단을 가지고 질서정연하게 세상을 살아가는 존재가 아니다. 특히 여자에 관한 한 감정에 따라 움직이고 변명으로 합리화하면서 살아가는 게 인간이고 남자다.

"여자를 외롭게 놔둔다는 건 죄악이오. 나는 순간순간 최선을 다할 뿐이오."

만나는 모든 여성에 헌신적인 삶을 살다 간 희랍인 조르바의 말과 달리 결혼 후, 너는 중년의 나이가 될 때까지 아내 외 다른 여자를 만나는 일은 거의 없었다. 더군다나 가정이 있는 여자를 로맨스의 상대로 만난다는 것은 너의 생활 신조도 아니었다.

하지만 불행하게도 너는 조르바가 '오르탕스 부인'을 대하듯 그녀를 착실히 걸어 주었다.

우리끼리 이야기지만, 네가 얼마나 집요한 사람인지 또는 작업의 정석에서 마음만 먹으면 얼마나 쉽게 페르마(Ferma)의 '최단 시간의 법칙'을 깰 수 있는 사람인지 따위의 시시한 이야기는 말하지 않겠다. 그리고 그 관계가 얼마나 근사했는지 또는 얼마나 오랫동안 지속되었는지 따위의 천박한 이야기는 소설적 상상력에 맡기고 여기에서는 생략하겠다.

영업비밀이기도 하지만 본질과는 관계없기 때문이다.

그리고 얼마나 지났을까?

날씨도 좋은 데 우리 드라이브나 가요.

어느 날 오후, 아내는 네게 외출을 요청했다.

넓은 호수와 조각들이 전시되어 있는 근처 조각공원으로 너는 차를 몰고 갔다. 드넓은 잔잔한 호수에 오리들이 한가롭게 떠다니고 있었다. 물기를 머금은 바람은 신선했고 그녀의 머리에서는 샴푸 향이 기분 좋게 코를 스쳐 갔다.

"당신, 지금부터 내가 하는 말, 잘 들어요!"

십여 분 함께 벤치에 앉았다 싶었을까. 그녀는 자신의 가방에서 무언가를 주섬주섬 꺼낸다.

녹음기와 노란 봉투였다.

잘 잤어?

응, 그래 출근하는 길이야. 잠옷 색깔 이쁘네! 아침은 먹었고?

웬 남자 목소리가 녹음기에서 흘러나왔다. 비음이 좀 섞여 있지만 너의 목소리가 분명했다.

머리 위에서 갑자기 쿵! 하고 바위 떨어지는 소리가 들렸다.

아내의 어깨 뒤 벤치 등받이에 걸쳐 놓았던 팔을 거두고 너는 자세를 고쳐 앉았다.

드디어 올 것이 오고야 말았다는 생각에 오금이 저렸지만 너는 별일 아니라는 듯 눈을 가늘게 뜨고 호수를 지긋이 바라보았다. 이윽고 그녀는 봉투에서 사진 몇 장도 함께 꺼내 놓았다. 차 트렁크에서 여자의 골프채를 들어 카트에 실어 주는 장면들과 함께 몇 장의 사진들이었다.

잘 들어요! 사람을 시켜 당신을 뒷조사한 증거들이야. 당신의 차와 휴대폰에도 추적장치와 도청장치도 다 해놨고 지난 1년 동안 당신의 빼박 증거들 여기 다 있어! 그러니 부인할 생각일랑 아예 하지 않는 게 좋아! 어떻게 할 거야?

아내는 검투사처럼 물었다. 그렇다고 화가 났다거나 기분 나쁜 목소리도 아니었다. 그녀는 화가 난다고 목소리를 올리거나 핏대를 세우는 따위의 여자가 아니다. 그녀의 말투가 시종일관 감정을 빼버린 건조체로 보아 사태의 심각성을 충분히 직감할 수 있었다.

의대 교수로 있는 조카와 짜고 1년 동안 그녀는 철저히 너를 뒷조사했다. 아침마다 따뜻한 밥과 반찬을 차려 줄 때도, 저녁을 함께 먹고 서재에 앉아 책을 읽을 때도 그녀의 표정은 항상 온화했고 온유했다. 평생을 너의 팔베개로 그녀는 잠이 들었지만, 그동안 네가 팔을 내줄 때에도 싫은 표정 내색 한 번 하지 않았다.

갑자기 너는 모골이 송연해졌다.

출퇴근할 때마다 사랑한다고 뽀뽀하며 너의 얼굴을 쓰다듬던 어제의 그녀가 지금 이 여자와 같은 사람이라는 사실이 믿어지지 않았다.

어느 날 책을 읽다 고개를 들어 우연히 마주쳤던 그녀의 서늘한 눈빛 하나가 오컬트(Occult) 영화의 한 장면처럼 선명하게 떠올랐다.

너와 눈이 마주치자 살짝 미소 지으며 책 위로 다시 시선을 떨구던, 싸늘하고 왠지 쓸쓸했던 그녀의 눈빛…!

어떡하다니…. 뭘?

이미 확신범이 되어 버린 너는 이 말 말고 달리 할 말이 없었다. 작위적인 분노나 발작적 짜증은 네가 꺼낼 카드가 아니었다. 1년 동안 너를 지켜보며 증거가 수집될 때마다 그녀가 느꼈을 분노와 배신감을 생각하면 너의 감정표현은 사치에 불과했다.

그녀는 다 끝났다는 듯이 증거물들을 다시 주섬주섬 가방에 챙겨 넣었다. 서풍은 무심한 듯 불어오고 잔파랑을 따라 오리 떼가 까딱거리며 멀리 사라져 가는 모습을 두 사람은 한동안 지켜보았다.

당신에게 두 가지를 제안하겠어.
오랜 침묵을 깨고 그녀가 먼저 너에게 말했다.

그년과 당장 헤어져! 그러면 죽을 때까지 당신의 비밀을 지켜 주겠어! 우리 자식들에게는 절대 말하지 않고 아빠로서 당신의 명예도 지켜 주고….
여기까지 말하고 그녀는 잠시 숨을 고르는가 싶더니 말을 이어갔다.

또 하나, 만약 당신이 이 제안을 거부한다면 나, 미련 없어. 나는 당신과 갈라설 거야. 내일이라도 법원에 가서 이혼 서류 집어넣을 거야. 절대 빈말이 아니니 명심해 둬!

아내는 빈말 따위를 하는 사람이 아니다.
한 번 한다면 하는 여자다. 작지만 아내는 거인이다.
그 어렵고 힘든 생활 속에서도 인문학 독서클럽을 13년을 이끌고 있는 리더이다.

그리고 그년에게는 이미 내용증명을 보내 놨으니 가서 확인하고 말고는 알아서 해!
짧고 단호하게 말하는 아내의 눈에서는 파란 불이 나왔다.

사회적 규범이나 전통적 가치를 중요시하는 그녀와 형식을 싫어하고 기분에 따라 행동하는 네가 삼십오 년을 함께 동거하며 그녀의 치마폭 속에서 안온하게 살아온 지금, 네가 선택할 수 있는 길은 달리 없었다.
한동안 아무런 대꾸가 없자 그녀는 자리에서 일어났다.
너는 그녀의 팔을 잡아 앉히며 말했다.

석 달간만 시간을 줘요!
너의 말투는 존댓말로 변화되어 있었다.
그녀의 조건을 두말없이 받아들여도 시원찮을 판에 시한부 조건을 내밀자 그녀는 어처구니없다는 듯이 너를 노려봤다. 그녀의 서늘한 눈빛을 받으며 너는 말했다.

내가 잘못한 건 사실이나 그 여자에게도 인격이 있고 오랫동안 나를 믿고 살아온 여자이기도 해. 그녀에게도 시간이 필요하지 않겠어?

난제를 피하기 위해 아내의 요구조건에 임시방편으로 너는 답하고 싶지 않았다.

그녀는 시선을 거두고 호수를 잠시 바라보다 말했다.

좋아. 딱 석 달이야…!

가정법원 민사 재판관처럼 그녀는 시한부 판정을 내렸다.

남자가 대범하고 그릇이 큰 척하지만, 여자만 못하다는 것은 천하(天下)가 다 아는 사실이다.

모든 가정이 이나마 유지되는 것은 수컷들 때문이 아니라 지구의 반을 지탱하는 여자들 덕분이다.

함께 집으로 돌아오자, 아무 영문도 모르는 아들이 족발이나 먹으러 가자고 했다.

두 사람은 아무런 일도 없다는 듯이 족발집으로 향했고 아들은 평화롭게 족발을 뜯었다.

부부의 고민이나 갈등을 가장 늦게 알게 되는 사람은 자식들이다.

다음 날, 대전에 있는 그녀의 집에 도착하자 그녀는 우편물을 네 앞에 던졌다. 아내가 보낸 내용증명이었다.

'우리 남편은 당신 같은 사람과 오래 갈 사람도 아니려니와 자신과는 절대 헤어질 사람도 아니니 꿈에서 깨어나라'는 내용들이 구구절절 적혀 있었다. 서류를 건네받은 그녀의 손이 파르르 떨렸고 목소리는 분노로 가득했다.

"이런 내용증명 따위나 받게 하다니. 용서할 수 없어요! 그리고 이 건물이 팔렸다는 걸 주위 사람들도 다 아는데 당신만 모르고 있다니 말이나 돼요?"

용서할 수 없는 사람은 용서한다고 하고 용서받을 수 없는 사람은 용서할 수 없다고 말했다.

지하 1층 지상 6층, 3천 평짜리 건물관리를 맡겼던 이 여인이 낯선 사람들이 건물을 둘러보고 다닌다는 말을 네게 말했던 때에는 매도인과 매수인 두 사람이 이미 작당해서 네 건물을 팔아넘긴 뒤였다.

4층 500평에 12억 들여 완비한 네 소유의 스크린 골프장 관리를 맡았던 이 여자는 매도인이 너와 상의 없이 임차금까지 몰래 다 쓸어 갔다는 사실을 알게 되자 망연자실하고 말았다. 건물 차입금만 갚으면 1층 코너에 작은 카페라도 할 수 있겠다는 그녀의 희망도 물거품처럼 사라져 버렸다.

그리고 며칠 뒤, 그녀는 온다간다 말없이 어느 날 갑자기 사라져 버렸다.

희망과 기대가 사라진 마당에 구질구질하게 붙어 있을 필요가 없어진 것이다. 그녀의 성격다웠다. 나만 모르고 있던 건물이 팔렸다는 소문이 돌기 시작하자 그때부터 그녀는 떠날 준비를 하고 있었다. 친구들을 통해 이미 다른 남자를 물색하고 있었던 것이다. 약속했던 석 달이라는 시한부가 되기도 전에 그녀는 아파트를 팔고 떠나 버린 것이다.

인간이란 타자의 욕망을 끊임없이 욕망하며 살아가는 존재라는 사실을 그녀는 확인시켜 주었다. 구애와 집착은 인간이 가질 수 있는 가장 흔한 욕망일 수 있으나 그건 사랑일 수 없다.

'장난감을 받고서 얼싸안고 놀다 그것을 준 사람조차 잊어버리는 아이처럼 며칠이면 기어이 부숴 버리고 또 다른 장난감을 찾는다'는 유행가 가사처럼 내연관계에서 사랑이란 일종의 장난감처럼 애착과 구애, 열정과 냉정 같은 반복적 감정에 불과한 광기였음을 너는 뒤늦게 깨달았다.

돈은 주조된 자유라는 말을 실천하듯 박제된 자유를 버리고 그 여자는 너의 곁을 떠났다. 너보다 훨씬 조르바다웠다.

욕망이 좌절되면 분노를 표출하거나 미련을 잘라 버리는 두 가지 방법 중 그녀는 가장 쉬운 방법을 선택하고 네 곁을 미련 없이 떠나 버렸다.

"모든 사랑은 운명이다.
운명처럼 왔다가 큰 상처를 남기고 떠나간다.

그래서 사랑은 문신과 다름없다. 깊은 상처를 남긴다.

살아생전 행복과 지옥의 끝을 경험할 수 있는 건 사랑이 유일하니 어떤 사랑도 잘못됐다 말할 수 없다."

니체는 자유롭고 독립적인 남자였다. '루 살로메' 등 여러 여자들과 로맨틱한 사랑을 나누고 그는 말년에 정신병원으로 들어갔다.

그녀 역시 운명처럼 왔다가 이슬처럼 사라졌다.

사랑이란 필요충분조건을 요구하지 않는다.

아내는 너의 존재를 있는 그대로 인정하고 받아주었다.

하지만 너의 사업이 위기에 처하게 되자 아내는 중대한 결정을 내렸다.

"전통과 관습을 무시하고 당신 방식대로 아주 자유롭게 살아왔어. 당신은…! 윤리적으로나 도덕적으로 타락했기 때문에 하나님은 우리에게 벌을 주신 거고. 당신은 우리 가정을 위기에 빠뜨리고 말았어!"

아내는 커피를 가지고 서재로 들어왔다.

아내는 자신의 아들이 들을까 싶어 목소리를 낮추며 이야기를 이어갔다.

당신이 뻔질나게 말하던 실존주의도 좋고 자유로운 영혼도 좋아! 하지만 당신은 평생 당신이 하고 싶은 대로 하고 살았고 내가 가장 싫어하는 방법으로 나를 배반했어! 다 인정한다 치고. 그래! 나, 정말 궁금한 게 있는데 하나만 물어보자. 그년이 어디가 그렇게 좋았어, 엉…?

　그녀는 천상, 여자였다. 자존심이 상하고 질투심이 솟구치자 그녀는 갑자기 너의 사타구니를 올려붙였다. 그동안 자신의 감정을 억누르며 냉정을 유지하던 그녀는 알게 모르게 오랫동안 자신이 한 여자와 비교되었다는 생각이 미치게 되자 억누르고 있던 분노가 마침내 폭발하고 말았다.

　욱… 하는 신음과 함께 너는 바닥에 꼬꾸라졌다.
　세상을 자기 편할 대로 큰소리치며 살던 너는 그녀의 올려붙이기 한방으로 나가떨어졌다. 그 모습을 지켜보던 그녀는 마지막 한마디를 덧붙이며 손을 탈탈 털었다.

　"재판 준비하고 다음 주부터 교회 나갈 준비해!"

　지나간 실책과 잘못을 트집 잡아 그녀가 바가지를 긁었다면 너는 아마 이 세상 사람이 아니었을 것이다.
　그녀는 여자 문제를 제외하고 단 한 번도 너를 책망하거나 비난하지 않았다. 작은 몸으로 감당할 수 없는 큰 짐을 지고도 일상(日常)을 유지하고 그 안에서 행복을 찾으려 노력했다. 하루를 전생(全生)처럼 살았고 그 남루(襤褸)를 누구하고도 나누려 하지 않았다.

　청마 유치환이 그랬다던가.

그가 죽었을 때, 신원을 알 수 없는 다섯 명의 여인이 소복을 입고 함께 애도했다.

그중 한 명이 시인 이영도였는데 유치환이 20년 동안 사랑했던 여인이었다. 물론 유치환은 유부남이었고 그 부인을 포함 그 어느 누구도 유치환을 손가락질하지 않았다. 평생을 구름 위에서 살다 간 유치환은 교통사고로 죽었고 유고집을 남겼다. 그 유고집 제목은 〈사랑했으므로 행복하였네〉였다.

심장이 뛰어서 연애를 했든 시를 쓰기 위해 사랑을 했든 유치환이나 너 같은 사람은 세상의 여자들, 특히 아내에게 '용서받지 못할 자'로 분류된다.

이제 와서 말하건대, 아내를 제외한 누구의 비난이나 칭찬에도 너는 춤추지 않았다.

자기합리화이거나 인지부조화일 수도 있다. 유책 배우자의 면피성 변명이라거나 사후 약방문이라고 질책해도 할 수 없다. 아내에 대한 인정투쟁 외에 다른 사람의 시선이나 편견 따위를 소위 '개나 물어 가라'는 식으로 살았기 때문에 이런 누설도 가능했는지 모른다.

인생은 자기실현의 과정이라고 말할 수 있다.

인간들은 자신의 능력과 잠재력을 발휘하고, 자신의 가치와 목표를 실현하기 위해 부단히 노력한다. 그게 권력이든 사랑이든 각자 자신의 욕망을 실천하며 살아간다.

그러나 그러한 욕망들도 자신의 동력이 떨어지거나 퓨즈가 나가면 모든 게 끝나고 만다. 그리고 영원한 고요와 정적의 바다를 향해 모두 사라질 뿐이다.

　　'여보세요 죽선이 아니니 죽선이지 죽선아
　　전화선이 허공에서 수신인을 잃고
　　한번 떠나간 애인들은 꿈에도 다시 돌아오지 않는다.'
　　최승자 시인이 말한 '개 같은 가을이' 가고 있다.
　　너에게도 왔던 그녀의 마지막 전화도 허공에서 맴돌다 끊어졌고 이제 먼 '기억의 폐수'가 되어 수챗구멍으로 흘러 들어갔다.

　　이제 너는 고백한다.
　　사랑은 작은 불씨가 우연히 날아와 갑자기 지펴진 모닥불 같은 것. 불 심지가 남아 있을 때, 태워야 하는 정염(情炎) 같은 것.
　　타다가 언젠가 사그라드는 불꽃과 같은 것이다.
　　불멸의 사랑 같은 건 없다.
　　모든 건 순간이고 찰나(刹那)다.

　　너의 두꺼비 집은 이미 내려졌고 퓨즈 아웃(Fuse Out)된 상태. 이제 가슴 두근거릴 일도 별로 없다. 쓸쓸한 가을 끝 언저리에 앉아지는 해를 바라보며 인생의 뒤란을 헤집고 있을 뿐.

　　여자는 얼굴로 늙고 남자는 마음으로 늙는다.

너는 이미 늙었다.

여자는 남자의 허풍에 속고 남자는 여자의 외모에 속는다.

아내는 너의 허풍에 속고 너는 그녀의 천사 같은 마음에 차꼬를 채웠다.

인생에서 정말 중요한 것은 돈도 명예도 아니었고 권력이나 지위도 아니었다. 인생에서 가장 중요한 것은 가족이었고 그 원료와 재료는 사랑과 용서였더라.

관뚜껑에 니스칠할 나이에 철딱서니 없이 무슨 사랑 타령이냐고 비난하는 사람이 있다면 그는 사랑과 용서를 교과서로 배운 사람이다.

재판

"나는 당신과 함께 살면서 지금까지 당신이 내린 결정에 대해 단 한 번도 NO라고 말한 적 없어!

그 이유는 아무것도 가진 것 없는 당신이 비교적 올바른 선택을 해 왔고 다행히도 우리는 잘 헤쳐왔다고 생각했기 때문이야. 나는 당신이 파 놓은 방죽에서 잘 헤엄쳐 왔고…. 하지만 이번 경우는 내가 너무 어리석었어. 사람을 잘 믿는 당신에게 제동을 걸었어야 했어…. 그 사기꾼 같은 사람에게 뭘 믿고 우리의 전 재산을 투자했는지 생각만 하면 가슴이 아파 도저히 견딜 수가 없어.

당신은 그 지옥의 문을 열지 말아야 했어. 가만 놔뒀더라면 엄청 불어날 재산을 다 날리고 당신은 우리 가족을 지옥 불구덩이 속으로 밀어 넣었어…. 내가 어리석었고 내가 바보였어. 내가 당신을 좀 말렸어야 했는데 다 내 잘못이야."

건조기에서 꺼낸 빨래를 개면서 아내는 설거지하고 있는 내 등 뒤에다 대고 안타까움을 쏟아냈다.

아내의 목소리는 비탄과 절망으로 가늘게 떨리고 있었다.

돈이 생기는 대로 갚겠다는 김 사장과 홍 사장은 차일피일 미루며 약정금을 주지 않았다. 김 사장은 눈앞에서 사라졌다.

회사 형편을 고려해 약정금 지급에 대해 유예기간을 주고 약정금을 다 갚는 날까지 매달 5백만 원의 급여를 주기로 한 협약을 홍 사장은 첫 달부터 지키지 않았다. 약정금은 그만두라고라도 회사에 등록된 내 소유의 승용차와 SUV 차량 이전 약속 또한 뭉갰다. 김무식 사장이 작성해서 가져온 협약서 서류에 우발부채가 숨어있다는 이유에서였다.

그러면서도 그는 내가 데리고 있었던 직원들을 그대로 승계받아 단독으로 석산 개발을 진행하고 있었다. 인접한 필지를 매입해서 매장량을 확보하고 전문가를 한 사람 채용해 개발해야 한다고 했음에도 불구하고 그는 자신의 생각대로 눈에 보이는 원석부터 발파해 나갔다. 눈앞에 현금이 보이는 까닭이다.

1년을 기다려줬지만 그는 약속을 지키지 않았다.

나는 홍 사장에 대해서 민사 소송을 제기했다.

이 재판은 90% 이상 승소할 수 있습니다!

내 서류를 훑어보던 변호사는 자신했다.

지인의 소개로 찾아간 박종천 변호사는 깎아놓은 밤톨처럼 야무져 보였다. 만나보니 박 변호사는 부장판사 시절 우리 석산 행정소송을 맡았던 주심 판사였다.

행정심판 결과가 지지부진하던 그 당시, 재판 진행 사항에 대해 묻자, 김무식 사장이 내게 말했던 내용이 생각났다.

형님! 걱정 마십시오. 그 판사 저와 함께 저녁도 같이 먹고 사우나도 함께 하고, 뭐 그렇고 그런 사이입니다. 마치 영화 속 대사와 같은 이야기의 장본인이었다.

좁은 지역사회에서 마음만 먹으면 인맥 관계를 통해 이런 부당거래가 충분히 가능할 수 있겠다는 생각이 들었다. 법대 위 근엄하게 앉아 올바르게 사건을 처리해야 할 판사가 소송 의뢰인하고 사석에서 유흥을 함께한다는 사실이 믿기지 않았다.

막상 변호사를 만나보니 이웃집 쌀집 아저씨나 편의점 사장이라고 소개해도 분간하기 어려울 평범한 얼굴이었다. 자리가 사람을 만들어 준다는 말은 사실이다.

이윽고 사무장이 들어와 사건 위임 계약서를 작성하고 천만 원의 변호사 비용과 성공보수 10%를 요구했다.

10%는 이 업계의 관행적 성공보수라고 생각한 나는 성공을 자신하는 변호사 앞에서 이의 제기하지 않고 사인하고 사무실을 나왔다.

하지만 '일정 비율 이하는 성공보수로 볼 수 없다'는 정도의 법률 지식은 의뢰인이 주장할 수 있는 기본상식이었다. 단순하지만 꼭 알아 두어야 할 이 단서 조항은 결국 내 발목을 잡고 말았다.

나는 새도 떨어뜨린다는 전관예우, 부장판사 출신 박종천 변호사 사무실은 내 사건 외에도 다른 의뢰인들로 문전성시를 이루고 있었다. 몇백만 원의 급여를 받던 공무원에서 옷을 벗자마자 그는 한 건

당 수천에서 수억까지 수입이 생기는 로펌회사 대표가 된 것이다. 속칭 새끼 변호사 다섯 명을 포함 사무직원과 비서를 둔 잘나가는 대표이사 사장이 되어 있었다. 국가 인증 자격증이란 언제 옷을 벗어도 대접받을 수 있는 매우 유리한 제도였다. 암기 능력만 좋으면 시험 하나로 검사 판사가 되고 변호사가 될 수 있는 세상이다. 공부가 제일 쉽다고 생각하는 사람들은 도전해 볼 만한 자격증이다.

나를 대신해 싸워줄 변호사가 생겼고 승리를 장담하는 대표 변호사를 만나고 나오자 오래 묵은 체증이 다 사라진 느낌이었다.

며칠 후, 변호사 사무실 연락을 받고 찾아갔을 때, 박 변호사는 자신의 회사 소속 젊은 변호사를 내게 소개했다. 속칭 새끼 변호사를 붙여 주었다. 사건 의뢰인이 많으니 할 수 없겠지만 서운했다. 볼멘소리를 하자 "제가 뒤에서 다 코치해 주기 때문에 제가 맡는 사건처럼 똑같이 진행된다고 보면 됩니다"라고 그는 자신 있게 말했다.

사건 수임 계약을 마친 상태가 되자 갑과 을이 바뀌어버렸다. 의뢰인이었지만 변호사 성질을 건드려 행여라도 내 재판을 망칠 수도 있겠다는 염려에서 나는 그의 말을 고분고분 따를 수밖에 없는 처지가 되어 버린 것이다.

사건은 의뢰인이 가장 잘 알고 그다음이 변호사고 판사가 맨 마지막이다. 변호사가 실력이 없거나 열심히 공부하지 않으면 그 재판은 승소하기 어렵다.

미심쩍고 불안했지만 할 수 없이 젊은 변호사와 함께 재판에 출석할 수밖에 없었다. 마치 힘 약한 장수를 데리고 전장으로 나가는 느낌이 들었다. 더구나 이 친구는 내 사건 말고도 자신이 맡은 사건 기록지로 가방이 터질 정도였다. 마치 도시락을 두 개씩 싸서 다니는 고등학교 3학년 입시생 가방과 다름없어 보였다. 보기에도 안쓰러울 정도로 그의 가방은 무거워 보였다.

공부는 한때고 인생은 즐거워야 한다.

죽자사자 고생해서 어려운 시험을 통과하고 평생을 남의 재판 기록이나 읽으며 살아야 하는 직업이라면 나는 사양하겠다. 즐기며 돈 버는 일은 이런 일 말고도 많다. 사기꾼 도둑놈, 나쁜 놈들만 상대하는 검사들의 직업은 또 어떤가!

재판은 지루하게 흘러갔다.

길게는 두 달에 한 번 석 달에 한 번씩 재판기일이 잡혔다. 사건은 많고 판사들 숫자는 적기 때문이다.

법률소비자들을 생각한다면 국가적으로 형편없는 법률서비스였다. 희소성을 위해서 진입장벽을 높게 만들어야 제대로 대접받을 수 있고 목에 힘을 줄 수 있다고 생각하는 기득권층이 있는 한 이런 제도를 바꾸기는 어렵다.

육법전서를 단 몇 초 안에 숙지하는 AI에게 재판을 맡기면 되는데 이런 일은 먼 훗날의 상상일 뿐, 내 생전엔 일어날 가능성은 없다. 거대한 기득권과 법조 카르텔이 버티는 한 불가능하다.

법원을 들락거리면서도 마음이 편치 않았다.

이런 데를 오가는 사람들이 모조리 가해자와 피해자 둘로 나눠 보였다. 법원은 이 세상에서 벌어지는 모든 인간의 욕망과 좌절이 교차되고 희망과 절망, 권리와 의무가 극명하게 대립되는 장소다.

그들에게 나도 그 중의 한 사람으로 보일 게 분명했다.

대학교 때, 깡패를 두들겨 패 군산 법원에 끌려갔지만, 자신의 치기를 의기와 패기로 둔갑시켜 별다른 저항감 없이 재판을 받았지만, 30년도 더 지난 세월 앞에 피해자의 한 사람이 되어 법원에 들락거린다는 사실이 여간 불편한 일이 아니었다. 환갑 진갑 넘은 나이에 법정을 들락거린다는 자체가 사리분별력 떨어지는 우매한 노인이었음을 자인하는 꼴이어서 더욱 한심했다.

재판은 아무런 변곡점도 찍지 못하고 1년이 흘러갔다.

아니나 다를까 내 사건 담당 변호사가 병가를 냈다. 업무 과로로 병가를 낼 수밖에 없는 처지가 되었다. 사건을 지나치게 많이 떠맡게 되자 건강에 이상이 찾아온 것이다.

내 사건은 다시 젊은 여자 변호사가 떠맡았다.

갑작스러운 병가로 사건 설명이 제대로 안 되었는지 여 변호사는 내게 사건을 처음부터 자세히 설명해 달라고 요청했다. 있을 수 없는 일이었다.

사건이 의뢰인의 동의 없이 농구공처럼 이리저리 토스되고 있었다. 의뢰인이 변호사를 찾아갈 때는 최후의 수단이라 판단하고 찾는다. 변호사가 자신의 일처럼 최선을 다해 주기를 바라고 거액의 수임료를 지불한다.

변호사 입장에서는 여러 의뢰인의 많은 사건 중 하나일 수 있으나 당사자 한 사람 한 사람에게는 죽고 사는 문제일 수 있다. 판결에서 억울하게 진 피해자는 단 한 번의 판결로 그 고통과 좌절을 안고 평생을 살아간다. 어떤 사람은 동굴 속으로 들어가 내상 입은 깊은 상처를 핥으며 평생을 고통 속에서 보낼 수도 있다. 영혼 없는 판결과 무성의한 변론은 당사자들에게는 치명적이다.

6개월 뒤, 내 사건을 맡았던 젊은 변호사가 병가에서 돌아왔다. 내 사건을 다시 맡아도 되겠느냐고 물었지만, 내 눈에는 다 고만고만해 보일 뿐 누구도 믿음이 가지 않았다. 변호사도 민·형사사건에 따라 잘하는 전문 변호사 따로 있고, 형사사건을 제외하고 민사 사건에서는 전관예우가 별 효력이 없다는 사실만 알게 되었다. 민사 사건은 증거와 자료가 특급 변호사보다 낫다.

2년이 다 되어가도록 재판은 지지부진하였고 결심공판은 언제 잡힐지 알 수 없는 상황이 계속되었다.

피고인 홍 사장 입장에서는 아쉬울 게 전혀 없었다. 사건을 트집잡아 약정금을 안 주거나 반토막만 나도 남는 장사였다.

궁금해하던 아내는 팔을 걷어붙였다.

재판에 몇 번 참석한 뒤 아내는 박 변호사의 처신에 분노했다.

그래서 아는 사람이 더 무서운 거예요. 생판 모르는 사람 같으면 당신 성격대로 팔팔하게 혼내가면서 밀어붙였을 텐데 한 다리 건너 아는 사람을 변호사로 쓰니까 이렇게 문제가 되는데도 말 한마디 못 하고 질질 끌려가는 거야...!

마치 머슴 부리듯 쓰고 부린다는 단어들이 아내의 입에서는 마구 튀어나왔다. 재판은 나 혼자만의 싸움이 아니라 아내의 재판이 되었고 더딘 재판에 대해 아내는 안타까워했다. 재판에 들어가는 비용은 누적되어 가고 잔고는 바닥이 보이기 시작했다.

재판은 막판으로 갈수록 피고 쪽으로 점점 기울어져 갔다.
홍 사장이 의뢰한 서울 로펌 변호사는 유능했다.
김 사장이 누락한 부채를 끈질기게 물고 늘어졌다.
증거와 자료가 김무식 사장 손에 있으나 그는 협조하지 않았다. 재판이 진행되는 2년 동안 김무식은 단 한 번도 얼굴을 내밀지 않았다. 아스콘에 투자했던 자금과 건물매각에서 돈을 쓸어 담은 김 사장은 자취를 감췄다. 그에게 인간적인 도움을 기대한다는 것 자체가 무리였으나 나를 엮으려고 하루가 멀게 전화하고 친절을 베풀던 그의 모습을 생각하면 치가 떨리는 배신이었다. 약정금을 받는 재판에서 이겨야 김 사장을 기소할 수 있었다. 하지만 기울어진 운동장을 뒤집기 위해서는 진실한 증인이 절실히 필요했다. 여러 경로를 통해 증인을 부탁하자 그는 이런저런 핑계로 증인 참석을 거부했다. 약정금을 받아 달라고 시작한 재판은 결국 우발부채의 존재 여부로 치달아 가고 2년여를 끌던 재판은 누가 봐도 패소로 흘러갔다.
나는 다른 변호사를 미친 듯이 찾아다녔다.
변호사 비용도 만만치 않지만, 재판의 진실 공방에서 패소한다는 것은 참을 수 없는 일이었다.

새로운 변호사를 찾아 나선 일에 아내도 따라나섰고 우리는 마침내 한 변호사와 마주 앉게 되었다.

사건 내용을 꼼꼼히 다 읽고 난 변호사는 혼잣말로 중얼거렸다.

아니, 무슨 재판이 이렇게 오래 걸렸지? 2년이 다 되도록 1심 판결이 아직도 안 났네. 더구나 이렇게 간단한 사건을….

가냘플 정도로 작은 체구를 가진 오십 대 초반의 변호사는 들릴 듯 말 듯 한 작은 목소리로 혼자 중얼거렸다. 초조하게 듣고 있던 아내와 나는 그의 말을 놓칠세라 몸을 바짝 앞으로 다가앉았다.

아파트를 매입하려는데 거기에 근저당, 예를 들어 금융권 채무가 있다고 칩시다. 그러면 그 아파트의 은행 채무를 떠안고 나머지 금액만 소유자에게 돌려주면 아파트는 내 소유가 되는 거잖아요? 그러면 그 채무는 누구 겁니까?

아내와 나는 서로 얼굴을 쳐다볼 뿐, 말이 없자 그는 혼자 말을 계속했다.

은행 거잖아요? 마찬가지예요. 잘 들어 보세요. 여기 홍 사장이라는 사람이 회사를 떠났어요. 그런데 거기에 우발부채가 발견되었어요. 그러면 그 부채는 누구 겁니까, 은행 거거나 채권자 것이잖아요! 그러면 그 부채는 누가 갚아야 하나요? 여기 홍 사장을 포함한 회사 주주들이 갚아야 하잖아요! 그런데 부채를 왜 김 대표님 약정금에서 까야 하지요?

문답식 설명도 우리가 잘 이해하지 못하자 그는 다른 예를 들었다.

자! 보세요! 아파트를 하나 사려고 해요. 그런데 거기에 은행 근저당권이 설정되어 있어요. 그러면 그 근저당권을 사려는 사람이 갚아요, 아파트 주인이 갚아요? 아파트 주인이 갚아야 하잖아요?

"예…!"

아내는 거의 모기 소리만 하게 겨우 답변했다.

변호사의 차근차근한 설명에 우리는 착한 학생들처럼 얌전히 듣고 있었다. 목소리가 너무 작아서 알아듣기 힘들었지만 목소리를 높여 달라고 차마 말할 수 있는 입장이 아니었다. 변호사의 심기를 거스를 수 있다고 판단한 우리는 알아듣는 척해야 했다. 변호사 설명은 계속 이어졌다.

김 사장님 약정금으로 우발부채를 까면 홍 사장이라는 사람과 나머지 주주들만 이득을 보는 거잖아요? 그들은 김 사장님의 약정금으로 회사 부채를 갚게 된다는 말입니다. 회사가 '법인'이라는 사실을 알아야 해요! 법인 채무는 법인끼리, 개인 채무는 개인끼리 주고받아야 해요! 우발채무가 늦게 발견되었다면 대표이사인 홍 사장을 포함, 나머지 주주가 그 채무를 먼저 갚고 그 우발채무에 대해서는 홍 사장이 김 대표님과 우발채무를 숨긴 김무식이라는 사람에게 소송해야 하는 겁니다. 그러니 약정금은 약속 날짜에 맞춰 돌려주는 게 우선순윕니다. 그게 대법원 판례입니다.

변호사는 모놀로그 연극판의 연극 배우와 같았다. 아니다. 잘못 말했다. 높은 제대 위에 앉아 판결문을 읽고 있는 함무라비 재판장과 같았다.

속삭인다고 할 정도의 낮은 목소리로 조용조용 설명하고 있으나 내게는 마치 복음이나 천둥소리처럼 들렸다.

이 사건은 아주 간단해요. 이런 간단한 사건을 2년이나 걸렸다니 참….

뒷말은 잘랐지만, 변호사인 같은 식구를 폄하하고 싶지 않다는 의미였다. 너무나 간단하고 명료한 해석에 머리에 잔뜩 낀 안개가 환하게 걷히는 느낌이 들었다.

"이 재판 내가 맡을게요. 1심이 거의 끝나가니 항소심 변론 비용은 무료로 시작해 드릴게요. 성공보수는 5%만 주세요. 그쪽에 변호사 해촉 사유서를 제출하시고요."

오민호 변호사였다.

사법고시 합격과 고등법원 항소심 부장판사 10년 경력의 유능하고 훌륭한 변호사였다. 형사사건은 맡지도 않을 뿐만 아니라 의뢰인이 속칭 '싸가지'가 없으면 변론을 맡아 주지도 않았다. 다양한 방면으로 법률 지식과 상식이 풍부할 뿐만 아니라 석산에 대한 지식도 해박해서 신뢰감이 들었다.

설명을 듣고 일어서자마자 나는 오 변호사를 확 끌어안았다. 그는 부끄러움을 많이 타는 소년 같은 모습으로 돌아와 있었다. 그의 몸은 작고 가녀려서 차라리 애처로웠다.

재판은 말로 하는 게 아니라 서류와 증거로 싸운다.

오민호 변호사의 준비서면이나 참고서면 등을 읽어 보면서 나는 감탄했다. 그의 문체는 간결했고 핵심은 정확했다. 오 변호사에게 내가 쓴 책 두 권, 『날라리 벌과 돈키호테』, 『바람바람바람』을 선물하고 사무실을 나왔다.

그날 처음으로 아내와 함께 점심을 먹었다.

마지막으로 할 일이 남아 있었다.

내 사건을 맡았던 새끼 변호사를 만났다.

변호사를 교체할 수밖에 없는 이유를 솔직히 설명했다.

그는 미안해 하였다. 재판이 너무 오래 끌었다는 것을 그도 인지하고 있었다. 지체된 정의는 정의가 아니라는 사실을 누구보다도 잘 알고 있는 재판관들만 이 진리를 무시하고 있었다.

우연하게도 그 변호사는 고등학교 후배였다. 친한 친구가 그 변호사의 학교 담임이었다는 사실도 처음 알게 되었다. 친구를 전화로 바꿔주자 이십여 년 만에 스승과 제자로 두 사람은 서로 안부 인사를 주고받았다.

운동 잘하고 야심만만했던 친구는 소송에 휘말리고, 학급 반장이었던 제자는 친구의 변호사로 엮여 있었다는 인연에 '키팅 선생' 같은 내 친구는 놀라워했다.

로펌대표인 박 변호사가 순순히 사건에서 손을 뗄지는 모르겠다는 말을 남기며 젊은 변호사는 자신이 소속하고 있는 회사에 '해촉 사유서를 이메일로 보내시라'고 하면서 자리를 떴다.

예상했던 대로 박 변호사팀이 맡았던 오랜 재판 결과는 참패였다. 약정금의 15%만이 인정되었다.

패소였다.

아내는 내 품에 안겨 억울하다며 눈물을 흘렸다. 남이 볼까 싶어 나는 얼른 아내를 차에 태웠다.

1심 판결이 나오자마자 판결 전에 해촉된 박 변호사는 성공보수 10%를 요구했다. 판결 결과에 대해서 그는 관심이 없었다. 오직 성공보수만이 그의 관심사였다. 법은 법대로 그를 지켜 줄 뿐 법 감정 따위는 관심 밖이었다. 미안하다거나 자책감 같은 수오지심이나 측은지심은 그의 영역이 아니었다.

패소에 가까운 판결이 나든 말든, 서비스가 형편이 있든 없든, 법률 소비자가 불만이 있든 말든, 해촉 사유서를 제출하든 말든 성공보수는 지불해야 한다는 것이었다.

밥을 도둑맞은 빈 솥단지를 놓고 밥을 굶어야 할 의뢰인 앞에서 남아 있는 누룽지만큼은 자기 몫이니 박박 긁어가야 한다는 것이 그의 주장이었고 법귀(法鬼)들의 논리였다.

개선의 여지가 없다고 판단한 박 변호사는 거꾸로 나를 피고로 소송을 제기했다. 내가 의뢰했던 변호사가 역으로 나를 상대로 고소장을 써서 서울중앙지법으로 던져 버렸다. 괘씸죄였다.

박 변호사 입장에서는 자신의 회사와 연결된 서울 로펌 변호사에게 사건을 의뢰하면 간단했지만, 재판 날만 되면 나와 아내는 차 막히고 길 막히는 서울로 올라 다녀야 했다. 약정금 항소심 재판 말고 성공보수 재판이 하나 추가되었다.

회사를 넘겨 주고 이전해 주기로 합의했던 내 소유의 자동차 두 대도 돌려 주지 않고 있는 홍 사장을 상대로 자동차 이전 반환 소송까지 합하면 세 건의 재판을 동시에 진행해야 했다.

변호사 없이 이길 수 있겠어? 너무 힘드네….

아내는 힘없이 나를 쳐다보았다. 재판을 하기 위해 서울로 올라 다닐 때, 행여나 졸음운전이나 하지 않을까 걱정되어 아내는 내 옆을 붙어 다녔다.

아니다.

1심 판결이 끝난 직후부터 아내는 나를 감시하고 있었다.

대전 건물을 날리고 1심 판결마저 패소 쪽으로 기울자 남편이 유독 말이 줄었다는 사실을 아내는 간파한 것이다.

"32년간을 정직하고 성실하게 살아온 62세의 주인공은 어느 날, 직장에서 해고되었다. 한때 총명했던 두 아들까지 타락하자 그는 희망을 잃었다. 그는 마지막으로 자동차를 과속으로 몰아 길 위에서 자살을 선택한다. 가족에게 보험금을 남겨 주기 위해서였다. 장례식장에서 주인공 '로먼'의 아내는 울부짖는다. '주택 할부금 불입이 막 끝났는데 이제는 이 집에 살 사람이 없다'고 말하며 로먼의 아내는 주저앉았다."

아더 밀러(Arthur A. Miller)의 '세일즈맨의 죽음'(Death of a Salesman)의 줄거리다. 영문학도였던 아내와 나는 대학 3학년 때, 영미문학(英美文學)의 대표 작품이기도 한 이 희곡을 함께 읽은 적이 있다.

소시민적 삶과 행복, 그리고 좌절을 죽음으로 끝내버리는 로먼처럼 자신의 남편이 길에서 몸을 던질지 모른다는 불안감 때문에 아내는 내 곁을 떠나지 않고 있다는 사실을 나는 감지할 수 있었다.

부부는 살면서 닮아가고 서로를 잘 아는 것 같아도 아내가 남편에게 남편이 아내에게 말하지 못하는 사실이 있다.

희망을 놓쳤을 때다. 희망은 삶의 심지와 같은 것이다. 심지가 사그라드는 순간, 삶의 의지도 함께 꺾인다. 모든 희망이 사라지는 순간, 인간은 삶을 포기한다.

죽으려는 자는 예고하지 않는다. 나는 예닐곱 살에 물에 빠져 죽어 봐서 안다. 죽음은 편안한 긴 휴식이다. 영혼이 육체의 감옥에서 해방되는 것이다.

하지만 그런 휴식을 미리 끌어 당겨쓸 이유가 없다. 내겐 아직 할 일이 남아 있기 때문이다. 비겁한 회피로 사랑하는 아내의 가슴에 대못을 박을 수는 없다. 나 혼자 편하자고 비탄에 빠진 아내를 평생 울게 놔둘 수는 없다. 비록 내 인생의 3막이 비극으로 끝난다 해도 내 인생의 4막은 해피엔딩으로 만들어야 한다. 아직 내겐 희망과 열정이라는 '판돈'이 남아 있다. 단순한 성취나 무미건조한 인생은 내가 바라는 삶이 아니다.

나는 아내의 무릎을 베고 아주 편안하고 평화롭게 이승을 떠날 것이다. 죽음은 태어나기 이전의 세계이니 왔던 곳으로 다시 돌아가는 것. 조금 빠르거나 조금 늦는 차이일 뿐.

잠시 생각에 젖어 있던 나는 아내에게 말했다.

법은 도덕과 상식을 기초로 만든 거야. 내가 잘못한 게 뭐야? 제품을 써 보니 마음에 안 들고 불량품이야, 그러면 소비자가 교체를 요구할 수 있어 없어, 그건 소비자의 권리 아니야? 또한 박 변호사의 법률 지식이나 서비스는 한마디로 개판이었어. 대법원 판례를 찾아내고 자신이 직접 싸워야 하는데도 새끼 변호사를 붙여 주고 패소와 다름없는 결과를 가지고 성공보수를 요구한다는 사실은 부당 이전에 인간의 양심에 반하는 일이야. 이건 변호사 협회나 변호사 규제 위원회에 고발할 정도로 심각한 사안이야…!

아내를 안심시킨다고 큰소리쳤지만 자신이 없었다. 내 자신에 대한 확신의 문제가 아니라 판검사와 변호사들의 법조 카르텔 같은 완고하고 견고한 '그들만의 리그(league)'가 마음에 걸렸다.

특히 성공보수에 대한 박 변호사의 고소장이 내내 마음이 걸렸다. 그의 고소장에는 '재판 결과는 찬란했고 의뢰인의 태도는 지극히 불량했다'라는 말이 적혀 있었다. 99% 성공을 장담하던 그였다.

패소에 가까운 판결 결과를 두고 '찬란한 성과'라고 표현하는 그의 문해력은 놀라웠다.

성공보수를 줄 돈도 없었고 그와 다툴 마음도 없었지만, 순순히 손을 들 수는 없었다. 그를 소개한 지인을 통해서 협상과 타협이라는 절차도 있었지만, 법률가 자존심 때문에 그는 이를 깡그리 무시했다. 스스로가 부끄러웠든 의뢰인을 엿먹이려는 수작이었든 사건을 서울로 던져 버린 그는 비열하고 비정한 사람이었다.

서울에서 변호사를 구한다는 것도 어렵고 지극히 상식적인 사건이라고 판단한 나는 독자적으로 변론서를 작성해서 제출했다.

서울중앙지법 재판장은 시골 장날처럼 소란스러웠다. 단독판사는 수많은 사건을 처리한다고 피곤해 보였고 물수제비 뜨듯 사건을 점고해 나갔다. 내 사건을 얼마나 치밀하게 읽고 판단해 줄까 심히 의심스러웠지만 단독판사는 의외로 꼼꼼했다.

"피고가 급여를 받지도 않았는데 1년분 급여에다 10% 성공보수비까지 계산했네…. 이런 계산법도 다 있나?"

이런 계산이 의외였는지 단독판사는 박 변호사가 의뢰한 변호사를 내려다보며 물었다. 두꺼운 먹태 안경에 수수한 시골 농부 같은 사람이었지만 그의 재판 진행은 베니스의 상인의 재판관 '포셔'를 연상케 했다.

박 변호사를 대리한 원고 측 서울 변호사는 아무 말도 하지 못했다. 박 변호사의 고소장을 꼼꼼히 읽은 판사가 제대로 지적한 것이다.

일이 꼬이려니 개도 안 짖는다고 1년여 동안 나에게 우호적이었던 판사는 법관 인사이동으로 다른 곳으로 전출되어 가버렸다. 새로 부임해 온 판사는 금테 안경에 얼굴이 파리한 전형적인 도회적 분위기의 판사였다.

마침내 판결 날이 되자 새벽밥을 먹고 우리는 서울중앙지법으로 올라갔다.

같은 시대에 같은 교과서로 공부한 판사의 판단은 다르지 않을 것이라고 우리는 안심했다. 또한 전임 판사의 우호적 분위기를 감지했던 우리는 결과도 낙관했다.

판결 결과에 따라 여기저기에서 탄성과 비탄의 한숨 소리가 들려왔다. 인간 세태 삼라만상 세태만상이었다. 우리 사건을 낙관하며 강 건너 불 보듯 지켜보던 우리는 우리 차례가 되자 자리에서 일어났다.

"채권자와 채무자 사이의 서울지방법원 2021 카단 1024xx 채권가압류 결정에 의한 별지 목록 기재채권에 대한 가압류, 금 원을 본압류로 이전한다. 채권자는 위 압류된 채권을 추심할 수 있다."

재판장은 난수표 같은 암호를 낭독했다.

배웠다는 사람들도 알아먹기 힘든 어려운 주문을 씨부렁거렸으나 분위기로 봐서는 패소였다. 기대와 정반대의 결과에 우리는 황당했다. 같은 법전을 암기해 시험에 패스한 사람들의 재판 결과가 사람에 따라 이렇게 달라질 수 있다는 사실이 믿어지지 않았다.

도대체 판사들이 암기 잘한 것 말고 세상 물정을 얼마나 잘 안다고 법대 위에 앉아 법봉을 두들기냔 말야! 차라리 피도 눈물도 감정도 없는 인공지능으로 모든 판사를 갈아 치워야 해. 아니면 디케(Dike) 같은 여자들로 모조리 바꿔 치워야 한다고… 죄와 처벌은 동일해야 한다는 원시시대 함무라비 판결도 이보다는 낫겠다. 개썅~

낙담한 아내를 부추겨 차에 태우고 내려오면서 나는 주먹으로 운전대를 내리쳤다. 단위가 커서 10% 성공보수는 몇천만 원이었고 나는 그쪽 변호사 비용까지 싸잡아서 지불해야 했다.

약정금 1심 판결이 나오자마자 박 변호사를 찾아가야 했었다.

"싸가지 없어서 죄송하게 되었노라" 싹싹 빌었어야 했다.

"가슴살 1파운드만 베어 가겠다는 위대하신 '샤일록(Shylock)' 변호사님의 의도를 눈치까지 못하고 그깟 살 조각 한 덩어리를 내 주지 못했던 점, 하해와 같은 마음으로 용서해 달라."고 그 앞에서 머리를 조아려야 했다. 그랬더라면 약하게 두들겨 맞을 일을 법으로 밥 먹고 사는 사람 앞에서 내 상식과 자존심으로 버티다 더 크게 얻어맞는 꼴이 되고 말았다.

성공도 못하고 나는 성공 보수료를 지불해야 했다.

승소, 그리고 그 끝

이제 기댈 수 있는 사람은 딱 한 사람, 오민호 변호사였다.

항소심 변론 비용을 받지 않겠다고 하고 2심부터 재판에 임하는 오민호 변호사는 천재였다. 그 많은 사건을 수임하면서도 맡은 사건에 대한 핵심 내용은 모조리 꿰뚫고 있었다. 다른 사건 의뢰인과 상담하다가도 내 사건에 대한 성급한 질문에도 그는 막힘이 없었다. 오 변호사의 준비서면이나 참고서면은 대법원 판례와 법리를 찾아 핵심을 정확하게 짚었으며 애매한 표현은 발견할 수 없었다. 재판은 신속히 진행될 수밖에 없었다.

2년 넘게 1심 재판장을 드나들면서 홍 사장과 그쪽 변호사들을 2심에서 또 만난다는 것은 고역이었다. 대전 건물을 매입해 가면서 10개월 동안 나를 속인 홍 사장은 석산 매매 서류에 하자가 있다고 문제 잡아 약정금을 주지 않았고 그의 의도대로 1심에서 그는 승소했다. 1심에서 승소한 그와 그의 변호사들은 2심 재판에서도 자신만만했다. 마침내 2심까지 따라온 홍 사장은 꽃놀이 패라고 재판을 자신하고 있었다.

2심 재판 내용과는 무관한 일이었지만, 홍 사장과 김무식이 나를

상대로 속고 속이는 일을 반복해 왔다는 사실을 2심 재판장에게는
꼭 알려야겠다고 결심했다.

항소심 합의부 판사는 자태가 고운 50대 여성판사였다.
그녀는 이웃집 아줌마 같은 편안한 인상이었지만 기품이 있었다.
다른 판사들과 달리 권위의식도 없었으며 긴 재판 도중에 단 한 번
도 짜증을 내거나 언성을 높이는 일도 없었다. 원고나 피고측 주장
을 들으며 때로는 안타까운 심정으로 때로는 측은한 눈빛으로 각각
의 변론을 들어 주었다.
긴 재판이 거진 끝날 즈음, 쌍방을 상대로 마지막 할 말이 없느
냐고 물었다. 원래 원고가 할 말이 많은 법이다. 피고 홍 사장 입장
에서는 1심 승소 결과에 자신하고 있었으며 그 결과가 변하지 않을
거라는 생각에 변론에도 크게 개의치 않았다.
이대로 끝낼 수는 없었다. 나는 자리에서 벌떡 일어났다.

존경하는 재판장님! 할 말이 있습니다!
말씀해 보세요!
박경미 판사는 빙그레 웃으면서 나를 내려다봤다.

"재판장님, 본 소송과는 관계없는 일입니다만, 저기 피고인석에
앉아 있는 저 사람은 대전에 있는 제 건물을 매입해 간 사람입니다.
105억 원에 제 건물을 매입해 가면서 제 동업자와 공모하여 잔금이
남았다고 10개월을 제게 거짓말을 한 사람입니다. 그 결과 저는 돈

한 푼 받지 못하고 그 건물을 날리고 말았습니다. 또한 그 공모자와 함께 제가 운영하던 석산을 인수해 가면서 제게 약정금을 주기로 합의했습니다.

만약 협약서에 첨부된 회계장부에 우발부채를 발견했다면 즉시 반환 요청을 하거나 제게 반환 소송을 하면 될 일이었습니다. 그러나 피고인은 이런 조치를 전혀 취하지 않았습니다. 그리고 약 3년 동안 저의 석산을 개발하며 그 이익금을 편취하고 있습니다. 신사적인 방법으로 만나 약정금 지급 요청을 여러 번 요청했습니다. 그럴 때마다 피고인은 '돈이 없다. 나중에 주겠다.'라고 말했지만, 그는 그 약속을 지키지 않았습니다. 오죽하면 제가 녹취를 하지 않았겠습니까…! 재판부에 제출한 녹취록이 그 증거자료입니다."

침착하고 냉정하게 진술하던 시작과 달리 내 말투는 격정적으로 변해 갔다.

"피고인이 말한 '선의의 거짓말'로 그리고 그의 농간으로 말미암아 대전 건물과 석산, 약 200억 원 이상의 가치가 되는 저의 전 재산을 날리고 말았습니다. 그 결과 저는 지금 무간지옥에 빠지고 말았으며 제 아내와 제 가족은 거의…."

마침내 금기어인 '아내'라는 단어가 튀어나오는 순간, 나는 무너져 버리고 말았다. 더 이상 말을 이어 나갈 수가 없었다. 쩌렁쩌렁 울리던 진술은 마침내 감정에 복받쳐 말을 제대로 이어 갈 수가 없었다. 내 말은 떨렸고 눈물이 앞을 가렸다.

나는 무너져 내렸다. 얼굴을 감싸고 나는 그 자리에 그대로 주저앉고 말았다.

항소심 재판관 박경미 판사는 그런 나를 물끄러미 쳐다보다가 공소장으로 시선을 떨궜다.

피고인석의 홍 사장이나 변호사는 고개를 푹 숙이고 앉아 있었으며 최후 진술도 하지 않았다.

재판을 너무 오래 끌었네요. 다음 달 선고하겠습니다!

법정을 함께 걸어 나오면서 나는 오민호 변호사에게 말했다.

"미안합니다. 변호사님이 너무 잘 싸워주셨는데 괜히 제가 난동을 부렸네요. 재판에 행여 불이익이 되지나 않을까 걱정되는군요."

괜찮습니다. 아주 잘했습니다. 법도 사람이 하는 것입니다. 판사도 양심이 있고 법 감정이라는 게 있습니다. 거기에 적절하게 호소했다고 생각합니다.

아내가 재판에 따라오지 않은 것은 천만다행이었다. 여자 앞에서 울다니, 아내는 두고두고 나를 업신여겼을 것이다.

주심판사와 한때 같은 판사로 재직한 오민호 변호사는 권위의식 같은 게 없는 작은 거인이었다. 자동차 이전 청구소송에서도 그는 승소했다. 홍 사장이 자신의 회사 소유 차량이라고 재판부를 속이고 돌려주지 않았던 승용차와 SUV 차량 두 대에 대한 재심에서도 그는 승소했다.

신용보증기금에서 붙인 아내 소유 부동산에 대한 압류 소송도 그는 막아냈다. 진실을 무기로 그는 자신의 일처럼 싸워주었다.

"열 명의 범인을 놓칠지언정 한 명의 무고한 사람이 고통받으면 안 된다(It is better that ten guilty persons escape than that one innocent suffer)." 법학자 윌리엄 블랙스톤의 명언을 실천하는 오민호 변호사는 진정한 칼잡이였다.

세상에는 악인이 있는 만큼 의인도 존재한다.

항소심 고등법원에서 마침내 나는 승소했다.

그리고 얼마 후 박경미 부장판사는 대법관으로 승진해 갔다는 소식을 들었다.

아니나 다를까 홍 사장은 대법원에 상고했다.

대법원은 상고된 사건 중에서 일부 사건만 심사 대상으로 선정하고 나머지 사건은 대부분 기각한다. 홍 사장은 착각하고 있거나 시간을 지연시키는 작전을 시도하고 있었다. 아쉬울 것 없었지만 나는 홍 사장에게 전화했다. 바보 같은 짓 그만하고 약정금 절반만 가져오라고 말했다. 그는 단칼에 거절했다.

대법원 최종 판결이 나왔다. 역시 원고인 나의 승소였다.

승소 판결에 따라 나는 홍 사장의 모든 부동산을 압류했다.

화불단행(禍不單行).

불행은 혼자 오지 않는다는 말 그대로 그의 모든 부동산은 이미 은행들로부터 채권 압류가 다 된 상태였다. 대학로에 있는 대형 상가건물 2개, 연립주택 15채, 대전의 오피스텔 수십 채 등 많은 부동산이 금융권에 의해 근저당 설정이 다 되어 있었다. 그는 부동산 부자였지만 그의 건물들은 은행 부채 한도를 다 넘긴 재정(財政)불량 상태였다. 홍 사장은 중국에 투자한 관광농원 사업이 코로나 사태로 철퇴를 맞고 큰 손해를 봤고 국내 유통업에 투자한 돈이 물려 빼도 박도 못하는 상황이 되어 있었다.

그는 대전 건물까지 삼키고 석산에도 손을 뻗쳤지만, 은행 이자를 감당하지 못했다. 김무식이처럼 석산 개발을 통해 재정 압박을 해소하고 한 방에 유동성 위기를 극복하려 했지만, 그의 계획은 수포가 되고 말았다. 나와 합의한 약정금을 주고 싶어도 줄 수 없는 형편이었고 재판을 통해 시간을 끌었으나 이마저도 허망하게 끝나 버렸다.

그의 탐욕과 욕심의 미친 파도가 그를 집어삼켜 버렸다.

은행들은 그의 모든 건물과 자산을 경매로 넘겼다.

그의 파산의 화마는 확산되어 결국 나까지 집어삼키는 파국을 몰고 왔다. 나는 후순위 채권자에 불과했다. 홍 사장으로부터 나는 받아낼 게 없었다. 모든 재판에서 원고였던 나는 승소했지만, 경매 후순위 채권자로 밀려 결국 나는 건질 게 없었다.

5년여에 걸친 긴 소송에서 나는 이기고 재판에서 결국 졌다.

피로스의 저주(Pyrrhic curse)였을까!

큰 희생을 치르고 얻은 승리였으나 나에게는 고통과 희생, 큰 손실과 비참함을 안겨준 재판 결과였다.

마침내 교회 장로이자 사채업자인 심 사장은 기다렸다는 듯이 김무식 사장의 석산을 경매로 팔아 버렸고 내가 운영하였던 홍 사장의 석산마저 자신이 경매로 떠 가버렸다. 그의 돈은 그들의 자유를 빼앗고 추방시켜 버렸다. 그리고 빚진 자들을 자본시장의 노예로 만들어 버렸다.

　결국 김무식과 홍 사장은 파산하고 말았다.

　"김무식이를 만난 게 내 인생 최대의 패착이네요. 하~아~ 시발 놈! 그때 와서 돈을 빌려 달라고 했을 때, 냉정하게 거절했어야 했는데…. 하~아~ 내가 미쳤지! 대전 건물도 자기 거고 석산도 두 개나 가지고 있다는 말에 속아 차용증 하나 받지 않고 13억 원이나 빌려줬어요. 하~아~ 시발! 누굴 탓하겠어요…. 내가 미친놈이죠. 하~아~ 나쁜 새끼! 그거 받을 수 있었거던!"

　홍 사장은 자신의 실수를 자책하면서도 그는 내게 단 한마디 사과나 용서를 구하지 않았다.

　김 대표님. 저랑 함께 김무식 그 사기꾼 놈을 고발합시다. 새로 발견한 자료도 있고요. 김 대표님도 충분한 회계 자료가 있을 거 아닙니까? 내 눈앞에서 그놈이 죽는 꼴을 봐야 내 한이 좀 풀리겠어요. 하~아~ 아내가 암에 걸렸어요. 하~아~ 아들 대학 등록금도 낼 돈이 없어요. 건물에 수도 전기 다 끊어졌네요. 하~아~

　빈털터리가 된 그는 내게 와서 하소연했다.

　회생신청을 하려면 채권자인 나의 인증서류가 꼭 필요하다고 내게 와서 그는 간청했다.

그가 미웠다. 그러나 나는 그를 원망하지 않았다.

원망하는 순간, 내 자신이 감당할 무게를 주체할 자신이 없었고 모든 건 내가 선택한 결과였다.

나는 그가 필요한 서류를 만들어 주었다.

그 후로도 김무식에게 당한 또 다른 피해자들이 나를 찾아왔다. 방송국 국장부터 산업단지 공단개발 피해자까지 그에게 당한 바보들이 너무 많았다.

모두가 남의 말을 잘 믿는 순진하고 착한 바보들이었다.

법이 없어도 살 사람들처럼 보였지만 정작 법의 보호가 없으면 살아갈 수 없는 사람들이었다.

그들이 공통적으로 하는 말은 똑같았다.

"그놈이 그렇게 나쁜 놈인지 몰랐다"는 말이었다.

법을 모르고 살아가는 순진한 바보들을 위해 내가 할 수 있는 마지막 수단은 김무식 같은 인간을 법의 힘을 빌려 매장하는 방법을 찾는 일이었다.

숨 쉬는 것 빼고 모든 게 거짓말인 그를 사회적으로 숨통을 완전히 끊어 놓는 일이었다.

사기꾼은 강도나 도둑놈들보다 더 나쁜 놈이다. 사기꾼은 잘 아는 사람의 신뢰를 거짓말과 속임수로 등쳐먹는다. 사냥감이 발견되면 상대방의 믿음을 얻기 위해 치밀한 계획을 세운다. 자신의 시간과 노력, 온갖 정성을 다해 최선을 다한다. 작은 돈을 아낌없이 뿌린다. 더 큰 보상을 가져갈 수 있기 때문이다.

그들이 노리는 건 딱 하나다. 표적의 돈이다. 그들의 무기는 화려한 언변과 치장, 돈 자랑 인맥 자랑이다.

배신은 표적의 신뢰를 먹고 자란다. 자신에 대한 신뢰가 어느 수준까지 올라오면 사냥감의 등에 가차 없이 칼을 꽂고 냉정하게 뒤돌아선다. 사냥감이 피를 철철 흘리며 어둠의 계곡으로 굴러떨어져 죽어갈 때, 전리품을 챙겨 유유히 사라진다.

인간은 원래 배신하고 남들을 속이는 존재라고 말한다.

그것이 약육강식의 세계이며 정글의 법칙이라고 말한다.

"사기꾼은 모든 걸 거짓으로 말하지 않는대.

사기꾼은 99%의 진실을 이야기하고, 1%의 거짓을 첨가한다는 거야. 99%의 진실로 신뢰를 얻고, 독이 든 단 1%의 거짓으로 상대방을 쓰러뜨리는 거지.

유능한 사기꾼은 인간의 욕망이라는 덫 안에 희망이라는 미끼를 던져놓고 기다리는데 순진하고 우직한 당신은 그 미끼를 삼켜 버리고 말았어. 독이 들어 있는지도 모르고… 결국 우리가 당하고 말았어."

내 눈치를 살피며 아내는 조용히 말했다.

아내의 말 속에는 절망과 연민으로 가득 차 있었다.

어~ 여보! 속도 좀 줄여. 사고 나겠어!

고속도로에 올라타자마자 나도 모르게 액셀러레이터를 계속 밟고 있었다는 사실을 깨달았다. 가속기 페달에서 힘을 빼고 아내에게서 시선을 돌려 차창 밖을 바라봤다. 비가 오려는지 산등성 위로 먹구름이 무겁게 깔려 있었다.

여보! 당신은 나를 만났을 때 아무것도 없었어. 우리는 빈손으로 시작했잖아. 당신만 포기하지 않으면 우린 다시 일어날 수 있어. 당신은 충분히 그럴 능력이 있는 사람이잖아! 이러다 사고 나겠어. 전방주시 좀 잘하고 안전운전 하자고…!

도로 위 이물질을 피한다고 차가 크게 흔들리자 아내는 조심스럽게 내 어깨에 손을 올렸다. 나보다 더 크게 상심했을 아내의 위로에 나는 크게 흔들렸다.

나는 고속도로 갓길에 차를 세웠다. 차를 운전하기 어려웠다.

자동차 바닥 패드에 시선을 떨구고 있던 나는 천천히 입을 열었다.

"어떤 말로도 당신을 위로할 수가 없네!

힘들고 어려울 때마다 잘 넘겨 왔는데…. 이번은 참, 힘드네.

나보다 더 힘들고 고통스러웠을 텐데…. 당신에게 할 말이 없네.

당신은 정말 좋은 사람이야. 용감하고.

나를 포기하지 않고 함께 살아 주어 정말 고마워요.

이제 모든 게 끝나가네…. 여보, 정말 미안하네. 나를 용서해 주소."

나는 옆자리에 앉아 있는 아내를 끌어당겨 안았다.

한 여자로서 감당하기 어려울 정도로 아내는 큰 고난을 겪었다.

내가 힘들어할 때마다 아내는 엄마처럼 때로는 누부처럼 나를 감싸주고 버텨 주었다. 나는 탕감받기 어려운 부채를 아내에게 지고 있다. 내가 살 수 있다면 평생을 두고 갚아나가야 할 채무다.

　나는 자동차에 시동을 걸었다.
　서쪽 능선에 길게 드리워진 검은 먹구름 사이로 쪼개진 석양이 붉은 기운을 토해내고 있었다.

제
Ⅱ
막
⋯

홍시

　오래 전에 우연히 지나가다 사둔 땅이 하나 있었다.

　자그마한 호수에 핀 연꽃들이 아름다워 찾아 들어오게 된 것이다. 호수 뒤 조그만 가든에서 장사하는 주인 내외가 나를 맞이했다. 가든은 낡았지만 조용하고 아늑했다. 미륵산을 배경으로 자리 잡은 풍광이 고즈넉했다.

　함께 운동을 오래 한 부동산 사장에게 흥정을 붙여보라고 했다. 대지면적 3백 평이 약간 못되고 건축면적은 50평 정도 되는 물건을 주인 내외는 3억을 불렀다.

　착해 보이는 주인 내외를 생각해서 깎지 않고 지불했다. 3백 평을 사두면 가든뒤에 있는 잡종지나 논은 더 싸게 살 수 있겠다는 계산에서였다.

　계획대로 가든 뒤쪽의 약 6천 평 논들을 더 매입하고 객토하여 잔디를 심었다.

　4층으로 주택을 들어 앉히니 '저 푸른 초원 위의 그림 같은 집'이 되었다.

　노느니 염불한다고 가든을 손보고 카페를 열었다. 그림이 된다 싶어 카페를 열었지만, 문제는 정작 손님이 없었다.

카페를 오픈한 뒤, 얼마 지나지 않아 신문사 기자인 후배가 찾아왔다.

형님! 이 가든 얼마 주고 사셨어요?

왜?

나는 무심한 표정으로 물었다.

가든 전 주인이 여길 1억 이삼천에 팔려고 내놨는데 오랫동안 입질이 없더래요. 그런데 어떤 '호구'가 하나 찾아와서 요길 팔라고 했다네요. 어차피 살 사람 같지도 않아 보이길래 평당 백만 원을 불렀는데 덥석 물어버리더라는 겁니다. 더 웃기는 사실은 팔아주면 자신의 몫으로 3천 달라고 해서 부동산 중개인이 3천 먹고 가든 주인은 2억 7천을 먹었다네요.

허~어. 그래? 그러니까 부동산 중개인하고 집주인이 둘이 짜고서 가든을 넘겼다는 거네?

사돈네 팔촌의 일인 것처럼 물었다.

네, 맞아요! 형님 눈탱이 제대로 맞아 부렀네요. 잉~

후배 놈은 고소하다는 건지 한심하다는 건지 모를 묘한 웃음을 지으며 말했다.

심드렁한 나의 표정을 보자 후배는 기사 마감 시간이라고 말하곤 서둘러 자리를 떴다.

욕심이 없으면 사기를 칠 수 없다는 말은 거짓이다.

욕심을 부리지 않으려는 것도 욕심이고 돈 앞에 장사 없다.

당사자와 직접 거래해도 가능했던 일을 복비를 챙기라고 불러들인 부동산 중개업자가 조작한다는 것은 상상할 수 없었다.

부동산 중개인에게 소개비도 챙겨 주었는데 그는 소개비도 챙기고 협작비도 챙겨 넣은 것이다.

인간은 선하지도 악하지도 않다고 나는 믿는 사람이다.

오히려 타고난 유전자와 파종된 환경에 따라 인간은 변한다는 자연과학이나 진화 생물학 쪽 이론을 나는 더 믿는다. 착한 사마리아인처럼 행세하던 부동산 중개인은 작은 유혹에 자신을 팔아넘긴 것이다. 악의 평범성이다.

여기저기에서 당하는 나도 바보지만, 세상 사람들이 무서워졌다. 세상 곳곳에 선의를 악용하는 사람들이 많다는 사실에 놀라울 뿐이었다.

며칠이 지난 뒤, 부동산 중개업자를 불러들였다.

박 사장님, 왜, 그런 짓을 했습니까?

왜요, 그런 짓이라니요?

단도직입적으로 묻자. 그는 눈을 똥그랗게 뜨고 나를 쳐다봤다.

아니, 몰라서 묻습니까? 오랫동안 함께 운동한 처지에 왜 그런 몹쓸 짓을 했느냐 이 말입니다.

아니, 누가 그런 말을 해요?

사실을 다 꺼내지도 않았는데 그는 누가 그런 말을 했느냐고 먼저 묻는다.

박 사장님, 어려우면 어렵다고 말하지 왜 남의 뒤통수를 치고 그러십니까. 중개인이 이런 짓을 하면 중개사 자격증 박탈되는 거 알아요, 몰라요? 사람을 갖다 댈까요?

목소리를 높이자, 그는 실토하기 시작했다.

"아이고~ 죄송하게 됐습니다. 미안합니다. 하이~

김 사장님이 내가 어려웠을 때도 많이 도와주셨는데….

김 사장님이 잘되기만을 기도했었는데…하이~."

들통이 나서 안 됐다는 것인지 진정 미안하다는 것인지 그의 입에서는 연신 하악하악 하는 비탄사가 쏟아져 나왔다.

그는 눈치가 빠른 사람이다.

내 성격을 잘 아는 그는 내가 전화할 때부터 미리 감을 잡고 온 것이다. 나의 선언적인 말투에 그는 머리를 바짝 조아렸다. 나보다 댓 살이나 많은 그가 내 앞에서 비비적거리는 모습을 보는 것 자체가 흉했다.

십여 년을 함께 테니스 코트를 누비다 떠난 뒤, 어려워진 그를 생각해 가든을 중개하고 수수료나 챙기라고 붙여 준 일을 그는 자신의 욕심을 채우기 위해 매매자와 결탁해 적지 않은 수수료를 챙겨 간 것이다.

주변 부동산 시세를 살피고 현시세 가격에서 어느 정도 협상해서 매가를 타결지었다면 3억이 아니라 1억 5천에도 매입이 가능했을 물건이었다. 계약 당시 내가 아는 지인은 이 계약을 뜯어말렸다. 너무 비싸다는 이유에서였다. 그때는 내게 그럴만한 여력이 충분했고 주변의 땅들을 좀 더 매입해 더 큰 그림을 그리려 했으나 초장부터 김이 빠지고 말았다.

나는 결국 내 돈을 함부로 취급한 셈이었다.

돈이라는 것은 중력이 있어서 뭉쳐있을 때 큰 힘을 발휘하는 것인데도 나는 그 가치를 무시했다.

박 사장님! 중개 일로 다시 볼 일 없겠지만 이번 일은 그냥 덮고 넘어가겠습니다. 없으면 없는 대로 힘들면 힘든 대로 성실히 정직하게 사세요. 그러리라 믿고 의뢰인들이 일을 맡기는 거 아니겠습니까.

부동산 중개로 어렵게 살아가는 그를 처단해서 괴로우니 차라리 용서해서 내 자신이 편안한 게 낫겠다 싶어 마무리 지었으나 내가 돈이 떨어지고 나니 생각할수록 두고두고 안타깝고 속상했다.

굽신거리며 뒤돌아서 가는 그를 보면서 인간의 욕심 앞에서 진실이 얼마나 쉽게 깨지는가 절감하였다. 탐욕은 인간의 이성과 양심을 눈멀게 한다. 하지만 진실은 반드시 밝혀진다. 진실은 연착하는 기차와 같다. 오긴 온다. 하지만 완행열차를 타고온다. 오해는 종종 먼저 도착하여 우리를 혼란스럽게 만들지만 진실은 자신의 속도로 나타나 오해의 베일을 벗겨낸다.

그다음 날, 그는 홍시 한 박스와 테니스공 한 포대를 담아 가지고 왔다.

박 사장님은 마음 씀씀이가 너무 감사하네, 여보! 내가 좋아하는 홍시를 가져오셨어. 하나 먹어봐요. 감 맛이 끝내줘요!

아내의 양손엔 두 조각으로 나눠진 홍시가 들려있고 아내의 입 주변은 함부로 칠한 루즈처럼 홍시가 반질거렸다. 눈탱이가 밤탱이 될까봐 나는 반벙어리처럼 연신 응응… 할 뿐이었다.

진실을 말해서 평지풍파를 일으키는 것보다 묵언을 해서 아내에게 희망과 위안을 주는 편이 차라리 옳다고 생각해서다.

인생은 가까이 보면 비극이지만, 멀리서 보면 코미디라는 말이 있다. 같은 방향을 보고 함께 걸어가는 사람이 부부라지만 같은 방향을 우리는 서로 다르게 보며 함께 살고 있다.

영문학도였던 아내는 셰익스피어의 '리어왕(King Lear)'의 4막 7장의 이 대사를 기억할 것이다.

"오, 제발 미치지 않게 해주세요. 미치지 않게 해주세요.
달콤한 하늘이시여! 나를 기억해 줘요. 내가 선하지 않다면, 적어도 서두르지 않는다는 것을 기억해 줘요! … 나는 이것이 올바른 정신이 아니라는 것을 알고 있습니다 … 오, 나의 죄는 크고, 그 죄는 하늘에까지 미치고 있습니다."

인간의 욕망과 배신, 그리고 고통과 용서, 구원의 주제를 다루고 있는 셰익스피어의 리어왕은 비극으로 끝난다.

내 죄가 얼마나 큰지 알 수 없으나 내가 미치지 아니하고 용케 살아가는 이유는 아내 덕분이 크다.

넓고 크게 보는 조감도(Bird's eye view)에서는 내가, 좁고 세밀하게 보는 앙시도(Worm's eye view)에서는 아내가 잘한다. 그럼에도 불구하고 내가 늘 당하는 이유는 딱 두 가지다. 인간에게 선의(Good will)가 있다고 믿는 까닭이다. 인간은 자신의 이익이나 욕망에 의해 행동하며 이기적이고 자기 중심적인 성향을 가지고 있다는 사실을 인지하면서도 선의로 메이크업하고 나타나는 악마를 잡아내지 못하는 나의 변별력에 문제가 있다. 악마가 숨겨놓은 디테일을 잡지 못하는 건 나의 큰 단점이다.

인생은 한 편의 극장쑈다.

나는 내 인생 플롯(Plot)이 앞으로 어떻게 전개될지 알 수 없다. 비극으로 끝날지 해피엔딩으로 끝날지 알 수 없다.

남아있는 내 인생 중 가장 젊은 오늘, 헤세가 '데미안'에서 말한 그대로 '내 속에서 솟아 나오려는 것, 내가 하고 싶은 하루를 살겠다.

내가 하고 싶은 것, 내가 옳다고 믿는 것, 내가 원하는 방식으로 살겠다.

달콤한 하늘이 나를 기억해 준다면 올바른 정신으로 제대로 살다 묵직한 울림으로 엔딩되는 쑈 호스트가 되고 싶다.

커튼콜은 기대도 안한다. 쳇!

카페 이야기

크리스마스이브다.

하늘에는 축복 땅에서는 영광이라는 크리스마스가 내일이다.

이날만을 기다렸다는 듯이 눈이 펑펑 내리고 있다.

저 많은 함박눈이 쏟아지는데도 불구하고 소란스럽지도 수선스럽지도 않게 저렇게 조용히 내린다는 사실이 새삼 놀라울 따름이다. 그러나 저토록 부드러운 눈도 적설이 되면 소나무도 부러뜨린다. 함박눈은 순식간에 온 천지를 하얀 정막강산으로 만들어 놓고 '나는 늘 그랬왔어. 오늘 하루 아늑과 평화는 너의 능력이야!' 라고 말하는 거 같았다.

눈이 많이 왔어...! 좀 더 자둬, 피곤할 텐데.

피곤해하는 아내를 위해 이불을 머리 위로 끌어올려 주며 다독여 준다. 안돼, 올라가야 해. 아내는 고단한 몸을 일으켜 침대를 빠져나간다. 아내는 매일 아침 서재로 올라간다. 기도하기 위해서다. 서재로 올라가기 위해 아내는 아침 7시에 알람을 맞춰 놓는다.

오늘은 카페 문 닫자!

안 돼, 한 명이라도 허탕 치는 손님을 만들면 안 돼!

허탕 치는 손님을 위해서라고 말하지만 실은 한 잔이라도 더 팔아야 한다는 아내의 강박관념이다.

비 오면 비 오는 대로 눈 오면 눈 오는 대로, 추우면 추운 대로 더우면 더운 대로 손님은 오지 않는다.

고유가, 고물가, 고환율, 고금리의 네 박자 스태그플레이션 상황에서 '낭만을 위하여' 차 몰고 나가는 사람들은 최백호 같은 사람이다.

근본적으로 카페는 '돈이 열리는 나무'가 아니다.

자유와 낭만을 사기 위해 시작했지만, 아내는 자유를 팔고 골병을 얻었다.

아, 허리도 아프고 팔도 덜렁거리네….

아내가 불평하는 일은 거의 없지만 무심코 하는 말을 엿듣게 되었다. 아내의 인생과 꿈을 담보하고 나는 남들에게 카페 사장님이라는 호칭을 얻게 되었다.

전략적으로 백 프로 지는 게임을 벌려 놓고 시간을 벌고 있다.

1년 열두 달, 단 하루도 쉬지 못하는 아내를 위해 하루 문 닫고 외출하려던 내 계획은 아내의 거부로 포기되었다.

사람들은 자신이 사는 곳을 중심으로 사고를 하고 그림을 그린다. 그림이 된다 싶으면 잘될 것이라는 자기중심적 낙관을 가지고 장사를 시작한다. 어렵게 장약(裝藥)을 모아 실탄 한 발을 만들어 총을 쏘지만, 이 세상 일이 단박에 일발일중(一發一中) 하기란 결코 쉽지 않다. 시내 중심가로부터 10여 분 거리에 있고 미륵산과 호수도 있는 제법 그림이 되는 카페가 안될 리 없다고 판단하고 오픈했지만 결과는 같았다.

돌아다녀 보면 이보다 멋진 카페는 주변에 널렸다.

소비자들의 감각이나 미각은 변덕스럽고 수시로 변한다. 자주 가고 싶은 장소, 안 가면 서운하고 허전할 정도로 매력적인 장소가 아니면 카페를 오픈해서는 안 된다.

카페는 젊은 커플들이 찾아가고 싶은 로맨틱한 판타지가 없으면 그 카페는 결코 오래가지 못한다.

베이커리 카페도 마찬가지다.

시내 중심가엔 고급 프렌차이즈 빵카페도 많고 명인들이 자신들의 이름을 내걸고 장사하는 베이커리도 많다.

매대마다 맛있고 달콤한 빵들이 꽃처럼 화려하게 진열되어 소비자들을 유혹한다.

그것을 보고 시골 경치 좋은 곳에 베이커리 카페를 오픈한다.

장사가 잘되는 것 같아도 제빵소는 재료비와 인건비, 전기세 등의 관리비가 엄청 많이 나간다. 제빵소의 문제점은 재고 처리가 문제다. 그날 만들어 그날 판매되는 빵이 가장 맛있다. 하지만 하루가 지나면 모두 재고 처리해야 한다. 시내에 있는 빵과 똑같은 빵을 만들어 팔면 된다는 생각은 자기중심적 사고다.

그 지역의 특산물이나 남과 다른 종류의 빵을 만들어 파는 것은 좋은 선택이다. 특히 효모 빵이나 건강 빵 등을 만들어 파는 것도 좋은 방법이다.

프랑스 사람들의 주식이 빵이지만 당뇨병 인구 많다는 소리 들어보지 못했다. 빵을 너무 달게 만들어 판매하니 소아 청소년 당뇨병 환자들이 많이 생겨난다. 당은 중독성이 있기 때문에 더 달게 만들어 판다. 건강한 빵을 만들고 싶어도 돈이 되지 않는다.

홍보는 시간이 오래 걸린다. 나는 제빵소를 포기했다.

방향을 전환한 게 애견카페였다. 뒤쪽 땅 삼백여 평을 개간하여 애견카페를 만들었다.

천만 애견 인구를 감안해 가족들이 캠핑할 수 있도록 4천여 평에 금강산 잔디도 식재했다. 그리하여 아내는 사오십 대 많은 여성들의 로망인 카페 주인이 되었다.

롤러코스트를 타듯이 세상을 살아가는 남편을 따라 아내의 직업도 세 번 바뀐 셈이다. 학원 원장에서 아스콘 회사 대표였다가 카페 주인이 되었다.

결혼하고 보니 남편은 세상에 순응하고 자신의 한 직업에 안주하며 살아가는 인간이 아니었다. 속은 것이다. 아내는 의사나 교사처럼 남편이 매달 벌어다 주는 수입으로 알뜰하게 살아갈 수 있는 착하고 순한 여자였다. 아무것도 모르는 철부지 대학생 때, 처음 만난 나쁜 남자에게 입술을 빼앗기고 운명처럼 자신의 삶을 결정해 버린 것이다.

그리움은 그리움으로 사랑은 사랑으로 치환되고 처방되어야 한다. 아내는 그런 기술을 써먹을지 모르는 지고지순한 여자였다. 막연한 희망과 기대를 가지고 한 남자를 만나게 되고 그 남자의 운명의 수레바퀴가 굴러가는 대로 천지애환을 함께 하며 살아갈 수밖에 없는 여인이 되어 버린 것이다.

얼굴에 기미가 늘어나고 눈가에 잔주름이 늘어 갈수록 아내에 대한 나의 부채 의식도 함께 늘어 간다.

다음 생에 내가 다시 태어나면 나는 지금의 아내를 다시 만나려니와 지금의 아내가 바라는 대로 나는 아주 평범한 사람으로 살아갈 테다.

일정한 틀 안에서 기존 질서에 순응하며 주는 월급 받아 따복따복 저축하고 연금 태우며 아내와 함께 오순도순 살 것이다.

석산으로 망했다고 해서 조르바를 자신과 투영하고 자신이 마치 조르바라도 되는 것처럼 착각하지 말아요! 조르바 같은 인간은 책임감 따위는 아예 없는 인간이라는 걸 알아야 해… 부초 같은 뜨내기 여자에게는 어떨지 모르지만, 한 여자가 보기에 그런 사람은 결코 좋은 남편도 가장도 아니야. 자유로운 영혼 어쩌고저쩌고하면서 이념(ism)이나 사상을 제멋대로 해석하고 여자 외 인간에 대한 예의나 도덕이라고는 눈곱만치도 없는 남자가 뭐 잘났다고 남자들이 동경하냔 말이야! 여자 뒤꽁무니나 쫓아다니는 조르바 같은 남자를 사윗감으로 데려오면 나는 가만있지 않을 테니 당신도 그리 알아둬요…!

갈탄 광산이 무너져 결국 크레타섬을 떠나게 되는 희랍인 조르바를 빗대 아내는 나의 자유로운 영혼을 주저앉히려는 일을 게을리하지 않았다.

아내는 너무 늦게 철이 들어 버렸다.

나쁜 남자 코스프레 따위는 이제 아내에게 먹히지 않는다.

아내는 모른다.

본능적으로 수컷들은 모두 바람둥이들이다.

아니, 바람피우고 싶은 동물이다.

다만 도덕과 양심이라는 가두리 안에 본능을 가두고 살아갈 뿐이다. 나는 아내의 사랑과 희생을 무시하고 만날만한 여자를 못 만난 것이고 설령 그런 여자가 내 눈앞에 나타난다고 하더라도 내 자신의 욕망과 본능에 불을 지필만한 용기가 이제 남아 있지 않다.

카페에 대한 기본적인 지식이나 상식도 없는 아내는 내가 파둔 방죽에서 용감하게 다시 옷을 벗어부쳤다.

실장급 매니저부터 채용하고 그에게서 기술을 터득하기 시작했다. 바리스타 교육은 물론 커피 품종이 아라비카(Arabica), 로부스타(Robusta), 리베리카(Liberica) 정도가 있다는 사실도 모르던 아내는 매니저로부터 도제 교육을 받으며 손님들을 맞기 시작했다. 부끄러움이나 수치심은 생존을 넘어설 수 없다는 각오로 숭늉만 마시던 아내는 하루에도 몇 잔씩 커피를 갈고 음미하기 시작했다.

"인간의 고통을 연장할 뿐, 희망은 모든 악 중에 가장 나쁜 것이라던데 내가 정말 잘하고 있는지 모르겠어."라고 말하며 아내는 다시 희망을 장착하고 앞치마를 맸다.

나는 아내의 말에 아무 말도 하지 않았다.

아내의 말처럼 인간은 늘 희망에 속아서 고통과 씨름하는지도 모른다.

　인간들은 희망이라는 파랑새를 찾아 늘 떠나지만, 실상 파랑새는 우리 마음속에 이미 둥지를 틀고 있는지도 모른다. 고통 속에서도 우리가 살아가고 있다는 사실이 그 증거다.

　희망을 걷어 올리면 언젠가 행복이 따라 올라올지 모른다는 기대감을 가지고 우리는 살아간다.

　행복은 만족이 아니라 어쩌면 고통이 없는 상태일지 모른다.

　명예와 욕망의 좌절에서 오는 고통. 인간관계와 갈등으로부터 오는 고통. 모든 고집멸도(苦集滅道)로부터 벗어난 상태가 행복일지 모른다. 하지만 인간은 끊임없이 사고를 치는 존재이기에 행복은 우리 곁에 오래 머물지 않는다.

　고통의 터널에 들어서야 있던 자리가 행복이었음을 깨닫는다.

　'인간의 고통은 혼자 있지 못함에서부터 온다.'라고 말한 플라톤의 말을 우리는 잊고 산다. 고독을 피하고자 하나 고독만이 자아를 찾게 해주는 열쇠다.

　길고도 험난했던 10년이라는 세월. 그 고통의 바다.

　떠밀려 와 어느 해안가에 아내와 나는 서 있다. 하얀 백사장에 누워 하늘도 보고 구름도 보며 이제 그만 쉬고 싶다. 몸과 마음이 건강하니 행복을 담을 그릇으로 충분하고 작은 만족으로도 감사할 줄 아니 욕심을 부리지 않으면 족하다. 책 읽고 글만 쓰면 아내가 밥 세 끼는 문제 없이 챙겨다 주니 나는 루씨(Lucy)처럼만 살면 된다. 루씨는 우리 집 강아지 이름이다.

눈이 펑펑 내린다.

카페 난로 옆에서 아내는 책을 읽고 있다.

카페는 손님이 없을 때 아름다운 그림이 나온다.

아내가 앉은 자리마다 그림이 나온다.

날씨가 춥다. 마음이 시리면 바람도 칼바람이다.

자그마한 몸을 옹송거리며 아내가 들어온다.

내 몸 양 겨드랑이 사이로 아내의 조그만 손이 비집고 들어온다. 겨울이면 수족냉증을 달고 사는 아내의 손은 차가운 비수다.

차가운 손을 달고 사는 아내는 겨울이면 얼마나 추울까 생각하니 안타깝고 안쓰럽다.

내 품에 안긴 아내는 내게 조용히 말했다.

여보! 하나님은 인간들이 해달라는 대로 다 해주시지 않는대. 하나님이 보시기에 가장 옳은 방법으로 해주신대! 우리 열심히 살아왔잖아. 서로 조금만 힘을 내 봅시다. 그리고 우리가 아직 건강하게 살아있다는 사실에 감사합시다.

내가 파 놓은 방죽에서 아내를 허우적거리게 만든 나는 아내가 내 눈을 바라볼 수 없도록 아내를 힘껏 껴안았다.

눈을 질끈 감았다.

내리는 눈이 출렁거린다.

기도

아침에 눈 뜨자마자 아내는 조용히 서재로 올라간다.

인기척에 내가 깰세라 살며시 침대를 빠져나간다.

기도를 하기 위해서다.

아내는 한 번 한다면 하는 사람이다.

'적당히'라는 말은 아내와 어울리지 않는 단어다.

하다 말겠지, 라고 생각했지만 어느새 1년이 훌쩍 넘었다.

일요일을 제외하고 하루도 빠짐없이 아침 기도를 한다.

기도를 한다지만 사실 한 시간 내내 울다 내려온다.

매일 천 원을 헌금하고 목사님 설교를 듣는다.

성경 읽기로 시작한 아내의 기도는 가느다란 흐느낌 소리로 변해 간다. 어느 날 아침, 화장실에 가다가 우연히 듣게 된 울음소리는 간절하고 애절했다.

계단을 타고 내려오는 흐느낌 소리는 극히 절제된 울음이었다.

아내가 울고 있었다.

순간, 내가 또 무슨 잘못을 저질렀지? 하고 멈칫했다.

도둑이 제 발 저린 것이다.

한 시간 남짓 기도하고 내려온 아내는 조용히 아침 준비를 시작한다. 나는 방금 일어난 것처럼 모른척했지만 아내의 눈자위는 붉게 물들어 있었다. 눈물을 닦다 만 자디잔 화장지 쪼가리가 아내의 얼굴 군데군데 남아 있다. 전기세를 아낀다고 두터운 외투를 뒤집어쓰고 보일러 가동도 하지 않은 서재에서 기도하고 내려온다.

　매일 아침 한 시간 동안 자신을 기도 감옥에 유폐시켰다 해방시키는 아내는 무슨 잘못이 많다고 저렇게 간절할까 궁금했지만 묻지 못했다. 행여 유탄이라도 맞지 않을까 싶어서다. 아내가 앉은 옆자리 휴지통은 꼬깃꼬깃 구겨진 화장지 뭉치가 오늘도 수북하다. 추워서 콧물을, 뜨거워서 눈물을 훔친 휴지 뭉치로 그득하다.

　기도가 잘못됐어!
　밥을 식기에 퍼 담으며 아내는 말한다.
　뭐가?
　맨날맨날 해 주시라는 기도였어…. 이것도 해 주시고, 저것도 해 주시고. 질렸을 거야…. 하나님도.
　얼마나 우습고 한심해. 허구한 날 주시라는 기도만 하는 게 말이지.
　하는 일마다 산통이 깨지고 가정을 풍전등화로 내몬 남편을 원망하는 대신에 아내는 자신을 자책하고 원망하고 있었다.

　그래서 기도를 바꿨어! 이것도 주시고 저것도 주셔서 감사하다고. 이것도 고맙고 저것도 감사하다고. 그렇게 기도하다 보니 세상에! 하나님은 나에게 너무 많은 것을 주셨더라구! 그러니 내가 울음이

나와 안 나와? 순전히 감사한 것투성이더라고. 감사할 때마다 울음이 터져 나와. 그러니 어찌 눈물이 나오지 않겠어.

말을 하다가 다시 목이 메는지 아내는 창문 밖을 바라보며 한참을 서 있었다. 낙엽이 다 떨어진 앙상한 나뭇가지들이 겨울 찬바람에 심하게 흔들리고 있었다.

남편의 일이 잘못되는 것은 근본적으로 자신의 기도가 소홀했고 남편이 하나님을 멀리하는 탓이라고 생각한 뒤부터 아내의 기도는 시작되었다.

아내는 나에게 함께 교회에 나가자고 권유하지 않는다. 권유한다고 해서 남편이 교회에 나갈 인간이 아니라는 사실을 잘 알고 있기 때문이다.

무당이었던 할머니를 따라 어렸을 때부터 절 밥을 오래 먹은 남편이었다. 우연하게도 남편은 기독교와 카톨릭 미션스쿨인 중학교와 고등학교를 뺑뺑이로 돌았다. 종국에는 원불교 교단이 세운 대학에 들어갔다. 영문학을 전공한 남편은 영문학의 근간 중 하나인 실존주의 철학책 몇 권을 읽고 난 뒤부터 또다시 변했다.

'책을 한 권만 읽은 사람이 무섭다'는 말처럼 남편은 생각이 단순하고 자신의 생각에 절대적인 확신을 갖는 성향의 청년이었다.

자기 철학과 인간의 의지가 제일인 것처럼 남편은 떠벌리고 다녔고 종교를 멀리했다. 실존주의가 뭔지는 자세히 모르지만 그 실존이 신실한 남편을 망치고 사업에도 망조가 들기 시작했다고 아내는 생각하고 있다.

남편의 사업이 그나마 잘나갔던 이유는 23년 동안 함께 한집에서 살았던 자기 어머니의 기도 덕분이었다고 아내는 굳게 믿고 있다. 장모님을 모시고 한집에서 함께 산 23년은 축복이고 은혜였다고 남편은 생각한다. 가슴이 울컥할까 봐 지금도 남편은 '어머니'라는 이 세 글자를 입에 올리지 않는다.

어머님이 백 살을 오십오 일 앞둔 아흔아홉에 돌아가시게 되자 집안의 기도 소리가 끊겼다. 신앙의 부재는 결국 남편의 사업이 힘들어지는 계기가 되었고 가정의 행복까지 차압당하는 결과까지 이어지게 되었다고 생각한 아내는 하나님과 자신의 기도에 더욱 매달렸다. 최근 남편은 아파트 시행 사업을 한다고 브릿지 론(Bridge Loan)을 끌어들여 약 9천여 평의 땅을 매입했다. 시행사 대표인 나는 천신만고 끝에 인허가를 따냈다. 하지만 안타깝게도 건설경기 둔화와 고금리 여파를 핑계로 시공사가 손을 놓아 버렸다. 시공사로부터 '책임준공 확약서'를 받아 놓지 않은 것이 후회되었다. 책임준공 확약서는 신탁회사나 금융기관이 안정성과 수익성을 보장받기 위해 시공사로부터 받는 문서다. 따라서 나 같은 시행사 대표가 시공사로부터 받아야 하는 문서는 아니었지만, 결국 시공사는 재제조치 하나 없이 너무 쉽게 손을 들어 버렸다.

아무리 매력적인 사업일지라도 시공사가 시공능력이 없거나 자금이 없다면 믿을 게 못되는 게 아파트 시행 사업이다.

하늘의 뜻이라고 하기에는 너무 불공평하고, 우연이라고 하기에는 가혹한 일이 벌어지자 아내는 절망했다.

남편의 무능을 탓하는 대신에 오히려 자신의 간헐적 신앙을 책망했다. 아내는 마음을 다잡았다. 가정의 회복을 위해 자신을 성경낭독과 기도생활로 아침을 열기 시작한 것이다.

하지만 아내의 기대와 달리 중단된 남편의 타운하우스 시공 사업은 온전히 가계부채로 남게 되었다. 남는 건 땅을 매입하면서 늘어난 빚과 높은 금융비용 부담이었다.

지난 7년 동안, 카페 수입은 두 사람의 직원 인건비 겨우 나오는 정도에 불과했다. 재료비와 전기세와 세금을 내고 나면 남을 게 없는 장사였다. 그나마 자가 건물이어서 망정이지 불황과 불경기에 임대료 내는 수많은 카페는 장사를 접을 수밖에 없다. 전국에서 카페 폐업률은 모든 업종 중 단연 최고 수준이다.

아내의 다이어리에는 빨간 글씨가 대부분이다. 자신의 다이어리에 이자 지불할 날짜들을 붉은 글씨로 표시해 두었기 때문이다. 핸드폰의 뱅크 싸이트에는 입금액을 표시하는 검은 색은 거의 없고 지출을 나타내는 붉은 색만 사망자 명단처럼 매일 올라온다. 수입은 적고 자동 지출되는 항목의 붉은 색만 화면에 가득했다. 남들에게 눈치까일까 봐 아내는 자신의 핸드폰 알림 소리를 죽여 놨지만, 지출되는 붉은색 항목을 볼 때마다 아내의 표정은 어두웠다.

펀딩으로 매달 수천만 원씩 들었던 적금과 보험을 모조리 해약하고 서울 개발지구 단독주택 두 채까지 쓸어 담아 석산에 모조리 쏟아부었던 남편이 때론 야속했다.

그런 아내가 언젠가부터 내게 조심스럽게 말을 건넨다.

어디 강의할 데를 좀 알아봐요?

아니, 이 나이에 무슨 강의야?

나의 반문에 아내는 조심스럽게 말을 꺼낸다.

그래도 당신 정도면 강의가 충분히 먹힐 텐데….

커피잔을 내려다보며 아내는 혼잣말로 중얼거렸다.

아니, 손주 같은 애들을 어떻게 가르치라는 게야? 어린애들은 젊은 사람들이 가르쳐야 맞지, 바짓가랑이에서 쉰내 나는 할아버지 영어 강의가 시장에서 통하리라 생각해?

내 목소리는 점점 올라갔다.

학원을 22년 넘게 운영했던 아내다.

단과 학생 수가 2천 명이 넘었고 외국인 강사들을 포함해 함께 밥 먹고 사는 직원 수는 100여 명에 다다랐다. 현재 살고 있는 이 소도시에서 가르치는 원장들 다수는 우리의 학원을 거쳤다고 봐도 무방할 정도로 학원의 규모는 컸었다.

젊은 친구들이 가르치며 잘 먹고사는데 내가 좀 힘들다고 그 옆자리에다가 돗자리 깔라고? 가오 떨어지게! 이거 너무하는 거 아냐?

얼척없는 아내의 요구에 꼭지가 돌아 말이 버벅거렸지만, 아내의 말이 영 틀려먹은 건 아니었다.

"당신 영어 실력이면 우리 먹고사는 데는 문제 없다고 당신 입으로 말하지 않았어요?"

아내는 눈을 똥그랗게 뜨고 반문했다.

"셔럽! 유어 갓뎀 더리 마우스!"

문을 '쾅!' 닫고 나왔지만 나는 금방 후회했다.

전당포에 맡길 모본단 저고리를 찾으며 '우리도 좀 살 궁리를 해야지요'라고 말하자, 〈"막벌이꾼한테 시집을 갈 것이지, 누가 내게 시집을 오랬오! 저 따위가 예술가의 처가 다 뭐야!"라고 남편은 사나운 어조로 몰풍스럽게 소리를 꽥 질렀다. 아내는 남편의 호통에 놀라서 눈물을 흘린다.〉

지금의 아내가 현진건의 '빈처'의 심정과 조금도 다르지 않을 텐데 좁아터진 밴댕이 소갈딱지처럼 대거리한 자신이 한심스러웠다.

노가다에 나가 돈 벌어오라는 것도 아니고 강의라도 해서 자신의 용돈에 좀 보태쓰라는 의민데 역정을 내는 남편이 아내는 오히려 서운했다.

영어가 전공이고 어디 가서 강의해도 누구보다도 잘할 사람이지만 체면이나 명분을 생각한다면 전혀 이해 못 할 바는 아니라고 판단한 아내는 더 이상 말을 꺼내지 않았다.

그러던 어느 날 남편은 '토익, 토플 영어강좌 무료 개설'이라는 안내문을 카페 여기저기에 써 붙였다. 그리고 자신이 보던 옛날 영어책들을 꺼내 먼지를 털었다. 그러나 한 달이 가도록 단 한 명도 수강 신청하는 사람이 없자 남편은 안내표지판을 슬그머니 내렸다. 남편의 뒷모습이 안쓰러웠다.

인터넷 강의가 발달한 세상에 여기 촌구석까지 와서 강의받을 사람은 취미 삼아 공부하는 주부들 말고는 없다.

남편은 자신이 한물갔다고 생각하지만, 도시에는 지금도 자신의 명패 걸어 놓고 영어 강의해서 먹고사는 사람들도 많다. 재능기부나 무료 강의만 고집하는 남편이 오히려 세상 물정 모르는 비정상적인 사람이다.

그럼, 이것저것 생각할 게 뭐 있어요? 이것저것 다 팔아서 시내로 나갑시다. 시내 도서관 옆으로 이사 갑시다. 매일 도시락을 싸 가지고 도서관에 나갑시다. 나는 책을 읽고 당신은 옆에서 글을 쓰면 되잖아요!

〈친척들은 남편이 돈벌이도 못하면서 글이나 끄적거리는 시러베 아들놈이라고 욕을 해도 언젠가 작가로 성공할지 모른다〉고 철석같이 믿고 있는 현진건의 가난한 아내처럼 아내도 언젠가 내가 글줄이라도 써서 밥먹고 살날이 올지 모른다고 착각하고 있는 것은 아닐까!
오늘 밤, '술 권하는 친구'를 만나 진지하게 물어 봐야겠다.

참고: 현진건, 1920~ 1930년대 한국의 대표적인 소설가
현 진건의 대표작,
'운수 좋은 날' '술 권하는 사회' '빈처' 등 다수

여행

　당신, 반찬을 뭘로 만들어 두지?
　화장기 없는 아내의 눈자위는 잔주름이 자글거렸다.
　올해 환갑인 아내의 얼굴에는 세월의 더께가 훌쩍 내려앉아 있다. 안쓰러운 표정으로 남편의 얼굴을 쳐다보는 아내의 눈은 연민과 안타까움이 그득했다. 인문학 모임의 삼국지 기행 5일간의 일정으로 중국 여행을 떠나면서 남편의 식사를 걱정하며 아내는 자문한다.

　응…. 곰탕이나 한 솥 끓여놓고 다녀와요.
　말했지만 나는 금방 후회한다. 그냥 아무 걱정 없이 잘 다녀오기만 하라는 말도 있는데 곰탕을 한 솥 끓여놓고 가라니, 이런 멋대가리 없는 남편이라니 한심하지 않을 수 없다.

　인문학 독서 모임을 13년 동안 이끌어 가고 있는 아내는 매주 화요일 저녁 7시면 어김없이 도서관으로 나간다. 아무리 손님이 없는 카페라고는 하지만 애견카페를 포함 두 개를 운영하고 있는 아내가 시간을 쪼개 한 달에 한 권씩 책을 읽어야 한다는 것은 쉽지 않은 일이었다.

더구나 이 모임을 위해 매주 읽어야 할 분량의 내용을 요약하는 일도 리더인 아내의 역할이다. 독서 모임 회원들은 교수, 약사, 의사, 목사 등 다들 지적 수준이 어느 정도 되는 사람들이 대부분이다. 이들의 모임은 고대부터 중세까지의 역사, 철학, 고전문학 등 수많은 인문학 책들을 읽어제낀다.

그렇게 많은 책을 읽었어도 아내의 인문학은 성경과 기독교 신앙 아래 무릎을 꿇는다. 유일신을 섬기는 기독교와 이슬람교와 달리 불교와 유교는 신을 섬기지 않는다. 심지어 부처님은 자신이 죽은 뒤 자신을 신격화하지 말라고 하셨다. 윤회도 없으니 복 달라고 기도하지 말라고 하셨다. 종교철학을 포함해 인문학 관련 서적을 그렇게 많이 읽었어도 오로지 그분(하나님)만이 아내의 아버지였다.

'신은 하나요 만물은 하나'라는 생각을 가진 나를 아내는 이단(異端)이라고 하지 않듯이 아내의 아버지이신 하나님을 나는 배척하지 않는다. 이슬람교를 믿는 녀석이 내 사위라도 아내나 나는 수용할 수 있다.

따로국밥은 조리사 마음먹기에 달려 있기 때문이다. 이런 포용력은 나의 범신론적 사상과 아내의 관용에서 나온다고 생각한다. '종교 때문에 싸우는 놈들이 제일 멍청하고 무식한 놈들이다'라는 게 우리 부부의 일관된 생각이다. 세상천지 만물이 조화롭게 살아가는데 잘난 인간들만이 상대방의 '생각'을 받아들이지 못하고 자신의 '생각' 속으로 꺾어 넣으려 한다.

그런 면에서 나는 아내의 인문학 모임 회원들을 존경한다.

더구나 바쁜 아내를 빼놓지 않고 함께 여행을 데리고 간다는 사실에 감격했다. 아내는 여행을 좋아했지만, 이번 여행이 8년 만에 떠나는 여행이라고 한다.

행복과 희망의 도시에서 걸어 나와 어둡고 황량한 숲속을 헤매다가 절망의 늪에 갇힌 지 벌써 8년이 되어간다.

지속적 행복과 간헐적 고통으로 인생을 살아가는 사람도 있고 큰돈 없어도 편안하게 노년을 살아가는 사람도 많은데 능력 있는 남편이 그런 단순한 행복조차 만들지 못한다는 사실에 아내는 믿기지 않았다.

카페라는 공간에 갇혀 오랫동안 유폐된 채 살아가는 자신을 세상 밖으로 꺼내준 인문학 모임의 이번 여행에 대해 아내는 감사하게 생각했다. 오랜만의 여행에 아내는 설렜지만, 자신보다 오히려 혼자 남는 남편이 걱정되었다. 혼자서는 자신의 밥을 챙겨 먹지 못하는 남편 식사가 여간 걱정이 되는 게 아니다.

내일이면 아내는 떠난다.

방 한쪽에 놓여 있는 아내의 가방을 보는 순간 울컥하는 감정이 솟구쳐 올라왔다. 아내의 여행 가방은 아내의 몸집만큼이나 작고 가벼워 보였다. 아내의 출발이 마치 영원한 이별이라도 되는 것처럼 가슴이 아려왔다. 좋을 때나 어려웠을 때도 작은 인형처럼 때로는 억척스러운 아줌마로 37년여 동안 함께해 주었던 아내가 나의 곁을 떠난다고 생각하니 갑자기 두려워졌다. 언젠가 아내가 내 곁을 또는 내가 아내를 남겨 두고 서로 헤어질 수밖에 없는 순간이 오고야 만다고 생각하니 목이 메어왔다.

눈을 질끈 감자 눈물이 주르륵 흘러내렸다.

이거 왜 이래…. 남자는 늙으면 '애' 된다더니! 그년 잘 있는지 궁금하지 않아?

내 마음의 풍선 바람을 아내는 늘 이런 식으로 빼놓곤 한다.

당신 전주 이씨 충렬공파들은 메타인지가 너무 부족한 인간들이야. 공감 능력이라고는 1도 없는 존재들이라구! 내가 이러고 싶어서 이러는 줄 알아? 내 탓이 아니고 다 그놈의 호르몬이 장난질을 해서라고….

아내 앞에서 남자가 눈물을 흘린다는 건 창피한 일이었다. 나는 호르몬 핑계를 대고 자리에서 벌떡 일어나 밖으로 나왔다. 남자가 예순 넘어 경탄을 자주 하는 건 경박스러운 일이다. 하지만 언제부터인지 가오 떨어지게 작은 일에도 울컥한다.

담배를 꺼내 불을 붙였다.

젊은 날의 한 때, 전부이기도 했다가 내방쳤던 신(神)들이 돌아와 이제 갈 때가 되었다고 반환 청구서를 내미는 것보다 정작 사랑하는 아내와의 영원한 이별이 나는 두려웠다.

잘 봐봐요. 이 색이 좋아요, 아니면 이 색이 나아요?

떠나는 날 저녁, 아내는 빨강 목도리와 노랑 목도리를 양손에 하나씩 들고 자신의 가슴에 갖다 대며 나에게 물었다.

 응, 당신은 양말을 걸쳐도 어울리는 사람이야!

 우울한 감정을 감추기 위해 무성의하게 대꾸했지만, 곧 닥칠 아내의 공백이 두려웠다.

 일행들 몇 명을 함께 픽업해 리무진 버스 정류장에 내려주고 오는 새벽은 비가 추적추적 내리고 있었다.

 카 오디오를 틀자 Ray Peterson의 구슬픈 노래가 흘러나왔다.

Laura and Tommy were lovers

He wanted to give her everything

Flowers, presents and most of all, a wedding ring.

He saw a sign for a stock car race

A thousand dallar prize it read

He couldn't get Laura on the phone

So to her mother Tommy said

Tell Raura I love her, tell Raura I need her

Tell Raura I may be late

I've something to do, that cannot wait

He drove his car to the racing grounds

He was the youngest driver there

The crowd roared as they started the race

Round the track they drove at a deadly face

No one knows what happened that day

How his car overturned in flames

But as they pulled him from the twisted wreck

With his dying breath, they heard him say

Tell Raura I love her, tell Raura I need her

Tell Raura not to cry

My love for her will never die

— — — — — — — — —

유리창이 출렁거려 도저히 운전을 할 수가 없어 갓길에 차를 파킹했다.

돌아와 홀로 누운 침대는 썰렁하고 을씨년스러웠다. 아내가 없는 빈 공간은 너무 허전하고 컸다. 자신은 눈물이 많다고 침대맡에 늘 달아두던 아내의 두루마리 화장지에 손을 뻗어 둘둘 말아쥔 나는 청승맞게 울었다. 위층에서 자고 있는 아들이 들을까 봐 나는 입을 틀어막고 어린아이처럼 소리 내어 울었다.

여보! 미안해…!

나는 한 여자를 만난 게 아니라 선녀를 만났다. 선녀의 옷을 강취해 아들 하나 딸 둘을 낳게 하고 고생만 직사하게 시키고 지금까지

내 편의대로 살아왔다고 생각하자 가슴이 무너져 내려 잠을 이룰
수가 없었다.

　골려주기 위해 아내가 어딘가 숨어서 몰래 나를 훔쳐보고 있다는
착각에 빠졌다. 나는 벌떡 일어났다. 그리고 아내를 찾아 이 방 저
방을 돌아다녔다. 갑자기 아내가 튀어나와 내 등을 와락 껴안아 줄
것만 같았다. 여기를 가도 저기를 가도 아내의 숨결과 체취가 집안
곳곳에 남아 있었다.

　놀랬지? 당신 깜짝 놀랬지? 하며 까르르 웃으며 금방이라도 아내
가 튀쳐나올 것만 같았다. 나는 미친 사람처럼 허둥대며 이 방 저
방을 돌아다녔다.

　여보…! 당신 손길이 미치지 않은 곳이 없네요. 당신이 남기고 간
노랑 목도리를 두르고 당신이 앉았던 책상에 앉아 봅니다. 물건도
오래 쓰면 주인을 닮는다던데 부드럽고 따뜻한 이 목도리는 당신을
그대로 닮았네요. 당신이 있었기에 행복했습니다. 당신이 너무도 그
립습니다. 당신은 나의 수호신이자 작은 거인이었습니다.

　사랑합니다. 영원히…!

인정투쟁

밤새 악몽에 시달렸다. 온몸이 땀으로 후줄근하고 머리는 깨질 듯이 아팠다. 자의식이 강한 나는 어떤 꿈도 나를 오래 잡아 두게 하지 않는다. 꿈이라는 사실을 의식해 강하게 머리를 흔들어 꿈을 깨트리고 빠져나온다.

그러나 이놈은 달랐다. 그래봤자 자각몽일 뿐이라고 의식을 곧추 세우려 아무리 노력해도 정체 모를 악령이 끊임없이 가위를 누르고 있다. 의식을 추슬러 겨우 빠져나와도 잠깐뿐이었다. 까무룩 잠에 빠지는 순간, 똑같은 꿈이 이어지고 악령은 나를 찾아내 다시 쫓기 시작한다.

그놈에게 겨우 벗어났다 싶을 때는 창문으로 희뿌옇게 동이 터 오고 있었다. 온몸이 파김치가 되어서였다. 섣달그믐에 꾸는 꿈치고 고약했다. 옆을 보니 아내가 세상 모르게 잠 들어 있었다.

정월 초하루 새해 첫날이다.

카페 문을 열고 난로를 지피고 나니 10시가 조금 넘었다. 날씨가 쌀쌀해지면서 카페 매출은 더 형편없어졌다. 2년을 잘 근무하던 카페 실장이 갑자기 병원에 입원하고부터는 거짓말처럼 카페 손님이 줄었는데 알바 한 명과 아내가 매장을 지키고 있다.

 구정을 쇠는지 아침부터 차들이 밀려 들어오는데 직원은 아직 출근
전이다. 손님을 위해 아내는 카페라떼와 커피를 만드느라 정신이 없다.
지난 7년 동안 아내는 단 하루도 마음 놓고 쉬어 본 적이 없다.
 남들 세배(歲拜) 받을 시간에 아내는 카페 주방으로 들어가 능숙
한 솜씨로 피자와 음료를 만들기 시작한다. 이마에는 땀방울이 송
슬송글 맺혀있다.
 카페는 얼추 잡아도 백 가지 정도 되는 메뉴가 있다.
 재료가 떨어지지 않게 비축해 두어야 하고 상하지 않도록 매일
점검해야 한다. 한가한 평상시와 달리 주말이면 카페를 찾아오는 손
님들로 인해 아내는 점심을 건너뛰기도 한다.
 아내는 내게 얼음컵 여섯 개를 만들라고 주문한다.
 직원이 없을 때, 나는 아내를 보조하고 주방 설거지를 도와준다.
아내의 노동력을 덜어 주기 위함이기도 하지만, 이미 한도가 오바
된 아내에 대한 나의 부채의식을 탕감받기 위한 호구지책이다. 바쁠
때는 주방으로 들어가 고무장갑을 끼고 내가 설거지를 도와주기도
하지만 아내는 웬만해서는 내가 주방에 들어오지 못하게 한다.
 아내가 보기에, 남편이 인지부조화 증세는 좀 있어도 남들의 시
선 따위에는 신경 쓰지 않는 사람이라는 것은 그나마 다행이라고
생각한다. 하는 일마다 산통이 깨져 실의에 빠져 남편이 코빠치고
있는 성격이라면 서로가 고역일 텐데 그런 부분에 대해서 남편은
무신경이다.

남편은 혈기 왕성했다.

군대 제대 후, 국립 대학 상과대에 다니는 친구를 따라 대학 축제에 갔다. 유명 연예인이 오는 축제라고 소문이 나자 호남지역의 젊은이들이 다 모였다고 할 정도로 대운동장에는 그야말로 인산인해였고 발 디딜 틈 하나 없었다. 그 당시 MC로 유명한 사회자 이택림과 여자 연예인이 무대에서 관객들의 착석과 질서를 요구하며 진땀을 흘리고 있었다. 학도 호국단 학생들이 여럿이 나와 선도해도 도저히 통제되지 않았다.

너무나 많은 관중이 모인 탓도 있지만 서로 좋은 자리에 차지하기 위해서 자신이 있는 자리 외에는 한 발짝도 움직이지 않았다. 몰린 군중으로 깔릴지도 모른다는 우려에서 누구도 먼저 자리에 앉으려 하는 사람도 없었다.

축제 행사는 한 시간이나 지체되고 있었다. 남편은 그때까지 대학 문턱에도 발을 들여본 적 없는 스물다섯의 청년이었다. 강 건너 불 보듯 맨 뒤에서 팔짱을 끼고 조용히 그 모습을 바라보던 남편이 갑자기 사라졌다.

몇 분이 지났을까. 대운동장 한가운데 웬 남자가 큰 소리로 외치고 있었다. 그 남자의 손에는 10m 길이가 됨직한 큰 장대가 들려 있었다. 남편이었다.

자~ 앉으세요. 지금부터 장대를 휘두르겠습니다. 앉지 않으면 맞습니다.

훠어이~ 훠이~ 훠어이 훠이~

남편은 좌우로 크게 장대를 휘두르기 시작했다. 장대에 맞지 않기 위해 앞줄에 있는 사람들이 먼저 앉기 시작했다. 맨 앞 중앙에서부터 앉기 시작하자 서로 눈치를 보며 너나 할 것 없이 앉기 시작했다. 마치 커다란 낫(Scythe)에 볏단이 베어지듯 군중들이 우르르 쓸려 앉기 시작했다. 그때까지 속수무책이던 학도 호국단원들도 남편이 휘두르는 장대 뒤를 따라 좌우로 정리 정돈하기 시작했다. 대운동장의 수많은 사람이 모두 앉고 장내가 수습되자 드디어 행사가 시작되었다. 장내를 정리하고 남편은 친구가 있는 자리로 돌아왔다. 이 장면을 처음부터 지켜 보고 있었던 여학생 두 명이 있었으니.

축제가 끝나자 남편은 어느새 그중 한 사람, 국문과 여학생을 꿰차고 유유히 사라졌다고 그날 축제에 함께 간 상과대학 친구가 말해 주었다.

새벽녘에 헤어지며 그 여학생은 말했다. '대학교에 들어오거든 자신을 꼭 찾아 달라'며 그날 밤 국문과 여학생은 전화번호를 남기고 떠났다.

미친 듯이 끌리고 서로 죽도록 그리워하더라도 우연이 아니면 인연이 될 수 없다.

그녀와 헤어진 뒤, 남편은 공부하러 들어갔고 그로부터 육 개월 뒤, 다른 대학을 가게 되었고 다른 여자를 만나게 되었다.

자신은 조조대군 십만대군을 장팔사모 하나로 물리친 장판교 장비 같은 사람이었다고 남편은 두고두고 허풍을 쳤다.

타인에 대한 의식이나 열등감 같은 걸 안 가지고 사는 건 당신 스타일일 수는 있어도 자신의 과거를 마치 무용담 늘어놓듯이 말하는 건 좀 아니지 않아요?

친구들이 떠나고 카페가 조용해지자 아내가 조심스럽게 짚는다.

특히, 아픈 경험이나 슬픔 또는 자신의 실패를 공유하지 않았으면 해. 세상은 비슷한 과거를 경험하지 않은 사람들도 많으며 유사한 경험을 했다손 치더라도 자신의 실패를 감추고 사는 사람들이 대부분이야. 말하는 순간, 유대감이나 공감보다도 값싼 동정심을 유발하기도 하고 때로는 상대방에게 근거 없는 우월감을 줄 수 있기 때문에 당신의 실패를 웬만해서는 말하지 않았으면 좋겠어. 약점을 말하는 순간, 흉과 허물이 되고 나중에라도 상대방의 공격포인트가 될 수 있기 때문이야...!

알았어, 이제 그만해! 듣기 좋은 소리도 한두 번이야! 사업하다 잘못된 게 무슨 큰 잘못이야? 내가 전과자야? 그리고 당신의 하나님을 제외하고 언놈이 나를 평가할 수 있어! 그리고 당신도 한번 생각해 봐!

아니, 내가 패착을 좀 두었다고 코빠치고 사는 게 나아? 아니면, 내 실수를 털어내 희석시키는 게 나아? 말해봐! 당신이 선택, 아니 당신이 원하는 대로 연기해 줄게.

방귀 뀐 놈이 성질낸다고 말도 안 되는 옵션을 던져놓고 나는 자리에서 벌떡 일어났다.

사업의 성취나 자본의 소유가 인생의 성공을 결정짓는 온전한 요소라고 볼 수 없듯이 사업의 실패를 낙오로 낙인찍는 시선이나 그런 고정관념은 천민자본주의적 사고라는 나의 주장이 수컷들의 블러핑일 수 있다.

세상은 무책임한 말들로 넘쳐난다. 내가 아닌 것이 정처 없이 떠돌다 결국 내가 되는 것이 소문이다. 내가 아닌 나를 두고 나를 만드는 바보들을 위해 정작 내가 선제 방제약을 치고 있는지도 모른다.

3주 만나고 3개월을 사랑하다 3년을 싸우고 30년 잔소리를 들으며 사는 게 결혼이라는 말이 있다. 예전에는 늙은 척하고 살았고 요즘은 거의 죽은 척하고 살고 있지만 아내의 옳은 지적질도 때로는 뼈가 시리다.

이 세상에 가장 강한 힘은 부드러움이야. 자신의 약점이나 치명적인 단점을 자랑거리나 재미로 저잣거리에 내놓는 사람은 조영남이하고 당신뿐이 없어, 그건 확실해...! 나는 당신이 힘을 좀 빼고 살았으면 좋겠어. 힘을 빼야 배도 띄우고 비행기도 나는 법이잖아..!

나를 이해시키는 것을 포기하고 아내는 자리에서 일어났다. 주방으로 들어가는 아내의 뒷모습을 보며 진정 내가 하고 싶은 말은 따로 있었지만 말하지 못했다.

여보! 실패는 낙오가 아니야. 실패했다는 것은 또 다른 시도를 할수 있다는 것이고 내게 또 다른 기회가 주어졌다는 것이니 나를 믿어 줘, 당신이야말로 이 세상에서 내가 가장 인정받고 싶어 하는 유일한 사람이야…!

성공도 나의 것이요 실패도 나의 경험이다. 실패에서 오는 시련과 고통은 가혹하고 깊은 상처를 준다. 그러나 실패는 정확하고 확실하게 깨우쳐 준다. 인간들은 실패한 사람이 받는 반대급부에 대해서 무지하고 관심이 없기 때문에 실패한 사람을 낙오자로 보는 것이다. 그 사람의 가슴 속에 다져지고 도포된 소나무 '옹이'를 보지 못한다.

그런 인간들을 위해 춤을 출 이유도 내 자유로운 영혼에 차꼬를 채울 이유도 없다. 아내에게 이런 이야기를 어떻게 구질구질하게 한단 말인가. 예측건대 향후 15년 기준을 안팎으로 나는 '생각 없는 존재'가 될 것이다.

잘해야 벚꽃이 열댓 번 피고 지면 나의 시한부 인생은 만료되고 내 이름은 '현고학생부군 신위(顯考學生府君 神位)'로 대체 될 것이다. 제사상에서나 들을 수 있는 이 말은 '배우는 사람으로 살다 죽었다'는 뜻이다. 완성으로 죽는 사람은 없다. 죽을 때까지 배우다 죽는다.

태어날 때 나는 울었고 내 주위 사람들은 웃었다.

내가 죽으면 몇몇은 울겠지만, 나는 웃으며 떠날 것이다.

어디에서 왔는지 모르기 때문에 갈 곳 또한 궁금하지 않다. 영적 세계나 우주에 존재한다는 원천이나 에너지에 구애받고 싶지 않으므로 생각 없는 존재로 또는 우주의 먼지로 소멸되고 싶을 뿐이다.

환생을 믿는 종교를 믿지 않기에 다시 태어나는 것을 바라지도 않는다. 죽음을 경박한 말로 턴다고 비웃을지 모르나 세속의 일은 이만하면 됐다. 다시 태어난다 해도 거기서 거기일 뿐, 인간에 대한 미련은 더 이상 갖지 않고 살기로 나는 마음먹었다.

가슴 뛰는 일이 존재하지 않는 한, 이승에서 몇 년을 더 산들 크게 유의미한 일이 아니다. 부조리한 법칙을 깨고 운 좋게 태어난 인간들이나 운 나쁘다고 불평하며 살아가는 인간들이나 다 자신의 카르마를 털어 가며 사는 존재들이다.

정초 새벽 꿈이 사나운 이유를 알았다.

꿈도 약이라면 쓴 법이다. 아내는 나의 가장 아픈 뭉치인 소나무 옹이를 헤집었다. 관솔불을 아직 다 태우지도 않았는데, 아내는 나의 쭉정이를 잘라 무덤에 던졌다.

인연 I

쇼펜하우어는 그의 저서 『의지와 표상으로서의 세계』에서 말하길 '인간의 삶은 고통으로 가득 차 있는데, 그 원인은 인간의 욕망 때문이며 인간은 행복하게 살아야 한다는 욕망과 착하게 살아야 한다는 의무감에서 왔다 갔다 하는 비극적 존재'라고 말했다. 그가 말하는 인간의 욕망 추구는 도덕과 양심이라는 도덕률과 충돌할 수밖에 없고 그로 말미암아 인간은 고통받게 된다는 게 그의 주장이다.

쇼펜하우어의 사상은 실존주의나 현대철학에 큰 영향을 미쳤을지 모르나 근본적으로 나는 그의 사상에 동의하지 않는다.

특히 그의 삶은 불우했고 여성에 대한 관념은 천박했다. 여자에게 얼마나 되치기 당해야 그따위 주장을 할 수 있는지 모르겠으나 여성에 대한 그의 관념은 고대 사상가들이 무색할 정도로 경박했다. '여성은 자연의 실수'라고 말한 플라톤이나 '여성은 아기를 생산하는 기계'라고 말한 아리스토텔레스에 버금갈 정도로 그는 여성을 비하하고 폄하했다. 19 C 철학자인 그는 니체와 더불어 형편없는 여성관을 가지고 있었다. '여성은 남성의 노예'라커니 '남성의 그림자이거나 창조물'에 지나지 않는다고 말할 정도였다.

19세기에 여성들의 권리와 평등을 위한 운동이 시작되었고 20세기 들어와서야 비로소 여성들의 권리와 자유, 존중감이 증가되었다. 그렇지만 시대와 문화 등 다양한 요소에 따라 여성들이 직면하는 어려움과 차별은 여전히 존재한다.

50년대 후반 전후(戰後) 복구시대 태어난 베이비붐세대인 우리가 성(性)이나 여성의 인권에 대한 교육을 받는 일은 거의 전무했다.

사회의 낙오자들이 기어들어 와 산비탈을 깎고 판잣집을 짓고 일명 '화장터'라고 불리는 '하꼬방' 동네에서 태어난 나 같은 사람에게 여성은 단지 성의 노예이거나 하급 노동자에 불과했다. 작은 단칸방에 젊은 부부와 다섯 남매가 한방에서 살았다. 부부는 새끼들이 옆에서 자든 말든 자신들의 생물학적인 욕구에 충실했고 밤마다 어미를 고통(?)으로 몰아가는 아비를 죽여 버려야겠다고 어린 나는 작정했을 정도였다. 겨울만 되면 연탄가스 중독으로 온 가족이 죽다 살아난 경험은 연례행사였다. 의식을 잃은 우리는 발견한 사람들에 의해 사지가 질질 끌려 나와 차가운 마당에 누인 채 동터오는 새벽을 물끄러미 지켜봐야 했다. 생사(生死)가 늘 우리를 주시했지만 그래도 나는 죽지 않았다.

나는 여자를 만나 결혼한다는 것은 가당찮은 일이라 판단했다. 적어도 남자가 여자를 만나 결혼하고 자식을 낳아 기르려면 어느 정도의 의식 수준이나 생활 여건이 되어야 하며 그런 조건이 아니라면 가정을 꾸리고 새끼를 낳는 일은 죄악이라고 단정을 내렸으며 내가 결혼하는 일은 없을 거라고 결론 내렸다.

'여자와 소인배는 가까이하면 기어오르려 하고 멀리하면 원망을 듣는다. 그러니 항상 적당한 거리를 두고 살아야 한다' 거나 '여자는 생리적으로 해탈하기에 부족한 존재이다' 는 정도의 여성관이 주입된 사람들로부터 교육받고 살았고 실제 내가 사귄 여자들은 한번 쓰고 버리는 일종의 소모품들이었다. 깜빡 잊을 뻔했다. 앞에 말은 공자 말씀이고 뒷말은 석가모니 부처님 말씀이다.

하지만 이러한 못난 생각들이 일거에 사라지고 개과천선되는 사건이 발생했으니 이제 말하거니와 나는 한 여자를 만남으로 인해 좋은 여성관과 긍정적인 인생관을 갖게 되었음을 고백한다. 또한 그때부터 사람이 되었다고 해도 큰 대과(大過)가 아니니 이제 그 인연을 말하려 한다.

가난이나 불화를 핑계 삼지 마라. 남들 다 가는 대학, 도전이라도 한번 해보고 때려치우든 말든 해라. 너보다 못한 애들도 대학 가고 어려운 환경에서도 직장 다니고 결혼해서 잘 사는 사람도 많다. 하려고 마음먹는 사람에게는 하늘도 감동한다더라. 할 짓이 없어서 주먹질이냐! 주먹으로 먹고사는 인간치고 잘살았다는 사람 본 적 없다.

막걸릿잔을 입으로 가져가며 친구는 내게 말했다.

이 친구는 학비를 벌기 위해 나는 용돈을 벌기 위해 며칠째 노가다를 뛰고 난 초저녁 우리는 선술집에 앉아 있었다.

자존심이 강한 나를 잘 아는 친구는 술이 몇 순배 돌자 마음먹고 내 가슴에 불을 질렀다.

시대와의 불화니 가정불화 따위의 변명은 통할 수 없는 지금이지만 그 당시 형과의 오랜 갈등으로 공부는 나의 우선순위에서 한참 밀려있었고 온 가족은 형 문제로 전전긍긍하고 있었다.

형은 자신의 불만과 갈등을 가정폭력으로 분풀이 하였다. 밤만 되면 살림을 닥치는 대로 때려 부수고 자신을 낳아준 어미 아비에게 폭력을 휘둘렀다. 남들은 대학이나 자신이 원하는 진로를 가기 위해 공부도 하고 재수를 하며 고군분투 했지만, 나는 그런 공부에 대한 열정이나 목적의식 없이 노가다 아니면 싸움박질로 하루하루 시간을 죽이고 있었다.

군대까지 다녀온 나는 친구들에 비해 늦어도 한참 늦어 있었다. 젊은 대학생들이 독재 타도와 군부정권 종식 등의 명분으로 민주화 운동을 하던 그때, 나는 조폭이 되거나 신부(神父)가 되는 양 극단적인 선택을 놓고 고민하던 늦가을 어름께였다.

선술집에 걸린 달력을 보니 대학 입시까지는 백일 남짓 남아 있었다. 막걸릿집을 나와 친구와 헤어진 뒤, 방구석에 처박아 놓았던 책들을 수습했다. 책에서 손을 놓은 지 오래되었다. 공부가 내 인생의 마지막 선택일 수 있겠다는 생각이 들기 시작하자 마음이 다급해졌다.

하지만 운명은 알 수 없는 것. 큰 기대를 하지 않았지만 백 일 공부 끝에 운 좋게도 내 이름은 합격자 명단에 끼어 있었다.

대학교 면접시험 날이었다.

시장통에서 막걸리 장사로 연명하는 부모님을 둔 처지에 칠 남매가 대학교를 간다는 건 언감생심 가능한 일이 아니었다. 다행히 형은 중학교 1학년 때 튕겨 나가 뒷골목 어둠의 자식이 되어 버렸고 누부는 바람나 일찍이 종적을 감췄다.

착한 여동생들은 대학교를 가야 한다거나 그럴 필요성을 인지하지 못하고 각자의 방식대로 생활전선에 뛰어들었고 군대까지 다녀온 나는 우연이랄 수밖에 없이 대학 문턱에서 서성거리고 있었다. 자급자족하지 않으면 안되는 상황이니 대학 4년을 온전히 마치지 못할 수도 있다는 불안감 속에서 면접 시험장에 앉아 있었다.

대기자 면접 번호가 나보다 앞선 사람 중에 여학생은 한 명뿐이었다. 창밖을 보니 바람에 휩쓸린 낙엽들이 인문관 앞 광장을 어지럽게 흩날리고 차가운 겨울바람에 코트깃을 올리고 여학생들이 종종걸음을 재촉하고 있었다. 내 앞번호 여학생은 자신의 오버 재킷을 올리고 머리를 단정하게 손질하기 시작했다. 생의 의지를 짓누르고 있는 암울과 우울이, 미래에 대한 불투명한 전망이 모든 현상을 시시하고 드라이하게 만들었다. 따라서 캠퍼스의 낭만이나 연애 따위 기대조차 할 수 없었다.

면접을 마치고 돌아오는 버스 안에서 내 앞에서 머리를 다듬던 그 여학생의 잔상이 나의 머릿속을 들락거렸다. 직행버스 차창에 기대어 추수가 끝난 황량한 들판을 나는 희망없이 바라봤다. 병든 아버지에게 등록금을 차마 말할 수는 없었다. 장학금을 받지 못한다면 학비를 어떻게 마련할 것인가. 늦은 나이에 대학을 간다는 나의 결정은 옳은 판단이었을까. 남들은 이미 졸업하고 사회에 첫발을 내디딜 그 나이에 대학 문턱에 발을 올려놓고 있다는 사실과 여러 이유와 원인을 핑계로 중도 하차할 가능성도 만만치 않다는 생각에 혼란스러웠다.

가보지 않은 길을 두고 알 수 없는 불안감에 나는 사로잡혔다. 미지에 대한 두려움과 불안이 끊임없이 나를 괴롭혔지만 일단 그 불확실성을 받아들이기로 마음먹었다. 그리고 가슴이 시키는 대로 살기로 했다.

무엇보다도 나 같은 사람을 합격시켜 준 대학교가 고마웠다. 비록 지방의 이름 없는 대학이었지만 마음먹기에 따라서는 무한한 가능성의 숲이 될 수 있고 작은 연못속의 물고기일지 모르지만 내가 하기에 따라 바다를 향한 꿈을 키울 수 있다고 생각해서다.

인연 II

　인간의 욕구와 열망은 반복적인 습관으로 나타난다. 대학에 들어가게 되었지만 나의 습관은 변하지 않았고 생각은 조악하고 행동은 투박했다. 대학 생활은 순조롭지 않았다. 나는 바른생활 사나이가 아니었고 사람들과 어울리지 못했다.

　결국 나는 우연한 사건에 휘말려 큰 싸움판에 끼어들었다. 외면하고 회피할 수 있었으나 나의 이성은 나를 뜯어말리지 못했고 습관적으로 본능에 몸을 던졌다. 나는 익산역 광장에서 깡패 녀석과 대판 싸움을 시작했다. 직행버스를 기다리는 손님들과 스쿨버스를 타고 내리는 수많은 학생들이 있음에도 나는 한 깡패 녀석을 죽도록 팼다. 싸움에 밀리자 깡패는 칼을 휘둘렀고 의자를 던졌다. 자신의 불만을 가정으로 끌고 들어와 폭력을 일삼았던 형에 대한 분노가 전이되어 나는 이성을 잃고 반항하는 깡패를 반쯤 죽여놨다.

　신고가 들어가고 익산 파출소 순경들이 달려들었다. 깡패 새끼 말고 내 눈에는 보이는 게 없었다. 서너 명의 경찰들이 내 사지를 붙들고 매달아 파출소 바닥에 나를 내팽개치고 나서야 나는 정신이 돌아왔다. 경찰서로 끌려가 밤샘 조사를 받았다. 친구에게 연락해 책을 가져다 달라고 했다. 내가 없어졌다고 걱정할 사람도 없지만 집에는 강원도로 여행갔다고만 전하라고 했다. 유치장에서 친구가 전해주는 20여 권의 책을 전달받았다. 나는 군산 법원으로 끌려갔다. 닭장차에 내려 법정 안에 들어가 법대(法臺) 앞에 섰다.

"이게 사실인가?" 젊은 판사는 내게 반말로 물었다.

길거리에서 여자들이 깡패들에 의해 성희롱당하는 것을 판사님은 그냥 지나칠 수 있겠습니까? 그 여학생들은 우리 과 여학생들이었고 지나가는 내게 살려 달라고 소리치고 있었습니다.

나는 판사 앞에서 오히려 큰소리를 쳤다.

아니, 그래도 이렇게까지 사람을 패면 어떻게 하나…

그것도 백주의 대낮에….

판사는 나를 한참 노려봤다. 그는 형사가 작성한 수사보고서를 다시 뒤적였다. 형법 18조를 때리자니 학생에게 가혹하고 경범죄로 처리하자니 너무 가벼웠다. 그는 오래 고민했다.

이윽고 그는 선고했다.

몇 개월 깜방에 들어가 살지도 모른다는 조사과 형사의 장담과는 달리 판사는 약식 벌금형과 함께 나를 훈방 조치하였다.

그날 오후, 학교에 돌아오자 이미 인문대 학생들 사이에 소문이 퍼졌다. 그 이전에도 여성 한 명을 여관방에 끌고 들어가려던 양아치 세 놈과 맞짱 뜨다 곤욕을 치른 전력까지 포함해 여러 사건 사고로 나를 좋게 보는 학생들은 없었다. 내가 깡팬지 학생인지 헷갈려하는 여학생들이 있을 정도였다.

학교로 돌아와 신기하게도 찾아간 곳은 면접 날, 내 앞에 앉아 있었던 그 여학생이 공부하는 영어 써클룸이었다. 수업들이 얼추 끝나는 시간인데다 달리 갈 데도 없었다. 신입생 환영회 때부터 나에게 눈이 헷까닥 돌아간 영문과 한 학년 선배 여학생이 있었는데도 불구하고 나는 연락하지 않았다. 면접 날 내 앞에서 머리를 손질하던 그녀, 교양과목 시간에 몇 번 봤던 그녀, 내게 특별할 것도 없는 그녀를 찾아간 이유를 지금도 나는 이해할 수 없다.

내게 간간히 '아저씨'라고 호칭한 그녀는 나에게 커피 두 잔을 가져왔다. 솜털이 다 가시지 않은 붉으스레한 뺨과 사슴처럼 맑은 그녀의 눈동자는 여리고 청순했다.

"왕성한 혈기를 다른 곳에 쓰세요. 너무 거칠고 여학생들 사이에서도 소문이 좋지 않아요."

스물 갓 넘긴 여학생이 스물일곱 늙다리 아저씨를 앞에 두고 누님처럼 훈계하였다. 착하고 순한 동생처럼 나는 얌전히 앉아 커피를 홀짝거렸다. 배다른 형이 형수 앞에서 홀짝거리고 시골로 들어간 다음 날, 청산가루를 입에 털어 넣고 죽은 형의 얼굴이 떠올랐다. 그날 이후로 점심이 부실한 나를 위해 그녀는 매일 점심을 사주었다. 그래봤자 라면이었지만 그녀의 한 달 용돈은 나의 점심값으로 대체되었다. 대신 나는 그 여학생을 위해 코리아 헤럴드 영어 사설을 매일 읽고 해설해 주었다.

3학년 종강 파티가 있던 중국집은 초저녁부터 시끌벅적했다. 몇 일간의 기말고사 긴장감과 후유증을 빼낸다고 남학생들은 애저녁부터 독한 고량주를 들이부었다. 내년 마지막 한 학년 학비를 안내고 다닐 수 있을 정도의 점수를 확신한 나는 안도하며 그 여독을 술로 달래고 있었다. 조신하고 청순한 여학생들이 하나 둘 시계를 들여다보는 시간이 되자 시장통 주택가에 사는 그녀를 바래다주어야 한다는 다소 엉뚱한 의무감이 들기 시작했다.

일행들에게서 빠져나와 나는 그녀와 함께 파장이 되어 가는 시장통을 나란히 걸었다. 골목 깊은 집 어딘가에 그녀의 집이 있다는 사실을 알고 시장통을 돌아 골목길 초입에 우리는 들어섰다. 역사는 밤에 이루어진다는 사실을 증명이라도 하듯, 휘영청 밝은 달은 중천에 두둥실 떠 있었다. 창백하리만치 파리한 달은 마치 그래야만 한다는 듯이 긴 골목길을 하얀 빌로드 천으로 깔아 놓았다. 신비롭고 괴이한 달빛이었다. 예쁜 카드에서 나 봤던 하얀 골목길은 하늘로 길게 뻗어 있었다. 인생 영화의 와이드 샷(Shot)의 한 소품인양 가로등 하나가 그 자리에 외롭게 서 있었다.

골목 깊은 집, 가로등 불빛 아래 서 있는 어린 소녀는 내 앞에서 가녀리게 떨고 있었다.

나는 그녀를 조용히 가슴으로 안아 주었다.

그리고 그녀의 입술에 차가운 입술을 포갰다.

작업도 아니었고 술기운도 아니었다. 신비롭고 고고한 달빛 아래 후미진 골목길에서 청정무비(淸淨無比)와 같은 어린 소녀를 그대로 두고 간다는 것은 그 소녀에 대한 모욕이기도 했다. 그런 명장면을 놓친다는 건 누가 봐도 예술을 무시하는 처사였다.

누가 봐도 나쁜 남자로 인식되던 그 당시 나는 도덕과 양심으로 학습된 사람이 아니었다. 그런 일은 처음 있는 일도 아니었고 내겐 관행과도 같은 것이었다.

그러나 그날 밤의 키스는 내 운명을 바꿔 놓았다.

그녀를 집 안으로 잘 들여보내 주고 나는 술자리로 다시 돌아왔다. 그리고 아무 일도 없었고 나는 까마득히 잊었다.

추위가 기세등등하던 그해 12월, 그녀는 그다음 학기 수강 신청을 하러 나오지 않았다. 전화를 걸자 그녀가 받았다.

"휴학하려구요."

수화기 너머로 들려오는 그녀의 첫마디는 '휴학'이었다.

그녀의 목소리에는 힘이 없었다.

휴학을 왜 하려는 건데? 내 목소리에는 짜증이 섞여 있었다.

그녀는 아무 말도 하지 않았다. 수화기 너머로 들려오는 그녀의 목소리에는 울음이 묻어 있었다. 그녀는 울고 있었다.

"어쩜 그러세요…."라는 말을 끝으로 그녀는 전화를 끊었다.

죽어도 나오지 않겠다는 그녀를 설득해서 만난 시간은 만경강 들판을 해가 뉘엿뉘엿 넘어가는 시각이었다.

우리는 뚝방 길을 함께 걸었다. 나의 돌발행동에 너무 놀란 그녀는 그날 밤은 물론 그 이후로 오랫동안 제대로 잠을 자지 못했다고 말했다. 순정과도 같은 첫 입술을 빼앗기고 몇 날 며칠을 잠 못 드는 밤을 만들어 놓고 자신은 아무렇지 않다는 듯이 말하는 나의 태도에 그녀는 화가 잔뜩 나 있었다.

기습적으로 얼떨결에 당한 그날 밤의 일은 차치하고라도 한 학년 언니와 썸을 타면서 자신이 소품처럼 이용되고 잊혀진 존재가 되었다는 사실에 그녀는 분노했다. 같은 인문관을 드나드는 그 언니와 함께 학교를 더 이상 다닐 수 없다고 말하며 그녀는 눈물을 뚝뚝 흘렸다.

인간들의 상황 판단 능력이나 의지에 대한 '항상성'을 나는 믿지 않는다. 어리다면 어린 그 나이에 가로등 불빛 아래에서 자신의 의지를 피력할 수 있는 판단력을 갖는다는 것은 어려운 일이었을 것이다.

그때나 지금이나 나는 나의 제어 능력을 믿고 있지 않지만 이제 '내가 만나고 다니던 여자들을 일소(一掃)할 때가 왔다'는 사실을 직감할 수 있었다. 그게 나에게 그리 큰일도 아니었지만, 내 옆에 서서 강둑을 바라보고 있는 이 여자에게는 큰일일 수 있겠다는 생각이 들었다.

잎도 틔우지 못하고 꽃망울도 아직 다 터뜨리지도 못한 여린 꽃대궁이 한순간 나의 몰지각(沒知覺)으로 꺾일 수는 없었다. 노인 가슴을 풀어 헤쳐놔도 심장은 붉듯, 젊은 날 패기 넘치는 그 심장은 더 붉고 순수했다.

날카로운 첫 키스 한방으로 운명의 지침이 바뀌었다는 한용운 시인의 말처럼 그날 밤의 입맞춤은 내 운명의 지침도 돌려놓아 버렸다.

누구나 한 번쯤 여자를 만나게 되고 몰입되는 감정에 사로잡혀 한때 죽고 못 사는 경지를 다들 경험하지만, 그녀에 대한 그때의 나의 감정은 순전히 '달빛' 탓이었다.

사필귀정(事必歸正)이요 물극필반(物極必反)이다.

달도 차면 기울고 모든 일은 이치대로 돌아간다.

37년 전, 그날 밤 내게 입술을 허락해 준 그녀는 지금의 나의 아내가 되어 있다.

"당신 오늘 골프 나가 안 나가?"

그녀의 뜬금포 같은 질문에 당황한 나는 그녀가 원하는 쪽으로 답을 내놨다.

"나가지 말까?"

아냐, 다녀 와! 대신 술은 한 잔도 먹으면 안 돼, 오늘은 내가 바빠서 당신을 픽업할 수 없으니 차를 가지고 갔다가 와요.

매주 토요일 운동하러 나가서 저녁이면 '꽐라'가 된 나를 그녀는 차를 가지고 픽업하러 나온다. 말이 안 되는 수입구조에서 출혈이라 할 정도의 매몰 비용을 낭비하고 온 남편이 달가울 리 없지만 남편의 가오를 생각해서 그녀는 묵인해 주고 있다.

그녀는 내게 말한다.

'당신은 사람을 가려 만났으면 대성할 사람이었어. 이 세상에 사업할 동량지재(棟梁之材)는 따로 있지 않아. 영악하고 꾀바른 사람은 사기당하지 않고 적당히 성공하고 일가를 이루는데 당신은 너무 순수하고 우직해요. 근본적으로 큰 사업가는 수신제가(修身齊家)하는 사람이며 그다음은 인간관계를 잘 매니지먼트하는 사람, 자신의 마음을 잘 다스리는 사람이 성공한 사람이라고 생각해. 나는 당신이 그리는 큰 그림을 이해하려고 노력했어요. 그리고 언젠가 그 그림을 완성할 사람으로 믿고 있어요. 하나에도 넘어 가는데 여러 큰 시련에도 불구하고 포기하지 않고… 당신이 잘 버텨줘서 고맙고…내 곁에 늘 있어줘서 너무 고마워…'

그녀는 사람을 잡는 법을 알고 있는 여자다. 강풍에는 백 방, 훈풍에는 한 방에 가는 나를 잘 알고 있는 사람이다. 그녀 앞에서 쓴 각서들을 이면지로 사용해야 할 정도로 나는 그녀에게 잘못한 게 많다. 모닥불 주위에서 광란의 춤을 추는 불나방처럼 무질서하게 살아온 내가 모든 번잡(煩雜)을 접고 이제 한 여자만을 위해 살겠노라고 자발적 각서도 쓰게 만든 장본인이다.

나이를 들게 되면서 알게 된 사실이지만, 세상은 살맛나는 세상도 아니지만 고통으로 가득 차 있지만도 않다는 사실이다.

인간의 욕망은 본성이다.

동기부여와 성취욕은 인간의 욕망으로부터 나온다. 인간은 비극적 존재도 아니지만, 그렇게 나약한 존재도 아니다. 욕망을 올바르게 다루고 타인과의 균형과 조화를 유지하려는 노력은 인간의 이성으로부터 나온다. 쇼펜하우어는 인간의 이성과 합리적 사고를 과소평가했다.

인간은 누구나 시한부 인생을 살다 간다. 그 짧고 유한한 시간 속에서 자신의 욕망을 실현하고 자신의 가치관과 신념에 따라 다양한 방식으로 삶을 꾸려가는 존재다. 성취도 있고 실패도 있다. 실패가 비극도 아니듯이 성공 또한 행복의 등가비율로 평가될 수 없다. 다양한 가치와 목표를 가지고 살아가는 인간의 삶을 도덕과 양심의 도식적 관계로 풀어가는 방식이 평균율이 될 수 없듯이 그런 갈등을 너무 비관적으로 바라보는 것 또한 좋은 태도가 아니다.

인간의 행복은 외부 조건이나 평가에 의존하는 것이 아니라 자기 자신의 내면을 객관적으로 평가하고 긍정적으로 수용하는 마음에 달려 있다. 무엇보다도 자신의 강점과 약점, 성취와 실패, 긍정적인 면과 부정적인 면을 있는 그대로 인정하고 수용하는 마음이 중요하다. 이러한 자기수용(自己受容)이야말로 자신의 삶을 제대로 관조할 수 있다.

나는 새로운 일을 꿈꾸지만, 좋지 않은 인연에 엮일까 봐 늘 조심스럽다. 그래서 나는 내게 남은 시간을 잘 태우는 연습을 한다. 하루치 한 자루 초를 완전연소 시키며 살려고 노력한다. 그래봤자 이제 몇 자루 남지 않았다. 그런 까닭에 하루가 내 생의 마지막 날인 것처럼 조용히 관조(觀照)하며 살려고 노력한다.

그래서 고립을 자초한다. 고립은 외롭지 않다.

철이 없었거나 전략적이었거나 대학 2학년 때, 자신의 입술을 허락한 댓가로 수렁에 빠진 나를 건져 올리고 내 반편(半偏)이 되어준 그녀가 나를 관찰, 아니 늘 관조하고 있어서다.

  수필가, 피천득 선생이 말했다.
  〈어리석은 사람은 인연을 만나도 몰라보고
  보통 사람은 인연인 줄 알면서도 놓치고
  현명한 사람은 옷깃만 스쳐도 인연을 만들어 낸다.
  인연은 무작정 기다리는 것이아니라 인연은 만드는 것이다〉

  우연이었는지 사고였는지 정확히는 모르겠으나, 그날 밤 우리 두
사람은 분명 입술이 스쳤고 그것이 인연이 되어 우리는 부부가 되
었다.
  하지만 인연에 대해 내가 할 수 있는 말은 하나다.
  '인연은 운명이다'라는 그 말, 그 한 줄이다.

  운명의 장난이었는지 그녀의 술수에 말렸는지 모르겠으나 분명한
것은 나의 우연한 도발과 함께 내 아들딸들의 숙명도 그날 밤, 그
골목길 가로등 아래서 결정되어 버렸다.

길

"국제적인 건달이 되기 전에는 결코 돌아오지 마라."

냉정하게 말하는 내 말에도 소피는 고개만 까닥이며 딴청을 피웠다. 이윽고 출영시간이 되자 소피는 뒤도 돌아보지 않고 한국을 떠났다.

조폭이 따로 없어! 당신은 근본이 잘못된 사람이야! 지금 가면 언제 돌아올지 모를 아이에게 할 말이 그것밖에 없어? 건강 잘 챙기고 조심히 잘 다녀오라고 말하지는 못할망정 국제적인 건달 어쩌고 하는 사람이 세상에 어딨어! 그게 조폭이지 아빠야?

아내는 내 가슴에 묻혀 펑펑 울며 옹주먹으로 내 가슴을 두드렸다. 나의 거친 말 때문이라기보다는 품에서 새끼를 떠나보냈다는 슬픔에 아내는 가슴 아파했다.

나와 결혼한 아내는 딸 둘과 아들 하나를 숭풍숭풍 잘 낳았다.

중학교 1학년을 마치고, 큰딸 아이는 우여곡절 끝에 캐나다로 건너갔다. 마치 이웃집 마실 가듯이 딸아이는 훌쩍 떠나 버렸다.

큰아이 이름은 따로 있지만 어렸을 때부터 나는 모조리 예명으로 바꿔 불렀다. 한자(漢字) 이름 대신 예명으로 통칭했다. 그렇게 예명처럼 커 달라는 소망을 담은 이름으로 불렀다. 지혜롭게 커달라고 Sophie, 둘째는 보살처럼 생겨서 Dhana, 크고 넓게 성장하라고 아들은 장강(長江)이라 이름 불렀다.

소피는 한국에서 학교 공부에 적응하지 못했다.

열정과 욕망이 강한 아이였지만 공부로는 자신의 열정을 풀어내지 못했다. 공부가 흥미가 없는 건 모두 나의 유전자 탓이라고 생각했지만, 공부는 그만두고라도 자신이 하고자 하는 일을 찾지 못하고 방황했다. 친구들과 싸우고 때리고 훔치고 도저히 감당할 수 없는 아이였다. 싸울 일 없는 우리 부부는 딸아이 문제로 번번이 힘들어했다. 언젠가 자신이 하고 싶은 일을 발견할 때까지 기다릴 수밖에 없었다. 그건 나의 영업 방식이었다.

그런데 특이하게도 영어 한 과목만 유달리 흥미 있어 했다.

'외국 나가서 공부 한번 해 볼 거냐'는 나의 질문에 소피는 망설임이 없었다. 자신의 해방구를 찾기라도 한 듯 아이는 선선히 받아들였다.

방학을 이용하여 소피는 3년 만에 돌아왔다.

철학책 『소피의 세계』를 읽고 딸아이의 영어 이름을 소피라고 지어 주었는데 캐나다에서도 그 이름을 그대로 쓰고 있었다.

소피가 한국에 온 김에 그동안 함께하지 못한 공백을 채우기 위해 가족끼리 여행을 다녔다. 그런데 이상하게 아이는 여행의 즐거움이나 가족의 대화에 동화되지 못했다.

운전하면서도 뒷좌석에 앉아 있는 아이에게 온통 신경이 쓰였다.

자신의 학교생활이나 친구 문제 등 자신에 대한 어떤 말도 하지 않았다. 자신만의 세계에 갇혀 있다는 불길한 예감마저 들었다.

외국에 나가 공부하는 애들치고 성공해서 돌아오는 확률이 낮다는데 '우리 아이가 행여 담배나 술, 마약 같은 유혹에 넘어가지 않았나…' 따위의 온갖 의문이 들었지만 물어볼 수 없는 일이었다. 또 그런 질문에 아이가 자발자발 말해 주는 성격도 아니었다.

다른 건 몰라도 아이의 영어 수준이 얼마나 향상되었을까 하는 생각이 미치자 날을 잡았다. 가족끼리 함께 외식하고 돌아오는 차 안에서였다. 뒷좌석에 앉아 있는 소피에게 무심한 듯, 어려운 영어 단어 몇 개를 은근슬쩍 물어보았다. 답변이 시원찮았다.

"쏘피, 짐 싸라!"

집에 돌아오자마자 나는 소피에게 짐을 싸라고 말했다. 아이는 군말 없이 짐을 쌌다. 구구절절 변명하거나 울고 짜는 따위는 딸아이의 성격이 아니라는 것쯤은 알고 있었으나 반항 한마디 없이 짐을 싸는 모습을 보면서 당황스러운 것은 오히려 내 쪽이었다. 하지만 사실을 되돌리기엔 이미 늦어버렸다.

성격이 닮은 사람끼리는 상충(相衝)이 잦다. 소피는 성격이 닮아도 나와 너무 닮은 아이였다. 한밤중에 시 외곽에 있는 리무진 버스 정류장에 딸아이를 내려두고 와 버렸다. 소피가 중학교 3학년 때 일이다.

캄캄한 밤, 그것도 텅 빈 리무진 버스 정류장에 아이를 버려두고 돌아오는 내내 아내는 또 울었다.

당신은 아빠도 아냐! 3년 만에 집으로 돌아온 아이를 단어 몇 개 모른다고 버스 정류장에 버려두고 오다니 세상에 말이나 돼요 이게? 인천공항도 아니고! 당신 친아빠 맞아? 차창 밖으로 멀어지는 딸아이를 보면서 아내는 안타까워했다.

친아빠 맞냐니…. 그건 나보다 당신이 더 잘 알잖아?

예기치 않은 상황이 돌이킬 수 없는 상황으로 꼬여 버린 국면에 적잖게 당황한 나는 나도 모르게 아내에게 빽~하고 소리쳤다.

딸이 캐리어를 쌀 때도, 내가 자동차 트렁크를 여는 순간까지 나와 딸아이의 소매를 번갈아 잡아가며 사태를 되돌리기 위해 아내는 안간힘을 썼지만 소피와 나는 외면했다. 우리는 서로 아무 말도 하지 않고 치킨 게이머들처럼 각자 자존심의 외나무다리 위에서 대치했다. 울고불고 한 번만 용서해달라고 말할 줄 알았던 딸아이가 선선히 짐 보따리를 쌈으로 해서 아빠인 나는 이미 그 게임에서 루저(loser)가 되었다는 사실을 알고 있었다.

자존심은 길들이지 않은 야생마와 같다. 우리를 지탱해 주는 것 같아도 때로는 우리를 땅바닥에 처박기도 한다.

이국만리 낯선 땅, 이질적인 환경과 문화 속에서 혼자 생활하고 적응하면서도 소피는 자신의 외로움이나 어려움을 단 한 번도 우리에게 말하지 않을 만큼 강한 아이였다. 대부분이 백인 아이들 속에서 거의 유일한 유색인이었던 아이가 겪었을 언어 장벽과 차별 등을 소피는 묵묵히 혼자서 견뎌내고 있었다.

통과의례처럼 겪는 사춘기 속에서 이성친구와의 호기심과 열애에 달떠 있었을지도 모를 아이에게 나는 너무 가혹했다. 강하게 키워야 한다는 고정관념 때문에 '국제적인 건달이 될 때까지 돌아와선 안 된다'고 그럴싸한 말을 던졌지만 '모름지기 여자아이는 지고지순해야 한다'는 이율배반적 꼰대적 사고방식이 나를 지배하고 있었는지 모를 일이었다.

성격으로 보나 외모로 보나 자신과 쏙 빼닮은 아이가 애착이 갈수는 있으나 같음으로 인한 갈등과 마찰로 상충할 수 있다는 사실을 소피를 키우면서 배웠다. 나이가 들수록 연성이 생기고 포용력을 넓혀 부드러운 카리스마가 될 수 있다지만 초보 아빠들은

기출문제가 없는 시험지를 풀듯 알고 푸는 문제는 단 하나도 없다. 특히 자녀 교육은 누구나 초보 운전일 수밖에 없다.

좌충우돌하면서 키우고 키우면서 배우게 된다는 말은 모든 부모에게 해당하는 말이다. 그날, 그렇게 돌아간 소피는 9년 만에 캐나다에서 돌아왔다. 그곳에서 영문과를 졸업하고 신여성이 되어서 씩씩하게 돌아왔다. 대학 졸업식 때를 제외하고 우리는 한 번도 딸이 사는 캐나다를 방문하지 않았다. 바쁘다는 핑계였다. 그럼에도 불구하고 소피는 자신의 서운한 감정을 우리에게 한 번도 노출하지 않았다.

소피가 외국에서 돌아온 스무 살 무렵, 나의 학원 사업은 번창해서 부산에까지 진출하게 되었다. 부산에서 대형 프랜차이즈 어학원을 2호점까지 오픈해서 운영하고 있던 그때, 외국인 강사 두 명이 갑자기 사라졌다. 대표원장과 이사들에게 맡기고 한 달에 서너 번 방문하는 어학원은 크고 작은 문제들을 속출했다. 전국 규모의 대형 프랜차이즈 어학원의 프리미엄 때문에 잘 되고는 있었으나 여기에서 파견한 원장이 문제였다. 신언서판(身言書判)은 된다고 생각해서 차출해 보낸 원장이 외국인 강사 관리에 너무 소홀했다.

'내려가서 수습하라'고 말하니 한밤중인데도 소피는 두말없이 보따리를 쌌다.

다음 날, 내려가 보니 외국인 강사 십여 명을 앞에 놓고 회의를 진행하고 있었다. 외국인 강사들이 모두 대졸 학력 이상은 되는데도 스물두 살짜리가 회의를 척척 진행하고 외국인 수업까지 대체하고 있었다. 외국인 강사들이 수습될 때까지 모든 수업을 땜빵하는 모습을 지켜보면서 딸아이에 대한 편견을 그때 버렸다. 자존감 강한 아이, 성취욕이 높고 자존심이 강한 아이, 승부욕이 강하다. 자존심이 강한 아이에서 자존감이 높은 어른이 되어 소피는 돌아온 것이다.

그 후, 얼마 지나지 않아 사우디아라비아 아람코 최고 임원 비서로 특채되어 들어갔다. 지금은 그 회사보다 더 좋은 조건과 연봉에 독일계 회사로 이직했다. 남편도 뷔페식당에서 음식 고르듯 자신이 좋아하는 멋진 남자를 선택해서 결혼했다. 자신이 번 돈으로 시집가고 쌍둥이도 낳고 강남 우파로 살아간다.

언젠가 자신의 사업을 하겠다는 꿈을 가진 삼십 대 중반의 커리어 우먼이 된 것이다.

자존심 강하고 욕심이 많던 아이.
영어과목 외에 달란트가 보이지 않던 아이.
지금, 영어 하나로 풀어 먹고 산다.

공부를 하지 않는 아이에게 공부를 강요하는 것은 죄악이다. 그것은 달리기를 못하는 아이에게 채찍질을 가하는 것과 같다.

공부를 잘하는 아이는 스스로 타고 난다. 공부를 시키지 않아도 그런 아이는 스스로 찾아서 하게 되어 있다. 교육에 대한 부모의 고집이나 편견을 버려야 한다. 특히 부모가 공부에 대한 뛰어난 DNA가 없다면 자녀의 학교 성적에 대한 욕심도 버려야 한다.

어른 세대와 달리 변화무쌍하고 다양한 세상에 살아갈 아이들에게 공부 한 가지로 출세시킨다는 생각은 합당하지 않다. 가장 보편적이고 무난하기 때문에 공부로 먹고 살길을 찾아 주는 것이겠지만 그게 강요가 되어서는 안 된다.

한 인간이 세상에 오게 된 이유는 너무나 각별하고 존귀하다. 다만 그 존재 이유를 찾지 못하거나 발견되도록 도움을 받지 못해서 불행하게 산다. 부모의 역할은 관찰과 기다림이다. 공부에 취미가 없을수록 학교생활을 즐겁게 할 수 있도록 끊임없이 용기와 자신감을 북돋아 주어야 한다.

기준을 어디에 두느냐에 따라 달라지겠지만, 공부 잘하는 아이가 부자로 행복하게 살 수 있는 확률보다 자신이 재능을 발견하고 자신이 하고 싶은 것을 찾아 사는 아이가 훨씬 더 행복하게 산다.

한때, 조폭이나 신부(神父)가 되려 했던 그 아이.
나였던 그 아이를 키운 건 늦터진 교육이었고 그 아이를 양지로 내몬 것은 다양한 시행착오와 경험이었다.

판소리

첫째 아이, 소피는 빠르고 정확하다.

둘째, 다나(Dhana)는 느리지만 품이 넉넉하다.

다나는 산스크리트어로 '보살'이라는 뜻이다.

보살은 '자비'와 '관용'을 의미한다.

똑같이 힘을 썼지만, 아내의 분배 기능에 놀라울 따름이다.

그때, 그 나이의 내가 그랬듯이 다나 역시 학교 교육에는 전혀 관심을 보이지 않았다. 공부에 관심이 없으니 학교생활에도 전혀 흥미를 붙이지 못했다. 풀이 죽어 매일 의기소침하게 학교를 왔다 갔다 할 뿐이었다.

이 아이도 이 세상에 온 이유를 찾아 주어야 했다. 피아노와 미술은 물론 발레까지 예체능 교육을 다양하게 경험하게 하고 관찰했으나 아이는 그 어떤 분야에서도 흥미를 붙이지 못하였다. 학교에서도 친구들과 어울리지 못하니 서서히 왕따가 되어갔다.

포기할 수 없었다.

다나, 다나는 이 나라의 국모(國母)가 될 거야. 자가용 기사가 다

나를 모시고 다니는 날이 꼭 오고야 말 거야!

무슨 씨앗의 어떤 나무가 될지는 모르겠으나 희망의 나무를 심고 꾸준히 물을 주기 시작했다. 하는 일마다 칭찬해 주었다. 아이에게 끊임없이 칭찬의 상찬을 차려 주는 방법 말고 우리 부부가 할 수 있는 일은 없었다. 슬픔을 달고 사는 아이, 밖에서 내팽개쳐진 아이, 부모가 각별히 관심과 사랑을 주지 않는다면 누가 거들떠보겠는가!

그러던 어느 날, 아내가 지나가는 말로 툭 던진다.

학교 합창부 선생님이 우리 다나 목소리 참 좋다네요. 6학년을 주로 독창을 시키는데, 5학년인 다나가 도맡아서 한다네요.

학교 담임도 아닌 특별활동 시간에 잠깐씩 와서 가르치는 음악 선생님이 우연하게 하신 말을 듣고 아내가 내게 던진 말이었다.

귀가 번쩍 트이는 순간이었다. 나는 벌떡 일어났다.

"뭐라고? 그 말이 사실이야?"

오랫동안 수면을 응시하던 낚시꾼이 '찌'가 움직이는 순간, 낚싯대를 낚아채는 것처럼 나는 아내의 말을 낚아챘다.

드디어 걸렸다! 마침내 때가 왔음을 나는 알아차렸다.

본격적인 성악 교육은 변성기를 지나서 배우는 게 낫다는 말을 듣고 그다음 날, 전통 소리꾼 우방 조통달 선생에게 데리고 갔다. 굳이 음악을 시킨다기보다도 아이에게 특기 하나를 심어 주고 자신감을 배양하면 자가 발전할 때까지의 동력이 될 수 있다는 판단에서 결정했다.

하지만 그때까지만 해도 그게 다나에게 인생의 가치와 목표가 될 거라고는 생각조차 못 했다.

어디, 노래 한번 해 봐라! 노래를 다 듣고 난 우방 선생은 무릎을 탁, 치며 말했다. 아이, 목소리 참 좋네요! 제자로 한번 거두어 보겠습니다. 선생님의 말을 듣고 우리는 가슴을 쓸어내렸다.

그때서야 생각이 났다. 어렸을 때부터 사람들 앞에 서서 춤추고 노래하는 걸 아이가 유달리 좋아했다는 사실을….

TV를 보며 가수의 노래를 모방해서 춤추고 노래하는 것은 아이들의 보편적 현상이라고 가볍게 생각했던 우리는 그때 깨달았다. 아이의 몸짓을 우리는 무심히 넘기고 있었다는 사실을.

일반화의 오류였다.

아이는 자신이 이 세상에 온 이유를 온몸으로 우리에게 꾸준히 알리려 했다는 사실을 그때 비로소 깨닫게 되었다.

자신이 좋아하는 일을 하기 시작하자 아이의 눈빛이 변하기 시작했다. 자신에게도 꿈과 희망이라는 게 생기자 학교생활도 거짓말처럼 달라지기 시작했다.

중학교 2학년 때, 흥부가를 완창하였고 이어서 춘향가와 수궁가 완창을 마쳤다. 전국의 유명 판소리 경연대회에 참석하여 여러 상을 수상했다.

중학교를 마치자 예술고로 보내지 않고 일반고에 진학시켰다. 단순한 기예인(技藝人)이 아니라 지식과 기능을 갖춘 문화예술인이 되기를 바라는 마음에서였다.

다나, 하늘의 문은 매일 밤 노크해야 돼. 쌩판 모르는 애가 자신이 필요할 때만 기도하면 하나님이 그러실 거야. '네가 누구냐? 나는 너를 모르겠는데?'라고. 하지만 매일 밤 문을 두드리면 하나님도 귀찮아하실 거야. '아이고, 알았다, 알았어.' 하시면서 다나가 정말 필요할 때, 그 문을 열어 주실 거야. 자신이 최선을 다하고 마음으로 간절히 염원하면 원하는 일이 이루어진대….” 나는 아이에게 『Secret 비밀』이라는 책을 사다 주며 말했다.

다나는 자기 방 천장에 자신이 가고자 하는 대학을 야광패치로써 붙였다. 불을 끄면 천장의 글씨가 은은히 빛났다. 아이는 잘 때마다 천장의 글자를 보며 매일 밤 기도했다. 하늘의 문을 자신만의 비밀의 열쇠로 매일 밤 두드린다고 말했다.

궁즉통(窮則通)! 간절히 염원하면 통하게 되는 것일까!

다나는 자신이 원하는 서울의 유명 음대에 모조리 합격했다. 놀라운 일이었다. 어릴 때 다나의 학교생활로는 결코 꿈도 꿀 수 없는 대학들이었다. 아이의 얼굴에서 빛이 났다. 자신이 그토록 원하는 꿈을 이룬 것이다.

대학교를 마친 후, 자신이 원하는 대학 문화콘텐츠 대학원에 들어가 석사 학위까지 받았다. 그리고 마침내 자신의 이름으로 책을 출간했다.

『힙하게 잇다, 조선 판소리』다. 그 책이 그 해 세종도서로 선정될

만큼 인문학 분야 베스트셀러가 되었고 다나는 작가가 되었다.

출판사에서 두 번째 책을 내자고 해서 책을 집필 중이며 인문학 강연을 다니면서 지금은 서울에서 바쁘게 살고 있다.

학교와 관공서, 기업 등 여러 단체에서 강연 러브콜을 받는다. 자기가 좋아하는 일을 하니 인생이 활기차고 즐겁지 아니할 수 없다.

학비는 물론 용돈도 한 번 주지 못했지만, 둘째는 오히려 남보다 더 많은 능력과 재능을 주셔서 부모님에게 감사드린다고 말했다. '될 놈은 되니, 걱정하지 마시라'고 늘 우리를 안심시킨다.

한국이 문화 선진국이 되었지만, 아직까지 국악이나 판소리는 변방의 북소리에 불과하다. 국악이 인기가 없는 이유는 국악에 대한 국가의 투자와 지원이 극히 미미한 까닭이요, 두 번째는 언론과 시청자들의 국악에 대한 전문성 부족과 무관심 때문이다.

국악의 쇠잔(衰殘)은 미디어 환경이 급속도로 변하고 있는 데 반해, 국악인들이 이에 적응하지 못하는 데도 원인이 있다. 국악인 스스로도 척박한 환경에서 자생하지 않으면 안 되는 상황에 놓여 있다.

서양음악 전공자들도 마찬가지지만, 국악 전공자들은 졸업하면 갈 데가 없다. 바늘구멍을 뚫고 대학이라는 어려운 관문을 통과 했어도 졸업하면 실력 있는 젊은이들 팔 할이 전공을 그만둔다.

이런 예측할 수 없는 어려움과 방치 속에서 다나는 판소리를 홍보하고 전파하는 데 안간힘을 쓰고 있다.

언젠가 자신의 꿈과 목표를 실현하기 위해 '문화 독립군'으로서 최선을 다하는 모습을 보면 안쓰럽고 대견스럽다.

내가 두 아이를 잘 키워서 이 글을 쓰는 거 아니다.

내가 아는 지인들 자녀 중에는 공부에 일찍 두각을 드러내 의사나 변호사 시험에 합격하거나 또는 외국을 다녀온 뒤 전문 분야로 입신한 자녀들이 꽤 있다.

나는 보통 수준의 두 아이를 좀 다르게 키웠고 두 아이 모두 자신의 특기와 장점을 부각시켜 스스로의 신념과 노력으로 살아갈 수 있도록 일러준 거밖에 없다.

"천부일기설(天賦一技說)"

인간은 누구나 한 가지 이상의 재능은 반드시 가지고 태어난다는 학설이다. 물론 이런 학설은 없다. 내가 만든 가설이다. 영어 속담 중에 'Jack of all trades, and master of none'이라는 말이 있다. 한국 속담으로 '열두 가지 재주 가진 놈, 저녁 끼니 걱정한다'라는 말과 같은 뜻이다.

재주가 많아도 인간은 결국 한 가지 재주로 먹고산다.

타이거 우즈도 골프 하나로 세계적인 선수가 되었고 한국의 김연아도 피겨 하나로 세계적인 선수가 되고 돈방석에 앉았다. 자신들의 피나는 노력과 집념이 있었기 때문에 성공했지만 두 사람의 공통점은 부모들의 안내와 가르침이었다. 그 재능을 발견해 주는 것이 부모의 역할이고 선생님의 역할이다.

부모나 선생님은 인생을 미리 한 번 살아본 사람, 아이들이 가 보지 않은 길을 미리 가 본 사람들이다. 어른들의 지혜로운 언질과 귀 띔은 아이들의 울타리가 되고 사다리가 된다.

나이 들어서야 알게 되는 깨우침을 그때도 미리 알았더라면 시행 착오를 많이 줄였을 것이라는 아쉬움을 나는 자식들에게 반복시키 고 싶지 않았다.

두 분 모두 무학이신 부모님 밑에서 무관심으로 방치되어 살아온 내가 자녀 교육에 각별했던 이유는 단 한 가지다.

부모가 알지 못하면 제도할 수 없다는 것이다.

시장통에서 막걸리를 팔아 근근이 생계를 유지하셨던 나의 부모 님은 보통학교 문턱도 밟아보지 못한 무학(無學)이셨다. 어머니는 평생 한글을 읽지 못하는 까막눈으로 사시다 가셨다. 어머니를 떠 올릴 때마다 떠오르는 아픈 기억 하나.

고등학교 때, 어머니를 만나기 위해 시장통으로 갔다. 어머니들 모임, 속칭 '곗방'이라는 곳에 들렀다. 그중 한 아주머니가 먼저 와 서 TV를 보고 계시던 어머니에게 한국 축구가 몇 대 몇이냐고 물었 다. 글을 읽지 못하는 어머니가 답변을 못 하고 우물쭈물하시던 모 습을 보고 나는 심한 자책감이 들었다. 모양이나 색깔로 돈을 구별 하는 어머니께 살면서 이런 곤혹스러운 순간들이 얼마나 많았을까 생각하니 가슴이 아팠다.

작정하고 어머니께 한글을 가르쳐 드렸다.

여러 번 시도했으나 어머니는 안타깝게도 포기하고 말았다.

"그냥 이대로 살다 죽을란다!" 어머니의 선언이었다.

어머니의 삶터가 전쟁터이니 무슨 여유가 있었을까!

인생에는 기출문제가 따로 없다. 그 시대의 우리들은 기출문제가 없는 모든 시험을 스스로 풀어가야 했다. 누구도 알려주는 사람이 없으니 기대와 불안의 벽 너머의 세계를 알 수 없었다.

시간과 운명은 우리를 키워주었고 망설이다 '가지 않은 노란 단풍나무 숲길'은 얼마나 많았던가! 미지의 세계에 대한 불안과 두려움으로 하고자 했으나 포기했던 일들은 또 얼마나 많았었던가!

자식들을 내 뜻대로 키울 수는 없으나 십 대와 이십 대 때, 착상되는 인생관이나 진로만큼은 미리 살아본 부모로서 길라잡이가 되기 위해 나는 노력했다.

킴벌리 커버(Kimberly Cover)의 시(詩), '지금 알고 있는 걸 그때도 알았더라면(If I knew then what I know now)'은 우리에게 시사하는 바가 크다.

"지금 알고 있는 걸 그때도 알았더라면

내 가슴이 말하는 것에 자주 귀 기울였으리라

더 즐겁게 살고, 덜 고민했으리라

………

아, 나는 어린아이처럼 행동하는 걸 두려워하지 않았으리라

더 많은 용기를 가졌으리라

………

더 많이 놀고 덜 초조했으리라

진정한 아름다움은 자신의 인생을 사랑하는 데 있음을 기억했으리라

....

사랑에 더 열중하고

그 결말에 대해서는 덜 걱정했으리라

설령 그것이 실패로 끝난다 해도

더 좋은 어떤 것이 기다리고 있음을 믿었으리라

....

지금 알고 있는 것을 그때도 알았더라면

내 육체를 있는 그대로 좋아했으리라

분명코 더 감사하고 더 많이 행복했으리라."

기회가 된다면 많은 젊은이들에게 말해 주고 싶다.

두려움과 불안, 걱정과 근심은 구름과 같은 것, 시간이 지나면 그것들이 얼마나 사소한 것이었는지를 알게 되리니 두려움 없이 살아가기를….

실패를 두려워 하지도, 부끄러워 하지도 말기를. 인생에서 교훈만 남을 뿐 실패는 없으니 다시 일어나 도전하기를...

성공으로 가는 모든 길은 공사 중이니 자기 자신을 인식하고 끊임없는 노력과 인내로 여러 장애물과 난관을 극복하기를….

자신이 선택하는 길에 사람을 죽이는 고통은 없으니 부디 그 고통마저 타고 넘기를….

그러면 언젠가 '백마 타고 오는 초인'이 되리니!

아들과 연인

사실, 남 앞에 내놓을 만한 자식새끼를 나는 두지 않았다. 지극히 평범하거나 그에 못 미치는 아이들을 두었고 그들이 자신의 길을 잡아 나가도록 관찰하고 기다려 준 거 말고 남과 다르지도 유별나지도 않았다.

그 정도의 노력도 하지 않는 부모는 없다.

세상의 모든 부모들은 자신들의 인생 자서전을 쓰고 있는 작가이기도 하다. 자신의 아이들을 키우면서 경험한 노력과 애환을 쓴다면 책 한 권씩은 쓸 분량들이 될 것이다. 하지만 자신이 알아서 공부도 잘하고 어려운 관문도 잘 뚫고 나가는 아이가 있다면 그 이야기가 남들에게 무슨 흥미를 끌 수 있겠는가!

인생이 그러하듯, 지극히 평범하거나 그보다 못한 아이가 스스로 일어서거나 그런 아이를 개발시킨 스토리가 임팩트를 줄 수 있고 공유될 수 있다는 관점에서 '새끼 이야기'를 마저 쓴다.

자식들을 부모가 가장 잘 아는 것 같아도 '내가 낳은 자식 마음속 하나를 모른다'는 말들을 하고 산다.

부모들은 부모라는 이유로 자식들에게 쉽게 말하고 감정 표현도

여과 없이 방출하며 산다. 아이들이 상처받을 말을 가장 많이 듣는 게 부모로부터다. 그러면서 '자식과 골프는 마음대로 안 된다' '자식 농사만큼 힘든 일도 없다'라고 부모들은 말한다.

한 번 마음이 닫히면 친구만도 못하고 자존심 때문에 서로 등지고 사는 게 부자지간이다.

한 사람이 대학까지 정상적으로 마치려면 보통 16년이 걸린다.

유치원 과정까지 합치면 그 기간은 더 길어진다. 좋든 싫든 이 과정을 마치려면 제도권 아래에서 공부라는 저울로 평가받고 심판받는다. 이 기간은 사회에 진출해서 겪게 될 모든 도전과 응전을 준비하는 시기이니 당연하다.

특히 세상이라는 정글 속으로 들어가기 위해 자신만의 정글도(Machete) 한 자루씩을 갖추기 위해 모두 엄청난 노력을 한다. 이 시기의 아이들은 어른들이 겪는 삶의 고통만큼 자신의 성장통을 경험한다. 육체적 성장과 정신적 방황이다. 부모가 자식의 성장통을, 자식이 부모의 생태계를 몰라서 부모와 자식 간의 갈등은 온다. 자식의 무지(無知)는 당연할 순 있어도 부모의 무시(無視)는 결코 당연하지 않다. 내가 추구했던 건 이 카테고리에 빠지지 않기 위해 노력했고 지금도 시행착오를 하고 있다.

아들이 초등학교 5학년 때다. 피는 못 속인다고 아들도 역시 공부는 남이었다. 누나들처럼만 키우면 된다고 생각했지만, 모든 면에서 아들은 자신의 재능을 전혀 보이지 않았다.

운동이라면 천부적(?) 재능을 타고난 나를 닮아 운동에 재능이 있을지 모른다고 생각해서 축구는 물론 테니스와 골프 레슨까지 모조리 시켜봤다. 전혀 흥미를 보이지 않았다.

도서관에 데리고 가거나 책을 사다 주어도 관심이 없었다. 손재주가 있으면 미용이나 목공 기술이라도 시켜보련만 만들고 꾸미는 재주 또한 없었다. 가장 보편적인 방법뿐이 없다고 생각해서 작정하고 공부에 도전해 보기로 결심했다. 저녁 7시면 퇴근해 수학을 제외하고 초등학교 전 과목을 직접 가르쳤다. 누구보다도 쉽게 가르칠 수 있다고 자신했다. 1년을 노력한 끝에 아들이 성적표를 받아왔다.

평균 89점 맞아 왔다. 나도 한 번도 받아 본 적이 없는 좋은 성적표였다. 그런데 석차가 33명 중 29등이었다. 우리는 서로 쳐다보고 웃었다. 한 반에서 28명이 90점 이상이라는 얘기였다. 장담컨대 아들은 이보다 더 잘할 수 없었고 나는 그보다 더 잘 가르칠 수 없었다.

오히려 아들과 나와의 관계만 불편해졌다. 노력에 대한 반대급부 때문에 부모들의 직접 교육은 대부분 실패로 끝난다. 우리는 합의하에 포기했다. 본인이 어떤 계기나 동기부여가 될 때까지 공부는 보류하기로 결정했다.

아들에게 말했다.

공부는 하고 싶을 때 해라. 공부를 하라 마라 하지 않겠다. 대신 한 가지만 약속해라. "네가 좋아하는 영화나 비디오 천 편만 보아라. 책을 통할 수 없으면 영화로 천 명의 인생을 배워라."

아들은 약속했다.

그 뒤로 내가 천거하거나 자신이 좋아하는 영화를 골라봤다. 하지만 이 방법도 오래가지 않았다. 말이 좋아 천 편이지 매일 봐도 3년이 걸리는 일이다. 나는 고민했다. 인간의 능력으로 아이의 달란트를 찾을 수 없다면 '잡신(雜神)의 도움을 받아 보자'는 생각이 불현듯 들었다.

나는 계룡산으로 차를 몰았다. 유명하다 해서 소개로 찾아간 곳은 어느 허름한 점집이었다. 도사처럼 머리를 기르거나 수염이 덥수룩하지도 않은 평범하기 짝이 없는 어느 한 아낙이 나를 맞이한다.

"하이고~! 아들 때문에 고생이 많네~!"

여염집 아낙이라고 해도 무방할 초라한 행색의 여인이 나를 보자마자 던진 첫마디다. 미심쩍어 나갈까 말까를 고민하며 엉거주춤 서 있는 나는 그 말을 듣자마자 그 자리에 주저앉았다.

시(時) 사주(四住)도 넣지 않은 사람에게 사람 얼굴만 보고 할 소린가 싶었다. "공부가 하나도 들어있지 않은 아이를 공부시키려고 무진 애를 쓰고 있네!" 계속 반말이었다. 반말로 시작하는 게 이 업계의 관행인지 아니면 신들의 세계에서 노니는 사람들이 인간계를 하계로 취급해서 그러는지는 몰라도 그녀의 말은 예의라고는 하나도 없었다.

기분이 나쁘다는 감정은 정곡을 제대로 찔렸을 때의 경악을 넘지 못한다. 이어지는 그녀의 말은 더 가관이었다.

"공부라는 것은 말요…. 천문(天文)이 들어 있는 사람이 하는 거요. 그런데 이 아이는 천문이 하나도 없어!"

그녀는 마치 천문학자이기라도 하듯 나에게 말했다. 그녀의 힐난에 나는 소심하게 물었다.

그러면 어쩌라는 겁니까? 계속되는 반말에 기분이 상할 법도 했건만, 이미 나는 비겁하게 한 수 접어 들어가고 있었다.

공부시키지 마라!

점쟁이의 말투는 아이의 인생을 통째로 책임지고 있는 사람처럼 고약했고 그녀의 말은 소대장처럼 명령조가 되었다.

아니, 그러면….

나는 벌어진 입을 다물지 못했다.

공부 빼고 나머지는 다 가지고 태어난 아입니다. 공부로 벌어 먹고사는 애가 아니란 말입니다. 가만 놔두면 지가 알아서 다 합니다. 스스로 자기 길 찾아가니 걱정하지 마세요. 내 반응에 자신도 약간 미안했던지 점쟁이의 말투는 다소곳한 공손체로 돌아왔다.

며칠 전 일이 떠올랐다.

아들은 자신의 반 아이와 싸움이 벌어졌다.

아들은 그 아이를 때려눕히고 왔다. 그 친구는 자신의 반 짝이기도 했다는데 아내의 걱정은 이만저만이 아니었다. 내일 학교 가서 또 부딪히면 어쩌나 싶은 마음에 은근히 걱정되었다. 아이들 싸움이 어른 싸움이 되기도 하고 학교 폭력으로 진화될지도 모른다는 우려 때문이었다.

어떡할래?

소파에 기대 TV를 보고 있는 아이에게 나는 모른척하고 단문으로 말을 툭 던졌다. 걱정 마세요. 제 일은 제가 알아서 할게요! 아들은 태연하게 대꾸했다. 평범한 응수였으나 아무 일도 아니라는 듯한 아이의 반응에서 '약간 아닌 놈이네…!' 라고만 생각하고 넘겼다.

점집을 나오면서 나는 안도했다.

하지만 스멀스멀 기어 나오는 이상한 감정에 씁쓸해졌다. 실존주의 철학입네, 신의 의지보다 인간의 의지가 중요하네 따위를 떠벌리고 다니던 사람이 아들의 문제 앞에서 인간이 얼마나 치사스럽고 간사하게 변질될 수 있는가 생각하니 내 자신이 초라해졌다.

플라톤의 이데아보다 아리스토텔레스나 니체의 현실 철학이 더 맞다며 침을 튀기며 말하던 사람이 한순간에 지식 변절자라도 된 것 같아 한심한 생각이 들었다.

'약한 자여, 그대의 이름은 여자!'(A weak being, your name is a woman)'라고 말했던 셰익스피어가 보았다면 나를 보고 코웃음을 쳤을 것이다.

'참, 무도한 일을 저질렀다'는 생각에 미치자 소름마저 돋았다.

만약 점괘가 반대로 나왔으면 어쩔 뻔했는가 있는 그대로의 아들보다 편견에 사로잡혀 아들을 판단하고 취급하지 않았을까 생각하니 오싹해졌다.

사람은 쉽게 변하지 않는다.

그 후로 오랫동안 아들은 변하지 않았다. 중학교에 들어가서도 자기 방에 틀어박혀 가끔 축구를 보거나 게임을 주로 하며 지냈다.

우리 부부는 할 수 있는 방법이 없었다. 도서관에서 기업 자서전 종류의 책들을 빌려다 주었다. 둘째와 8년 나이 차가 있고 여자들 품속에서 자란 아들이 자발맞고 재잘대면 좀 좋으련만 입이 무거워서 종내 속조차 알 수 없었다. 자기 속내를 좀처럼 내비치지 않는 아들이 몇 달 전에 있었던 일을 제 엄마에게 하는 이야기를 우연히 엿듣게 되었다.

자기 반 32명이 청백으로 나눠 친선 축구 시합을 한 어느 날, 경기가 무승부로 끝나고 말았다. 한여름 뙤약볕 아래에서 축구를 했으니 얼마나 무덥고 갈증이 나겠는가! 지는 팀이 포카리스웨트를 사는 내기를 했는데 무승부로 끝나고 말았다. 할 수 없이 애들이 모두 수돗가로 달려갔다고 했다.

"야, 전부 매점으로 가자. 음료는 오늘 내가 쏠게!"

수돗가로 뛰어가던 아이들을 소리쳐서 전부 매점으로 데리고 갔단다. 32명 친구들에게 음료수 하나씩을 안겨 주고 자신이 전부 계산했다고 말했다. 그 말을 듣는 순간, 나는 갑자기 현타가 왔다.

아…! 너는 그거였구나! 너는 그러려고 태어났구나!

뭔지는 확실히 모르겠으나 무심코 내뱉는 아들의 이야기는 자신이 이 세상에 온 이유를 우리에게 말하고 있었다. 아들이 무의식적으로 자신을 '커밍아웃'하고 있다는 생각이 들었다.

내가 쓰고 있던 안경은 관찰 현미경이 아니라 고정관념이라는 안경을 쓰고 있었다. 내 수준으로 보고 내 기준으로 판단하고 있었다. 그 안경을 벗어 던지고 보니 아들이 달라 보였다.

아들은 꼼쟁이일 정도로 평소 돈을 안 쓰는 인간이다. 그럼에도 불구하고 아들은 지금까지 내게 단 한 번도 용돈을 달라고 한 적 없었다. 반 아이들에게 포카리스웨트를 돌릴 만한 돈이 어디에서 생겼는지보다 아들의 어디에 그런 배포가 숨어 있었는지가 더 의아했다. 그러나 나는 아무것도 묻지 않았다.

가지 많은 나무 바람 잘 날 없고 나무가 고요하고자 하나 바람은 멈추지 않는다.

아빠, 저 시험에 떨어졌어요! 수화기 너머로 들려오는 아들의 목소리에는 물기가 서려 있었다.

어… 그걸 벌써 어떻게 알아? 고등학교 연합고사 보는 날, 오래 기다리던 아들의 늦은 전화에 적지 않게 당황했지만 나는 태연하게 물었다.

세 과목이 들어 있는 첫 시간에 문제를 다 풀고 답을 마킹하려는 순간, 종료 벨이 울리고 감독관 두 명이 답안지를 걷어가 버렸거든요.

나는 순간적으로 직감했다.

아들이 시험에 제대로 떨어졌다는 사실을….

시험을 잘 치러도 될까 말까 한 실력을 가진 아들은 최선을 다해 나름 문제를 풀었다. 그러나 답을 다 옮겨 적지 못하고 답안지를 뺏겼다. 첫 시간부터 시험을 망친 아들은 아무것도 할 수 없는 꿈같은 현실에 망연자실할 수밖에 없었다. 모두가 뛰쳐 달려 나가는 레이스에서 낙오된 아들은 괴로워했다.

어, 그래? 우와~ 아들 잘했네. 시험에 떨어지다니! 남자 나이 사오십에 사업을 엎어 먹는 사람도 많은데 아들은 열여섯에 첫 사업을 말아 먹었으니 우아~ 엄청 빠르네! 잘했어. 잘했어…. 아들, 괜찮아… 아들.

아무렇지 않다는 듯 나는 주먹을 휘두르며 전화기 너머로 소리쳤다. 오늘 하루 아들이 겪었을 열패감과 상실감에 비하면 나의 실망감은 새 발의 피였다. 영화 속 한 장면처럼 황당한 순간이 머리에 스치는 것도 잠시, 아들은 다음 말을 이어 나갔다.

그것 때문에 전화한 건 아니고요…. 사실, 오늘 연합고사 시험 끝나고 우리 반 애들 우리 집에 모여서 함께 삼겹살 파티하기로 했거든요. 그런데 이 일을 해야 하나 말아야 하나, 좀 고민이 되어서요. 그래서 전화했어요. 아빠!

아들은 전설을 쓰고 있었다.

뭐라고? 아니, 시험 떨어진 거 하고 약속하고 무슨 상관이야? 약속은 지키라고 있는 거잖아! 친구들 다 데리고 와! 함께 삼겹살 파티하자! 지난 3년 동안 아들도 고생 많았어.

목소리를 가장하며 수화기 너머에 있는 아들에게 나는 더 큰소리 쳤다. 남들이 옆에서 들었으면 자식이 사법고시 합격한 걸로 착각했을 것이다. 각자 먹을 분량의 삼겹살을 사오기로 했다지만 친구들을 그냥 데리고 오라고 말했다.

아내는 틀림없이 나를 돈키호테 같은 사람이라고 말할 것이다. 하지만 오늘 하루 절망했을 아들을 생각하니 이 절망을 축제로 덮어주지 않으면 안 되겠다는 생각이 들었다.

그날 밤, 팔팔한 열두 명의 젊은 장정들은 돼지 한 마리 정도는 먹어 치웠다. 뒤란 잔디밭에서 파티가 끝나고 친구들과 함께 집 안으로 들어왔다. 시험도 끝나고 식사도 끝난 아이들은 오늘 하루 함께 동숙한다는 생각에 모두 축제 분위기였다.

시험 결과에 대해 걱정하는 아이는 단 한 명도 없었다. 아들이 자신의 시험을 망쳤다는 따위의 이야기를 친구들에게 말했을 가능성이 거의 없었기 때문에 친구들이 아들을 위로하는 절차 따윈 없었다. 또한 부자지간의 뛰어난 메소드 연기 덕분에 아들이 시험에 떨어졌다는 사실은 아무도 눈치챌 수 없었다. 그 공간에서 오로지 아들과 나만이 공유되는 슬픈 비밀이었다.

나는 아들 친구들을 주욱 세워놓고 물었다.

응, 너희들 꿈이 뭐냐?

예, 경찰관이요.

예, 저는 교삽니다.

저는 군인이 꿈입니다.

예, 저는 공무원이 제 희망입니다.

아들 친구들은 하나같이 소박하고 예쁜 꿈들을 가지고 있었다. 시험에 떨어진 아들은 합격한 친구들이 이뻐 죽겠다는 듯이 벙글거리며 친구들 얼굴들을 하나하나 쳐다보고 있었다. 하지만 아들이 간간이 나의 얼굴을 보고 있다는 사실을 알고 있었다. 비록 친구들 사이에서는 웃고 있지만 이제 더 이상 아빠를 실망시키지 않겠다는 아들의 슬픈 각오를 나는 읽을 수 있었다.

둘째 시간부터 시험을 포기한 아들은 엎드려 울다 자다 했단다. 고문과 다름없는 나머지 시험이 끝나자마자 아들은 뛰쳐나갔다. 학교 담 밖으로 끝없이 펼쳐진 만경평야로 나가 논두렁을 한없이 걸으며 생각하고 또 생각했다.

옆자리에 앉아서 열심히 문제를 푸는 소리, 시험지 넘기는 소리, 가족에 대한 미안함, 다른 지역으로 통학해야 하는 처량한 신세, 내일 이후로 벌어질 고난과 난관을 생각하니 가슴이 답답하고 괴로운 일이 아닐 수 없었다.

인간들은 태어난 그 순간부터 각자의 드라마를 쓰며 산다.

서정적이거나 서사적이거나 평범하거나 드라마틱하거나 각자의 의지대로 또는 운명적으로 '인생'이라는 드라마를 쓰며 산다.

성공도 있고 실패도 있다. 성공은 영원하지 않고 실패는 치명적이지 않다. 포기하지 않는 한 실패는 인간을 더 강하게 만든다.

30년 전, 만경강이 보이는 만경평야에서 아내는 내게 절교를 선언했고 15년도 더 지난 그 벌판에서 아들은 자신의 실패를 온몸으로 받아내고 있었다. 떨어지기도 힘든 그해 연합고사 시험에서, 아들은 떨어진 다섯 명의 학생들 축에 들었다. 그리고 할 수 없이 타지에 있는 고등학교에 들어가야만 했다.

우여곡절 끝에 익산의 고등학교로 전학 오게 되었고 아들은 학교를 무사히 마칠 수 있었다.

그리고 평범한 대학교에 들어가고 군대까지 별 탈 없이 마쳤다.

틈틈이 알바를 하지만 아들은 지금 '전업 실업자'다. 하지만 나는 아들이 고맙다.

나의 어머니시며 장모님께서 추운 겨울, 새벽마다 교회에 나가 백일기도를 올린 뒤, 거짓말처럼 얻게 된 아들이 없었다면 나의 인생의 '혹한기'를 나는 빠져나오지 못했을 것이다.

하나만 망가져도 사람은 무너진다.

백억 대가 넘는 건물과 그와 비슷한 투자가 된 석산을 날리고 아파트 시행사업의 좌절과 주변 변덕스러운 인간들로부터 당한 배반과 고통을 견딜 수 있었던 가장 큰 힘은 나의 멘탈보다 나를 묵묵히 지켜보는 아들의 주시(注視)가 큰 힘이 되어 주었다.

대학과 군대까지 마친 아들에게 나는 말했다.

오랫동안 고생했다. 그럴 리도 없지만, 세상 눈치 보지 말고 살아, 아들!

그리고 언제든 자신이 하고 싶은 일을 찾으면 돼. 자신을 위해 휴가를 준다고 생각하고 좀 더 쉬어라. 여행도 좀 다니고…!

진검승부를 위해 마음과 몸을 만들어야 한다. 이제 제대로 된 휴가는 다시 오지 않는다.

사회가 제도적으로 만들어 놓은 모든 관문을 통과했고 이제 격랑의 파도에 자신을 던져야 하는 사람으로서 본인만큼 긴장하고 있는 사람이 어디 있겠는가. 쉰다고 쉬지만, 머릿속은 복잡할 것이라 판단했고 부모가 그 정도도 이해하지 않으면 안 된다고 생각했다.

아들과 나는 거의 연인처럼 지낸다. 매일 아침저녁으로 포옹도 하고 뽀뽀도 한다. 아내는 아들의 오랜 휴면을 걱정하지만 걱정할 필요가 없다고 나는 아내를 다독인다.

여보, 나는 스물여섯에 대학 일 학년이었어. 그 나이에 당신을 만났고. 아들은 그 나이에 대학까지 마친 사람이야. 그때의 나보다 생각도 깊고 절제력도 좋고, 그 나이의 나보다 백배는 더 묵직한 사람이야.

실제 아들은 범강장달(范彊張達) 같은 체구에 온몸이 털로 뒤덮여 있다. 나와는 성격도 생김새도 완전 딴판이다. '산부인과 병원에서 혹시 신생아 교환 오류 사고가 아닌지 걱정된다'고 말했다가 아내로부터 큰 꾸지람을 들었다. '그 당시 애태우던 남자가 있었는지 조사해 봐야 한다'고 중얼거렸다가 법원에 강제로 끌려 나갈 뻔했다.

차를 가지고 다니는 아들은 스물여섯 나이 먹을 때까지 내게 손을 내밀어 본 적이 없다. 급할 때, 손을 내밀 법도 하지만 나는 그런 찌찌한 말을 단 한 번도 들어 보지 못했다.

나처럼 술이나 담배, 여자 문제로 속 썩여 본 적이 없다. 타고 나기를 점잖게 태어나서 그럴 수도 있다고 생각하지만, 가슴 속 깊은 생각을 얼굴에 끌어 올리지 않는 아들을 도통 알 수가 없다.

얼마 전, 내가 폐가 좋지 않아 병원에 가서 CT 찍고 돌아온 날, 아들은 아무 말도 하지 않고 자기 방으로 들어갔다. 다음 날, 외출하기 위해 나가던 아들은 내 앞에 앉았다. 그리고 펑펑 울기 시작했다.

아빠, 담배 끊으세요, 제발…! 아빠와 저처럼 행복하게 지내는 부자지간은 이 세상에 아무도 없어요. 아빠의 힘든 심정은 이해하겠는데요. 아빠가 일찍 떠나면 저, 정말 힘들어질 거 같아요. 아빠, 제가 성공할 때까지 제발 오래 살아 주세요. 아빠가 제게 준거 아무것도 없다고 하시지만, 저는 다시 태어나도 아빠의 아들로 태어날 겁니다.

거기까지 말하던 아들은 벌떡 일어났다. 스스로 주체할 수 없는 감정 때문이었는지 자신의 얼굴을 감싸 쥐고는 나가 버렸다.

낙이불류(樂而不流) 애이불비(哀而不悲)

즐거우나 넘치지 않았고 애절하나 슬픔을 표시하지 않던 아들은 그날 처음으로 자신의 감정을 폭발했다.

내가 그랬듯이 아들도 언젠가 개성 상인처럼 자신의 송방(松房)을 펼칠 때가 올 것이다. 출발이 좀 늦으면 어떤가! 30대에 출발해도 늦지 않고 40대에 기반을 잡아도 늦지 않다.

나는 알고 있다.

인생은 좋은 패를 쥐고 태어난 사람보다 좋지 않은 패를 가지고 태어난 사람이 더 크게 성공한다는 사실을.

허풍

아들이 걱정이야! 저렇게 허구한 날 게임만 하고 있으니….

며칠째, 두꺼운 책을 들고 씨름하고 있던 아내는 책을 덮더니 내게 와서 푸념을 한다. 대학을 졸업하고 공익근무까지 마친 아들은 밤늦은 시간까지 컴퓨터 앞에 앉아 있다. 컴퓨터 게임에 관한 한 아들은 준 프로급이다. 리그 오브 레전드 게임에서 '챌린지'는 프로 게이머들이다. 아들은 바로 아래 '그랜드 마스터' 급이니 그럴 만도 하다.

뭐가 걱정인데? 나이가 스물여섯이면 자신이 알아서 할 나이인데, 때 되면 뭐라도 하겠지. 신경 쓸 거 없어!

수영장 천막 공사를 하다 발가락을 다친 이후로 몇 달째 알바를 쉬고 있는 아들의 무위도식을 걱정하는 아내는 내게 하소연한다. 자존심이 강한 아들에게 아내는 싫은 소리를 못 한다. 아들은 누구에게 지적당할 일을 하지도 않지만 잔소리 듣는 자체를 싫어하는 까닭이다.

그렇다고 어떻게 가만히 있을 수 있어요? 애닯아 죽겠어요. 목장 주인 같은 한가한 소리 하지 말고 당신이 알아듣게 이야기 좀 해봐요.

아내와 달리 나는 아들이 좀 더 쉬었으면 하는 바람이다.

쉬면서 세계 경제 관련 잡지를 읽고 국내 정치 경제의 풍향을 공부하고 자기개발서를 읽어도 좋다. 남들처럼 똑같이 노력하면 남들처럼은 산다. 도서관도 좋고 배낭 메고 세계여행을 떠나는 것도 추천한다. 지식은 서너 평짜리 사무실에 처박혀 있지 않다. 도서관에 박혀 지식여행을 떠나거나 세상 밖으로 나가야 한다.

일이 년 늦게 출발한다고 늦는 게 아니다.

직장을 얻고 가정을 꾸리게 되면 그때부터 제대로 쉴 수 없다. 아들이 부모 밑에서 지금처럼 마음 편히 쉴 날은 자기 인생에서 다시 없을 것이다. 아들도 언젠가 편안한 이 둥지를 떠나게 될 것이다. 그 시기를 찾고 있을 것이다. 아들 입장에서도 지금 쉬는 것 같아도 마음 편하게 쉬고 있지 못할 것이다. 그 방향과 시기를 놓고 저울질하고 있을 거라고 판단한 나는 아내의 말을 귓등으로도 듣지 않았다.

우리가 걱정한다고 뭐가 달라지나? 자기 인생 자기가 알아서 하는 게지. 기다려 여보! 사람에게도 조생종과 만생종이 있는 법이야. 당신이 읽고 있는 사기열전에 '강태공'에 대한 이야기 나오지 않아?

강태공은 중국 주(周)나라 초기 무왕을 도와 은나라를 멸망시키고 천하를 평정시킨 강상(姜尙)이라는 사람이다.

인재를 찾아 떠돌던 주나라 서백의 눈에 띄어 주나라 재상에 등용되었다. 일명 태공망이라 불렸던 강상이 관직에 나갈 때 그의 나이는 70이었다.

당신의 허풍과 망상 때문에 아들이 망친다는 걸 알아야 해요! 나이가 적은 나이예요? 저러다 시기와 때를 놓칠까 봐 그러는 거 아니에요? 그리고 자꾸 그때 나이의 당신과 비교하는데 내가 철딱서니가 없었으니 그때 당신에게 눈이 휘까닥 간 거지, 요새 젊은 아가씨들이 얼마나 영악한지 알기나 해요? 아들에 대한 유탄이 내게 와서 박힌다.

아들이라고 생각이 왜 없겠어? 야망과 욕망이 목구멍까지 차 있는 사람이라구, 때를 기다리고 있는 거라고. 당장 회사에 취업했다고, 공무원이 되었다고 인생에 성공하는 거 아니라고. 그래봤자 일주일에 5일을 노예처럼 일하고 노예처럼 일하기 위해 2일을 쉰다는 거 몰라? 직업에 대한 전근대적 사고를 당신도 벗어 던져 버려야 해!
어차피 아들은 제도권에 편입하여 월급 받으며 편안하게 사는 삶을 선택하지 않을 거라고 말했잖아? 내 말에 아내는 더 이상 대꾸를 하지 않았다. 소 귀에 경 읽기라는 사실을 아는 까닭이다.

아들, 우리 맥주 한잔합시다. 그날 밤, 나는 아들과 식탁에 앉았다. 신입생 환영회 때, 술로 군기 잡으려는 선배들을 술로 잡아버릴 정도로 술이 쎈 아들이지만 웬만해서는 술을 찾지 않는다. 술을 즐기지 않는 아들이지만 아빠와의 술자리는 사양하지 않는다. 담배 냄새를 극도로 싫어하는 아들은 담배를 모르고 산다.
나는 아들에게 진지하게 하고 싶은 말이 있으면 외식을 잡거나 맥주 한잔으로 분위기를 먼저 잡는다. 어른도 자신의 일로 폭탄 하나씩은 안고 살아가듯이 젊은이들 스스로도 힘들고 벅차다. 따라서 나는 아무 때나 뇌관을 건드리는 말은 하지 않는다. 좋은 말도 상처를 줄 수 있기 때문이다. 상대방의 '자기애(自己愛)'는 내 생각보다 중요하다고 생각해서다.

분위기가 녹녹해지자 나는 말을 꺼냈다.

아들은 '제가 치국평천하(齊家 治國平天下)'할 사람 같은데 수신(修身)은 언제쯤 하시려는지요? 아들은 눈치가 백단이다.

아빠, 걱정하지 마세요. 저는 사태의 본질을 정확히 알고 있는 사람입니다. 내일부터 자전거 타고 나가 당분간 도서관에 처박힐 생각입니다. 가서 주식과 경매에 관련 책을 모조리 읽을 생각입니다.

간간이 주식을 단타로 해 오던 아들은 살도 빼고 전문 서적을 찾아 전문 지식도 본격적으로 잡겠다는 의도다.

안에서 쪼아 나오려는 병아리의 시도에 맞춰 어미 닭이 밖에서 알 껍질을 쪼는 게 줄탁동기(啐啄同機)다.

한 인간의 최고 역량(Competence)은 기능보다도 창조적 에너지에서 나온다. 그런 면에서 독서는 모든 부분에서 공부에 앞선다. 공부뿐만이 아니라 모든 면에서 흥미를 느끼지 못하는 아이, 부모가 도서관에 함께 데리고 가 놀면 된다. 책 읽으라고 강요할 필요 없다. 부모가 책을 읽으면 아이도 따라 읽는다.

도서관은 사시사철 냉난방이 잘 되어 있고 항상 쾌적하다.

천국이 있다면 거대한 도서관에 불과할 것이라는 말도 있다. 책과 친해지면 책이 그 길을 가르쳐 준다. 성공하는 사람들의 불변의 공통점은 어릴 적 독서 습관이다. 독서는 사고력을 키워주고 생각을 확장시켜 준다. "지금의 나를 만든 것은 하버드 대학도 아니고 내 어머니도 아니다. 나를 키운 건 내가 살던 마을의 작은 도서관이었다"고 세계 제일의 부자 빌 게이츠가 한 말이다.

독서는 캄캄한 현재를 깨는 도끼이며 알 수 없는 미래를 찾아가는 GPS다. 내가 책이라도 쓸 수 있는 알량한 재주는 그나마 밤새워 읽은 젊은 날의 독서와 시련이 그 바탕이다.

인생에서 너무 늦었다는 말은 없다.

일반적으로 부모들은 자녀들이 좋은 성적을 받고 좋은 대학에 들어가고 좋은 직업을 선택하기를 바란다. 그러다 좋은 배우자 만나 결혼하고 서로 월급 잘 아끼고 절약해서 적당한 수익률을 보장하는 주식과 퇴직연금에 투자하고 65세쯤 퇴직해서 편안하고 무난한 노후가 보장되는 삶을 선택하기를 바란다.

특히 한국전쟁 이후 1955년에서 1963년 사이에 태어난 베이비붐 세대에게 부자가 되는 길은 교사나 공무원, 은행원 등, 퇴직연금이나 노후연금이 보장되는 직업을 선택하는 것이 최고의 선택이었다. 밀레니엄세대나 XYZ 세대의 SNS나 IT 기반 산업이 아니라 카세트플레이어나 삐삐 세대였던 우리가 한 방에 대박 나는 사업은 없었다.

퇴직금이나 적금 잘 굴려 무난히 은퇴해서 편안한 노후를 맞이할 수 있다면 최고로 잘 산 인생으로 쳐 주었다. 문제는 퇴직할 즈음에 아들딸 대학 보내고 시집·장가 보내고 나니 노후보장에는 턱도 못 되는 돈이 쥐어지고 재수 없으면 100세까지 살게 되는 사회구조에 맞닥뜨리게 된 것이다.

국가에서는 15~64세까지를 생산연령인구라고 하고 65세 이상을 고령 인구라고 칭한다. 대단히 잘못된 판단이다.

2023년, 65세 노인인구가 950만 명이 되었고 나도 재수 없이 그중 한 명으로 추가되고 편입되었다.

내가 노인이라니⋯ 전방 GOP를 사수할 만한 패기가 아직 남아 있고 '군대스리가'에 나가 쓰리쿼타 정도는 뛸 자신이 있어도 시쳇말로 나는 사회적으로 '자격 미달' 선수가 되어 버린 것이다.

인구의 4분의 1이 노인인 나라에서 노인이 할 수 있는 일이 뭐가 있단 말인가?

스토리와 타이틀이 전혀 매칭이 되지 않는 영화, Coen Brothers 감독의 〈노인을 위한 나라는 없다〉에서처럼 이 나이에 총 들고 설치며 놀 수도 없는 일이다.

나라 잃은 백성처럼 코 빠치지 말고 당신 걱정이나 하세요. 늙었다는 게 흉인가요? 시간 날 때마다 책 읽고 글 쓰고, 젊은이들에게 뼈 때리는 강의도 좀 하고 그러면 얼마나 좋은 일이에요. 그리고 나이 먹는다는 게 뭐가 나빠요? 부어 놓은 연금처럼 자신의 경륜을 사람들과 함께 나눠 쓰면 되지. 예순다섯 살 할아버지부터 지하철 요금도 꽁짜고 버스요금도 꽁짜래요. 얼마나 좋아요. 노인기초연금 신청하러 면사무소에 가 봅시다.

카드 집을 짓고 살아가는 나의 가오는 아내의 칼질 한 방에 나가 떨어진다. 아내는 내가 믿는 도끼다.

누부

　당신은 글을 써야 해!

　당신이 책 읽고 글 쓸 때가 그림이 제일 잘 나와. 나 없는 동안 『사기열전』 한번 읽어 봐요.

　『사기열전』은 두 권짜린데 낮잠 잘 때, 베개로 쓰면 딱 좋을 만한 두께다. 여행을 다녀오겠다며 카페 마담으로서 임의탈퇴를 선언하고 아내는 중국으로 떠나버렸다.

　친구들을 만나 수다나 떠는 전망 없는 남편을 '감정노동자'로 만들려는 아내의 수작임을 나는 다 알고 있다.

　하지만 남들은 전혀 알아주지 않지만, 아내야말로 이 세상에서 유일하게 나를 작가로 인정해 주는 한 사람이다. 솔직히 요즘 나는 거의 책을 읽지 않는다. 감동이 없기 때문이다. 젊었을 때 읽었던 고전들을 꺼내 다시 읽으려고 손에 앉히면 어김없이 잠부터 쏟아진다. 한때 가슴 설레며 읽었던 책들인데도 감흥을 주지 못한다.

　책에 대한 나의 인연은 고등학교 1학년으로 거슬러 올라간다.

　학교 도서관에 꽂힌 책들 중 처음 뽑힌 책이 『지(知)와 사랑』이었다. 허름한 허세인지 헤르만 헤세인지 작가 이름에는 관심 없었고 책 제목에 '사랑'이라는 단어가 들어있어서 뽑아 들었다.

『지(知)와 사랑』, 어쩌다 손에 걸린 이 책은 내 인생을 바꿔 놓아 버렸다.

이 책을 읽고 헤세의 책들을 모조리 찾아 읽었다. 그 당시 나는 지적 수준이랄 것도 없는 허름하기 짝이 없는 조악한 수준의 소년에 불과했다. 다행히 그 시기에 읽었던 약간의 독서를 통해 성(性)에 대한 무모한 갈망과 가정폭력으로 인한 심적 고통과 불만 등이 일정 부분 순치되는 과정을 겪기도 했다. 하지만 식성은 변하지 않는다.

그 당시 나는 책에 재미를 좀 붙이는 시기였지만, 목차에 야시꾸리한 내용이 들어 있지 않으면 이유 불문하고 독서목록 순위에서 무조건 제외했다. 내가 읽은 책들은 제목이 야한 책들이 대부분이다. 제목과 목차를 들춰보고 성적 자극이 될 만한 내용이 없으면 거들떠보지도 않았다. 『춘희』, 『보봐르 부인』, 『비곗 덩어리』, 『채털리 부인의 사랑』 등이 그것들이다.

고전문학을 대표하는 책들이지만 내겐 그릇된 성 판타지를 충족하기 위한 책들이었고 편협된 독서관이었다. 그래봤자 몇 권 되지도 않지만, 나는 그때 읽은 얕은 지적 재산으로 지금까지 우려먹고 산다.

독서는 내게 꿈과 희망을 주기도 했지만, 고독과 허무로서의 삶, 운명 앞에서 인간의 무력함, 그리고 그 고통과 좌절 등을 내게 일깨워 주기도 했다. 특히 톨스토이의 『안나 카레리나』나 모파상의 『여자의 일생』 같은 책들을 통해 그 시대의 여성의 사회적 위치와 한계, 그리고 비극적 삶 등이 내게 깊게 투영되었다. 하지만 무엇보다도 여자의 비극적 운명에 관한 한, 나는 '한 여인'을 통해 어린 나이에 일찍 간파해 버렸다.

이 여인을 빼놓고 불우한 어린 시절이나 성장 과정을 나는 이야기할 수 없다. 내 가슴 심연 저 밑바닥에 슬픔의 저수지가 있다면 그 원천(原泉)은 이 여인으로부터 발원되었다고 해도 과언이 아니다.

나의 오랜 추억의 장롱 속에 꼭꼭 숨겨 두고 있는 이 여인의 이야기를 들춰내는 일은 베인 상처를 헤집는 것만큼 아프고 서럽다.

누부는 세 살 때, 전염병을 앓았다.
천형(天刑)이랄 천연두를 앓게 된 것이다.
일명 두창 또는 마마라고 불리는 바이러스다.
그 결과 얼굴이 심하게 일그러져 버렸다.
오늘날에는 천연두 예방접종을 통해 거의 모든 사람이 면역력을 갖기 때문에 치사율이 거의 없지만, 오래전에는 천연두에 걸리면 어린이들의 경우는 반절은 죽어 나갔다. 설령 살아난다 해도 그 천형의 흔적은 좀처럼 감당하기 어려웠으며 그게 여자라면 당사자가 살아가면서 당해야 할 온갖 수모와 고통은 차마 말할 수 없는 형극(荊棘)이자 가시밭길이었다.
찢어지게 가난한 부모를 두고 태어난 아이는 약도 없는 바이러스에 감염되어 발진과 고열로 몇 날 며칠 사경을 헤맸다. 죽을 팔자가 아니었는지 열이 내리고 정신이 들게 되자 얼굴 여기저기에 온통 수포가 생기기 시작했다. '어린 것이 가려움을 참지 못하고 밤새 울며 수포들을 손으로 문질러 터뜨리기 시작했다'고 어미는 기억한다.

병에 대한 지식이 전무한 어미는 두 손을 묶어 둘 수도 어쩔 수도 없는 속수무책으로 아이와 함께 가슴을 쥐어뜯으며 밤을 새웠다. 고통스러운 보름께가 지나자 수포가 있던 자리마다 고름이 생기고 고름이 딱지가 되어 얼굴에 온통 눌어붙기 시작했다. 딱지가 떨어지기가 무섭게 그 딱지마다 얼굴에 치명적인 흔적을 남기고 말았다. 여아(女兒)로 태어날 때 가졌던 곱디고운 예쁜 얼굴이 심하게 일그러지고 부모의 마음도 시커멓게 타 버리고 말았다.

어미는 탄식했고 아비는 밤낮으로 술을 퍼마셨다.

비극의 서막이었다.

이런 아이를 남겨 두고 부모는 시장통에 나가 막걸리 장사를 시작했다. 누부는 남과 다른 자기 얼굴 때문에 말할 수 없는 열등감과 부끄러움으로 밖에 나다니는 것도 포기했다. 밥을 챙겨 먹지 못하는 고통보다 고독과 외로움은 더 견디기 어려웠다. 아이를 견디기 힘들게 하는 것은 시간이 아니었다. 무료함이었다. 아무것도 할 수 없다는 것은 견디기 힘든 고통이었다.

계획이나 생각이 없던 부모는 남들처럼 생리현상에 충실했다. 아이가 생기면 낳았다. 그리하여 이 아이 밑으로 딸 넷과 아들 하나를 더 낳았다.

아들로 태어난 나와 우리 가족은 작은 골방에서 모두 함께 생활했다.

학교 보낼 형편도 아니었지만, 누부는 스스로 학교를 포기했다.

학교를 포기한 누부는 부모를 대신해 어린 다섯 동생을 거두었다.

교육의 중요성을 알고 있었다면 똑똑하고 야무진 큰딸을 학교에 보내야 했다. 하지만 부모는 학교에 가기 싫다는 아이를 그대로 방치하고 말았다. 부모가 그 중요성을 인지한들 하루하루 먹고사는 문제가 더 시급했을 때였다.

나와는 일곱 살 터울이 나는 누부는 부모를 대신해 동생들을 살뜰히 챙기며 자신의 하루하루를 추슬렀다.

자신의 혼자 몸도 감당하기 어려울 그 어린 나이에 올망졸망한 다섯 동생을 억척스럽게 챙겼다. 밥 세 끼는 물론 빨래까지 집안의 모든 뒤치다꺼리로 자신을 희생했다. 지악스러웠던 누부는 동생들이 행여나 맞고 들어오면 끝까지 쫓아가 상대방 등짝을 후려 패주고 돌아왔다.

그래도 분이 덜 풀리면 동생들을 사정없이 나무랐다.

"맞지 말고 패주고 오라고, 이 멍충이들아! 열 대 맞으면 한 대라도 때려주고 오라고…. 니가 부모가 없냐 형제가 없냐!"고 말하며 소매를 씩씩 걷어붙였다.

누부에게 나는 유일한 남동생이었다.

나에 대한 누부의 신경은 각별했다.

초등학교 입학식도 누부가 챙겼다.

입학식 날, 옆 친구한테 두들겨 맞아 코피 흘리고 온 날도 누부는 남동생을 깨끗이 씻겨 재웠다.

나보다 덩치가 큰 그놈은 입학식 날, 우리 누부를 '곰보딱지'라고 놀렸다. 나는 엉엉 울면서 그놈과 싸웠다. 1년이 지난 뒤, 입학식 때 나를 때린 녀석을 찾아갔다. 그 자리에서 나는 그놈을 흠씬 두들겨 패주었다. 입학식 날은 내가 맞았지만 1년 뒤, 똑같은 방법으로 갚아 주었다.

남의 아픈 상처는 건드는 법이 아니다. 누부는 이 사실을 모른다. 내가 말해주지 않았기 때문이다.

나는 누부가 학교 오는 것이 싫었다. 누부에게 단 한 번도 말하지 않았지만, 누부에게 곰보딱지라고 놀려대는 놈을 발견하면 나는 이성을 잃어버렸다. 상대가 크든 작든 달려들어 '아수라'처럼 싸웠다. 항상 코피를 달고 살았지만, 누부가 행여 상처 입을까 봐 나는 꼭꼭 숨기고 살았다.

공부할 환경도 아니었지만, 공부가 뒷전인 나는 꼬방동네 친구들과 어울려 다녔다. 알콜 중독과 폐병으로 다들 죽어 지금은 이 세상 사람들이 아닌 하꼬방 동네 아이들이 내 유일한 친구들이었다. 행여 눈앞의 동생이 사라지면 누부는 사방팔방을 찾으러 돌아다녔고 나는 산으로 들로 천방지축 날아다녔다.

시간과 죽음만큼 평등한 건 없다. 무정세월(無情歲月)은 누부에게도 공평하게 흘러갔다.

누부 나이 열일곱에 애인이 생겼다.

하꼬방 동네에서도 윗동네에 사는 날건달이었다. 처녀가 연애 건다는 사실이 죄악시되던 그때에 누부에게 다가온 남자는 말이 없고 수줍음 많이 타는 청년이었다. 하꼬방 동네를 이 잡듯이 돌아다니던 나는 모르는 사람이 없었다. 거지, 점쟁이, 절뚝발이, 일수쟁이, 알코올중독자 등 산업폐기물 같은 사람들이 모여 사는 하꼬방 동네에서도 그 청년은 키는 좀 작았지만 그중 물색이 좀 나은 청년이었다. 누부의 어떤 점이 마음에 들어 접근했는지는 모르겠으나 시장통 막걸리 장사로 살림살이가 좀 펴지는가 싶은 우리 형편 때문이 아니었나 추측할 뿐이다.

일본군 징병으로 끌려갔다 살아 돌아온 아비의 눈은 매서웠다. 하지만 아비의 사나운 매질도 누부의 가슴에 지펴진 불꽃을 끄지 못했다. 아버지 눈을 피해 누부는 몰래몰래 숨어서 자신의 애인을 만났다.

밤마다 청년의 휘파람 소리를 누부는 숨죽이며 기다렸다. 어린 나는 그 휘파람 소리가 무엇을 의미하는지 잘 알고 있었으나 모른 척하고 있었다. 오히려 누부가 아버지에게 걸릴까 싶어 숨을 죽이며 지켜봤다.

어느 날 저녁, 좁고 가파른 골목길을 따라 내려오다 나는 한 청년을 발견했다. 그는 우리 집 재래식 화장실 담벽 구멍 사이로 누군가와 속닥이고 있었다. 누부였다.

나는 애써 모른척하며 빠르게 옆을 지나쳤다. 키 작은 나를 볼 수도 없었겠지만, 한 평 남짓한 냄새 고약한 재래식 화장실 안에서 연인과 다정하게 속삭이는 누부의 얼굴은 그 어느 때보다 평화롭고 행복해 보였다.

이 두 사람을 보며 나도 덩달아 기분이 좋았을 뿐만 아니라 이 사람이 우리 누부를 들쳐업고 달아나 주기를 간절히 바랐던 적도 있다. 그 후로도 몇 번 더 목격되었지만, 누부의 통정(通情)에 대해 나는 오랫동안 모른척했고 가족 누구에게도 말하지 않았다.

누부에게도 희망의 불씨가 당겨진 것일까!

마침내 누부는 열일곱 어린 나이에 야반도주하고 말았다. 나뿐만 이 아니라 가족 어느 누구에게도 말하지 않고 집을 나갔다. 그 청년을 따라 어느 날 흔적도 없이 사라지고 말았다.

집 나간 누부에 대해서 대놓고 말하는 사람은 아무도 없었다. 건질 것 하나 없는 집이었지만 말(馬)만 한 처녀가 집을 나갔다는 건 집안의 수치였기 때문이었다.

집을 나간 누부는 소식을 끊었다. 누부의 이름을 올리는 건 금기였기 때문에 오랫동안 누구도 물어보거나 알려고 하지 않았다.

시간은 누군가에겐 길고 누군가에게는 짧다. 특히 내가 아닌 남의 일은 순식간이다. 내가 초등학교에 들어가고 몇 년이 지난 어느 한겨울 아침, 남루하고 초라한 행색의 한 여인이 마당 한 구석에 서 있었다. 들어오려고 하지 않았으나 나가려고도 하지 않은 채, 여인은 고개를 떨구고 그 자리에 서 있었다.

학교에 막 나서려는 나를 발견하자 그녀는 꺼져가는 목소리로 내 이름을 불렀다. 매서운 겨울바람을 막을 수단으로 보자기로 친친 감아 돌린 얼굴 틈으로 보이는 여자는 늙은 누부의 모습이었다.

똘똘 말린 애기 포대기 하나가 누부의 가슴에 안겨 있었다. 나는 단박에 그녀를 알아봤다. 작은 짐승처럼 달려들어 나는 그녀를 와락 껴안았다. 잃어버린 엄마를 찾은 아이처럼 나는 누부의 치마폭 속에 얼굴을 파묻고 엉엉 울고 말았다.

누부의 눈에서는 눈물이 주르륵 흘러내리고 있었다. 누부의 몸은 사시나무처럼 떨고 있었다. 매서운 추위보다 사나운 아버지의 매질이 두려워 누부는 떨고 있었다. 어린것이 연애 걸고 다닌다는 사실을 알게 된 부친으로부터 사나운 매질이 있고 난 얼마 뒤, 누부는 가출해 버렸고 몇 년 동안 소식 한 장 없던 누부가 갑자기 집을 찾아온 것이다.

누부의 갑작스러운 귀환에 아침을 먹던 온 식구가 마당으로 뛰쳐나왔다. 오갈 데 없는 어린 딸과 핏덩이를 부친은 말없이 받아들였다. 우리는 안도했고 하루 행복했다. 자기 자식을 집으로 돌아오도록 허락하는 것은 인간이 유일하다.

백일 가는 폭풍 없고 영영 가는 불운 없다는 말이 있지만 누부의 삶은 순탄치 않았고 이해 못 할 것투성이였다. 허기진 가난이 지겨운 산비탈 초가집 어린 청년과 세상 물정 모르는 열일곱 처녀가 서울로 가출한 뒤, 남편은 알콜 중독과 폐병으로 세상을 등졌고 누부는 스물하나에 아들 하나에 딸 하나까지 둔 청상(靑孀)이 되어 돌아왔다.

누부가 집으로 돌아온 건 살기 위한 선택이었다. 자신의 모진 목숨보다 자신의 자식들을 살리기 위한 마지막 선택이었다.

살기 위해 누부는 아기를 맡기고 일을 해야 했다. 누부가 할 수 있는 일은 행상과 노점상이었다. 여자가 재혼한다는 것은 꿈도 꿀 수 없는 일이었지만, 이십 대 초반의 흠결 있는 아이 둘 딸린 여자가 선택할 수 있는 길은 공장 아니면 식모였다. 하지만 누구도 받아 주는 사람은 없었다.

　누구보다도 자신을 잘 알고 있는 누부는 길바닥으로 나섰다. 행상을 시작하였다. 누부는 시장 관리인과 경찰의 눈을 피해 다니며 길바닥에서 야채와 생선을 내다 팔기 시작했다. 행인들의 동태와 기미를 살피기 위해 누부는 비루한 눈을 맞춰야 했다.
　청과물시장인 '약깡'에서 물건을 떼어 오기 위해 나섰던 어느 이른 새벽, 누부를 따라나섰던 어린 동생을 위해 누부는 자신의 전대(錢臺)를 열었다. 누부가 사주는 시장국시를 나는 고개를 처박고 맛나게 먹었다.

　누부가 견딜 수 없는 것은 사회적 천대와 멸시가 아니었다. 사회에 적응하지 못하고 문제적 삶을 살아가던 두 살 터울의 친오빠와의 갈등이었다. 여자의 몸으로 억척스럽게 돈을 모아 살아가려고 갖은 고생을 다하는 자신과 달리 두 살 터울의 오빠는 폭력배들과 어울려 다니거나 나이트클럽 뒷골목에서 시간을 죽이고 있었다. 나와는 아홉 살 터울의 형은 부모에게도 불만, 사회에도 불만이었다.
　불만과 자신의 열등감을 형은 폭력으로 소화시켰으며 자신이 강한 척 위장하고 다녔다.

모든 가족은 전전긍긍이었다. 자신의 모진 풍상보다 더 견디기 어려운 오빠와의 갈등에 누부는 다시 짐을 쌌다. 아기 둘을 우리 손에 맡기고 누부는 다시 서울로 떠났다. 피를 나눈 형제끼리 척을 지면 원수보다 더하다.

"행복한 가정은 모두 엇비슷하고, 불행한 가정은 불행한 이유가 제각각이다"라고 말한 톨스토이의 말은 가족 구성원들의 이기심과 욕망, 몰지각과 몰이해가 가족을 나누고 찢어 놓는다는 말과 크게 다르지 않다.

누부는 아무 연고도 없는 용산역 뒷골목에 자리를 잡았다. 월세 방을 잡고 포장마차를 시작했다. 전국에서 올라온 지게꾼과 날품팔이들을 상대로 아침부터 저녁 늦게까지 해장국을 팔았다.

누부가 견디기 힘든 건 땀띠 나는 여름과 동티나는 겨울이 아니었다. 고양이를 산 채로 목을 걸고 휘발유를 끼얹어 태워 죽이며 자릿세를 강요하는 양아치들이었다. 그들의 패악질에 저항하며 호랑이띠 누부는 자기 아들딸의 학비를 보내 주었다.

앞뒤도 분간할 수 없던 어린 시절, 누추할 수밖에 없던 동생들을 억척같이 챙겼던 누부가 내게 절대 양보 못 하는 것이 하나 있었다.

일기 쓰기였다. 초등학교 중퇴 학력이 전부인 누부가 내게 일기 쓰기를 강요한 이유는 지금도 나는 잘 모른다. 천방지축인 동생의 밀린 방학 숙제를 몰아서 처리해 주던 누부는 내게 몇 달 치 일기를 몰아 쓰게 했다.

그때마다 누부 옆에 쪼그려 앉아 나는 일기를 써야 했다. 기억의 한계에 의존하며 또는 상상에 의존해서 지어내고 꾸며진 일기는 어느 해 봄날, 일기 쓰기 대상을 받았다. 전교생 앞으로 불려 나가 받은 그 상은 내가 받은 유일한 상이자 평생을 두고 처음 받은 상이었다.

내가 누부로부터 전화를 받은 건 얼마 전이었다.

상숙이가 죽었다. 관을 들어 줄 사람이 없어… 흑흑!

시집도 안 간 딸이 시름시름 앓다가 죽어 버린 것이다. 오십을 넘기고도 장가 들기를 포기한 아들과 함께 살며 딸마저 먼저 앞세운 일흔다섯의 누부는 전화통 너머로 펑펑 울었다.

한 여인으로서 차마 감내하기 어려운 고난과 질곡의 삶을 견딘 누부는 자식의 참척(慘慽) 앞에서 무너져 내리고 있었다.

고통에는 질량이 없다는 말은 거짓이다. 내 어린 시절의 엄마이기도 했던 누부는 인생의 '고단강'을 건너가고 있다. 한 여인이 짊어질 수 있는 고난과 고통의 무게를 어느 정도 견뎌야 피안의 강 너머에 이르게 되는 것일까. 죽어야 모든 빚을 갚는 것일까!

누부의 엄마가 그랬듯이 누부는 감당하기 어려운 가혹한 운명의 부채를 갚아 가고 있었다. 공평하게 태어나지 못한 누부도 언젠가 죽음으로 공평한 자유를 누리게 될 것이다. 슬프고도 애타게 엄마를 기다리던 나의 어린 시절, 누부와 함께 강변에 살고자 했던 내 마음을 시인 '기형도'의 시로 대신하며 누부에게 말을 남긴다. "누부야! 고생 마이 했다. 고맙고 사랑한대이~!"

엄마 생각

열무 삼십 단을 이고
시장에 간 우리 엄마
안 오시네, 해는 시든지 오래
나는 찬밥처럼 방에 담겨
아무리 천천히 숙제를 해도
엄마 안 오시네, 배춧잎 같은 발소리 타박타박
안 들리네, 어둡고 무서워
금 간 창틈으로 고요히 빗소리
빈방에 혼자 엎드려 훌쩍거리던

아주 먼 옛날
지금도 내 눈시울을 뜨겁게 하는
그 시절, 내 유년의 윗목

폭력

　누부가 용산 뒷골목에서 해장국을 팔며 생계를 유지할 때다. 운이 좋았던지 조카는 서울의 유수 대학 토목공학과에 합격해서 누부가 하는 해장국집 옆, 골방과 다름없는 작은 사글셋방에 합류할 수 있었다.

　사회의 온갖 궂은일을 하는 잡역부나 양아치들을 상대할 수밖에 없는 장사라 누부의 일상은 늘 거칠고 힘들었다.

　남편을 잃고 오로지 신앙으로 살아가는 누부는 술을 팔지 않았다. 해장국 장사가 술을 팔지 않는다는 것은 돈을 벌지 않겠다는 선언이다.

　성경에 대한 고지식한 해석이든 자신의 장사 철학이든 술을 찾는 손님들 대부분은 불쾌한 반응을 보이고 발걸음을 돌렸다. 그날도 술을 내놓지 않는다고 행패를 부리던 용산 양아치 한 명이 누부에게 쌍욕을 퍼부었다.

　"이런 개쌍눈이 있나! 술 내놔라! 내가 해장술 묵으러 왔지, 맛탱이 없는 너거 해장국 묵으러 왔나! 문디 가시나야!"

　주방에서 설거지를 하며 이 모습을 보고 있던 조카는 이성을 잃어버렸다. 들짐승처럼 달려들어 주먹으로 양아치의 얼굴을 날려 버렸다.

거구의 체구가 쓰러지면서 아스팔트 땅바닥에 머리를 그대로 박아버렸다. 이중 타격으로 인한 뇌진탕으로 정신을 잃은 거구는 병원으로 실려 가고 조카는 경찰차에 실려 갔다.

형과의 갈등으로 한집에서 더 이상 함께 살 수 없다고 판단한 누부는 아들딸을 친정에 남겨 두고 서울로 올라갔다. 생활이 간신히 나아진 우리는 조카 둘을 거두고 친동생처럼 키웠다. 어린 시절을 나와 함께 생활한 조카의 완력을 나는 잘 알고 있다. 작지만 용수철 같은 근육을 가진 아이였다. 몸 씨름하면 웬만큼 운동하는 나도 나가떨어질 정도여서 누부의 설명에 사태의 심각성을 직감할 수 있었다.

무역회사를 그만두고 내려와 전주의 소규모 학원에서 월급쟁이 강사로 고등학생들에게 영어를 가르치고 있던 내게 전화가 걸려 왔다.

큰일 났다. 상수가 사람을 패서 경찰서로 끌려갔어…!
누부의 목소리는 꺼져가고 있었다.

나는 만기를 얼마 남기지 않은 재형저축을 헐었다.
재형저축은 공무원만이 가입할 수 있고 그 당시 이자율이 가장 좋은 적금 상품이었다. 일반인은 이 적금 상품에 가입하고 싶어도 가능하지 않아서 공무원인 친구에게 부탁해 그 친구 이름으로 적금을 붓고 있었다. 전세방에 살고 있던 우리 내외에게는 전 재산과 다름없었다.

아내에게 이 사실을 말하자 아내는 두말없이 통장과 도장을 내놓았다. 700만 원쯤 되었다.

조그마한 학원이라도 차리려고 모아둔 적금이었다. 서울에서 내려와 1년을 강사생활하며 꼬박꼬박 저축해서 만든 자금이었다. 조카 얼굴 한 번 본 적 없고 시어미보다 까탈스러운 시누이였지만 아내는 자신을 챙기지 않았다.

서울행 급행열차에 나는 몸을 실었다.

누부의 마음에는 무엇으로도 채워질 수 없는 외로움과 공허함이 있었다. 심연 저 밑바닥에 똬리를 틀고 있는 그 외로움과 공포가 끊임없이 누부를 불행으로 내몰고 있다는 생각이 들었다. 차창 밖으로 지나가는 차들과 평화로운 농촌 풍경은 무심했다. 올라가서 처리해야 할 일들로 마음이 신산스러웠다. 차창에 머리를 기대고 눈을 감았다. 파노라마처럼 한 사건이 머리를 스친다.

누부가 서울로 떠난 뒤, 대학생이던 나와 고등학생이던 조카는 식당방 하나에 함께 기숙하며 생활할 수 있었다.

누부의 강보에 싸여 온 조카가 고등학생이 된 것이다. 떡애기부터 한집에서 함께 자란 조카는 조카라기보다 동생 이상이었고 조카는 대학생이었던 나를 친형처럼 때로는 아빠처럼 의지했다.

삼촌, 큰일을 저질렀어요! 조카는 풀이 죽어 방으로 들어왔다. 무슨 일이냐? 입시가 내일 모랜데 자정을 넘기고 새벽까지 연락 하나 없이, 엉?

밤새 조카의 귀가를 기다리던 나는 목소리를 높였다. 온순하고 착한 조카는 내 앞에서 조용히 무릎을 꿇었다.

친구가 병원에 있어요.

병원이라니! 더구나 이 늦은 시간에? 친구와 싸웠거든요. 함께 병원에 갔어요. 평소 조용한 성격에 학교생활에 대해서도 말이 별로 없던 녀석은 그날 일어난 이야기를 꺼낸다.

철없고 치기 어린 그 시절, 어느 학교에서나 은밀하게 깔려 있는 서열 정리나 헤게모니는 조카네 학교에서도 공공연한 비밀이었다. 지하 써클 8인조 클럽의 짱이 조카와 한 반이고 이 친구의 학교 폭력은 심각할 수준이었다. 특히 야간자습 시간에 학생들이 공부를 못할 정도로 떠들고 친구들을 괴롭혔다. 그 꼴을 보다 못한 조카는 날을 잡았다.

야! 너 밖으로 나와. 이 새끼야!

키가 작아서 앞쪽에 앉은 조카는 벌떡 일어나 맨 뒷줄에 서 있는 친구를 가리키며 소리쳤다.

아니, 저 새끼가 죽을려고 환장했나?

손가락질당한 친구는 어이없어했다. 조카가 큰 소리로 외치며 먼저 교실 문을 박차고 나갔다.

모두가 숨죽이며 이 광경을 지켜보던 반 친구들도 우르르 따라나섰다. 소문은 순식간에 팔인조 클럽에게도 연락이 되고 바람처럼 모여들기 시작했다.

너희들은 움직이지 마! 이 문제는 우리 둘 문제다! 우리 단둘이 해결할 테니, 덤비지 마라!

학교 밖 언덕배기로 일착으로 올라가자마자 조카는 뒤따라오는 아이들을 향해 소리쳤다. 여기저기에서 학생들이 구름처럼 모여들기 시작했다. 친구들은 두 사람의 싸움을 긴장하며 숨죽이고 지켜볼 수밖에 없었다. 주먹과 발길질이 오가고 두 몸은 한데 엉켰다 떨어지기를 반복하는 순간, 학교 짱은 칼을 꺼내 들었다.

조카는 몸을 돌려 높은 둔덕으로 올라서는가 싶던 순간, 몸을 뒤집어 학교 짱의 얼굴에 발차기로 가격해 버렸다. 휘청거리며 뒤로 넘어간 그 친구는 다시 일어나지 못했다. 싸움은 그 자리에서 끝나 버리고 말았다. 같이 어울리는 친구들은 자기네 짱이 순식간에 쓰러지자, 조카 녀석에게 덤벼들지 못했다.

야… 내 등에 들쳐 엎여라. 친구야! 병원으로 가자!

조카와 친구들은 쓰러져 기절한 친구를 들쳐업고 병원으로 달렸다. 친구가 시술을 받는 동안 병원 복도에서 서성거렸을 조카 녀석이 눈에 선했다.

잘했다! 나머지는 삼촌이 알아서 하마.

이야기를 다 듣고 난 나는 조카에게 조용히 말했다. 어떻게 하실

려고요, 삼촌?

크게 혼날 줄 알았던 조카는 의외라는 듯 오히려 내게 반문했다.

내일 내가 학교에 가마. 명분 있는 싸움이었고 너는 쪽팔리지 않았다. 가서 씻고 자 둬라.

'말죽거리 잔혹사' 영화에나 나올법한 이야기를 조카 녀석은 40여 년 전, 그의 인생 초반부에 찍었던 것이다.

다음 날 오전에 학교에 찾아갔다.

몇 교시 무슨 과목인지는 모르겠으나 수업하러 들어가시는 젊은 선생님에게 대학생인 나의 신분을 소개하고 어제의 일을 짧게 설명했다. 그리고 선생님의 시간을 할애받았다. 교실에 들어서자 모든 학생이 일제히 나를 주시했다.

상수 삼촌이다. 수업 시간에 방해가 되어서 정말 미안하다. 하지만 어른으로서 어제의 일을 그냥 지나칠 수 없었다. 선생님께 시간을 허락받아 들어왔으니 잠깐 양해하길 바란다.

짧은 나의 소개에 학생들은 눈을 반짝이며 나를 쳐다봤다. 순수하다면 순수할 열일곱 그 나이에 잠깐의 무분별한 객기와 만용의 광기에 몸을 던져 보지 않은 사람이 있었던가! 나는 그들의 순수와 열정을 믿었다.

실수하면서 살아가는 나이다. 하지만 쪽팔리게 살지 마라. 공부를 잘하든 못하든 싸움을 잘하든 못하든 10년 뒤 또는 20년 뒤 옆

자리에 앉아 있는 친구를 사회에서 만났을 때. 자신이 부끄럽다는 생각이 든다면 그건 학창 시절을 잘못 보냈다고 생각하면 된다. 유리하다고 교만하지 말고 불리하다고 비굴하지 마라. 너희들의 매일 하루는 너희들의 자서전이 된다. 자신의 자서전을 쓰고 있다고 생각하며 행동하길 바란다. 부끄럽지 않게…!

나는 말을 마치고 어젯밤 조카와 싸운 친구가 누구냐고 물었다. 조용히 내 말을 듣고 있던 친구들이 모두 고개를 돌려 맨 뒤 좌석에 앉아 있는 친구를 주시했다.

교단을 내려와 조용히 그 친구 자리로 다가갔다. 고개를 푹 숙이고 있던 친구는 내가 다가가자 잔뜩 경계하며 나를 바라봤다. 오른쪽 뺨 쪽으로 큰 반창고가 붙어 있었다. 그 친구 쪽으로 몸을 굽히며 조용히 말했다.

고생이 많았겠다! 힘들었지? 어쨌든 미안하게 됐구나! 라고 말하며 그 친구의 오른쪽 뺨에 손등을 갖다 대자 그는 몸을 뒤로 살짝 젖혔다.

서로에게 한 수 배운 좋은 기회였다고 생각한다만 혹시 억울하다면 연락해라. 내가 자리를 한번 만들어 주마. 웬만하면 서로 대화로 마무리하고 서로에게 좋은 친구가 되길 바란다.

그 친구의 등을 토닥이고 나오자, 선생님이 조용히 기다리고 계셨다.

그날 밤, 한 남자로부터 전화 한 통이 걸려 왔다.

다방으로 나가자 나보다 몇 살은 더 먹어 보이는 남자가 나를 잔뜩 노려보고 있었다. 가죽 잠바 차림의 남자는 등을 의자에 기댄 채 한쪽 팔을 늘어뜨리고 의자에 삐딱하게 앉아 있었다.

내가 예를 갖추고 자리에 앉기도 전에 그 남자는 단도직입적으로 말을 던졌다.

하아~~! 이런 싸가지없는 경우를 보았나! 내 조카가 처맞고 다니다니…. 키가 180이나 되는 놈이. 이런 씨팔!

왕대밭에서 왕대 자라고 쑥대밭에서 쑥대 난다. 거두절미하고 씩씩거리며 던진 첫마디부터 그는 하류였다. 겁부터 먹으라는 제스처였지만, 그 당시 이십 대 후반이었던 나는 이런 하류들을 숱하게 조우하며 살아가고 있었다. 허세와 블러핑으로 위장한 그들의 패악질 이면에는 비겁과 나약이 웅크리고 숨어있다는 사실을 나는 잘 알고 있었다.

억울하십니까? 싸움은 키로 하는 게 아니라고 생각하는데요! 아이들을 위해 자리를 한번 만들어 볼까요? 그쪽 조카가 제일 잘하는 걸로 자리를 만들어 드리겠습니다. 주먹이면 주먹, 유도면 유도, 무제한으로 선택 한번 하시지요.

대학은 영문학과였지만 내 친구들은 거의 체육과 복학생들이었다. 유도나 태권도 몇 단씩 하는 친구들이 대부분이었고 그들은 운동했다는 사실을 티 하나 안 내고 조용히 학교를 다니거나 후학들을 가르치고 있었다. 그들에게 말하면 도장 한두 개 정도는 빌릴 수 있었다.

연락처는 알고 계실 것이고 시간과 날짜가 정해지면 연락 주시길 바랍니다. 그럼, 먼저 일어나 보겠습니다.

긴말이 필요 없었다. 등 뒤로 던지는 몇 마디 패악질 소리를 무시하고 나는 나와 버렸다. 나의 선언적인 도전에 대한 그의 패악질은 물에 빠진 자존심을 건지려는 블러핑 그 이상도 이하도 아니었다. 차라리 침묵이 나았다. 기 싸움에서 말은 본전을 까먹는다.
나는 연락이 오기를 기다렸지만, 그로부터 아무런 연락을 받지 못했다. 서울에 있는 누부에게 나는 이 사실을 말하지 않았다. 삶에 지친 누부에게 조카는 희망의 등불이기 때문이었다.

무분별한 치기와 서툰 용기로 실수를 할 수 있다. 실수를 통해 대가를 치르며 성장하는 시기가 학창 시절이다. 자존감 높은 아이 명예를 소중히 생각한다. 명예는 집단의 힘에서 나오는 게 아니라 오직 자신의 진정한 용기에서 나오는 법이다. 조카는 무사히 고등학교를 마칠 수 있었고 그 해에 좋은 대학에 들어갈 수 있었다.

용산역에서 내렸다.
부장판사 출신의 변호사를 소개받아 사건을 위임시켰다. 전관예우라며 그는 500만 원을 요구했다. 35년 전, 이 금액은 큰돈이었다. 남은 돈으로 누부의 딸의 대학 등록금으로 쓰라며 일부 내놓았다.

다행히 대학생이고 정상참작이 충분히 인정되어 사건은 잘 무마되었다. 어릴 때 나를 키워준 누부에게 백분지 일도 안되는 신세를 갚았다고 생각했다.

당분간 나는 전셋집을 더 전전해야 했다.

유전자

　'모든 생명체의 유전자는 자신의 복제자를 끊임없이 널리 퍼뜨리려고 한다. 인간도 자신의 개체를 최대한 증식시키기 위해 이기적일 수밖에 없다. 이러한 이기적 행동들은 자신의 유전자들이 살아남기 위한 하나의 전략이다. 그러므로 인간은 유전자의 꼭두각시이며 유전자의 보존과 전달을 위해 만들어 낸 운반자에 불과하다.'

　『이기적 유전자』의 저자 리처드 도킨스의 이론의 요체다.

　『이기적 유전자』라는 책이 요즘에 화제지만, 그의 또 다른 저서 『만들어진 신』과 함께 이 책을 십여 년 전, 나는 군대 간 조카에게 보내 준 적이 있다.

　그의 저서 『만들어진 신』에서 그는 신을 철저히 부정한다.

　종교적 믿음은 과학적 증거와 합리적 사고에 맞지 않다는 이유에서다. 종교는 개인과 사회에 아주 좋지 않은 영향을 끼치고 있으며 교육과 과학의 발전에도 큰 방해가 된다고 그는 주장한다.

　이 두 책을 두고 유시민 작가가 그의 저서 『문과 남자의 과학공부』라는 책에서 다음과 같이 주장한다.

'모든 종에게 유전자는 똑같은 명령을 내렸다. 짝을 찾아라. 자식을 낳아 길러라. 그리고 죽어라. 너의 사멸은 나의 영생이다. 신은 있는가? 아니다. 누구도 신의 존재를 증명하지 못했다. 종교가 인간을 구원할 수 있는가? 아니다. 종교는 인간이 만들었고 종교인은 보통 사람과 다르지 않다. 삶의 의미란 무엇인가? 우리의 삶에 주어진 의미는 없다. 삶의 의미는 각자 만들어야 한다. 내 인생에 나는 어떤 의미를 부여할까? 어떤 의미로 내 삶을 채울까? 이건 과학적으로 옳은 질문이다. 그걸 알려면 인문학을 소환해야 한다.'

두 사람의 결론은 이렇다.

'신은 없다. 인간은 유전자의 전달자에 불과하다.

삶의 특별한 의미는 없다. 삶의 의미는 각자 만들어라.'

유시민은 '신은 있는가'라는 질문을 스스로 하면서 '없다'라고 말하지 않았다. '아니다'라고 비겁하게 말했지만, 두 사람의 선언은 철학자들이 거열되고 종교가 단두대에 올라가는 소리다.

최근 나는 아내에게 리처드 도킨스와 유시민의 논리에 대해 이야기를 꺼냈다가 단두대에 올라갈 뻔했다.

과학하고 앉아 있네! 겨우 과학적 증거와 합리적 추론 정도로 하나님이 없다고 주장하는 '지들'의 생각과 영성은 어디에서 왔는데? 모르니까… 인간은 너무 약하니까… 믿고 함께해 달라고 기도하는 거 아니야? 당신이 이렇게 말아 먹지만 안 했어도 배부르고 등 따시면 나도 하나님을 외면하고 살았겠지! 구원이 뭔지도 모르고 바보같이 그냥 살았겠지.

하지만 바닥을 찍어보지 않은 인간들이 하나님은 구원이자 희망이라는 사실을 어떻게 알겠어? 인간은 그런 하찮은 존재도 아니지만 하나님은 그냥 있는 존재도 아니라는 사실을 알아야 해. 그건 누가 가르쳐 주는 게 아니야. 스스로 깨우쳐야 해. 그리고 인간이라면 신을 찾게 되는 그런 순간이 누구나 오게 되어 있다고. 지들은 마침표를 찍을 그런 날이 안 올 줄 알아?

모태신앙과 함께 새벽기도로 아침을 열고 있는 아내에게 나의 '그 따구(?) 이론'은 씨알도 먹히지 않는 소리였다.

나는 어릴 적부터 종교에 대한 여러 관문을 거쳤고 내 안에서 서로 득세하려는 신(神)들과의 갈등을 내 자신의 경험과 인문학 독서를 통해 스스로 체득했다고 자신했지만, 아내의 인간적인, 너무나 인간적인 논리에 할 말을 잃었다.

나의 얄팍한 지식을 보강하기 위해 나는 진화 생물학자들이 주장하는 이론을 아내에게 들이댔다.

45억 5천만 년 전 태양 주변을 떠돌던 물질들이 뭉쳐 지구가 되고 35억 년 전 바다에 세균과 미생물이 출현했고 26억 년 전 육지에 퍼졌으며 18억 년 전에는 적조 비슷한 다세포생물이 나타났다는 거야. 5억 3천만 년 전부터 원생동물과 해조류를 비롯한 동식물 종이 폭발하듯 늘어났고 4억 5천만 년 전 지네 비슷한 무척추동물이 땅에 올라왔다는 거지. 3억 6천만 년 전에 풀과 나무가 자라나기 시작했고 3억 2천만 년 전에 양서류라는 것이 나타났대.

2억 5천만 년 전쯤에 공룡이 출현해서 지구를 지배하다가 화산 폭발과 운석의 충돌로 인한 기후변화를 견디지 못하고 6천5백만 년 전 공룡들이 지구상에서 멸종하고 말았어. 공룡이 사라진 후 포유류와 영장류가 등장했는데 그때가 20만 년 전쯤 일이라는 것이고. 그중 한 종인 호모사피엔스가 등장하고 지구상에서 최상의 포식자로 등극했는데 이게 우리 조상인 현생인류라는 것이지.

나는 더 읽지 못했다. 더 이상 들을 필요가 없다는 듯 아내가 내 말을 댕강 자르고 들어왔기 때문이다.

하나만 알고 둘은 모르네! 지질학자나 고생물학자들 덕분에 지구 탄생의 비밀은 풀었는지 모르겠으나 그런 지구도 우주 속에서는 티끌 같은 존재에 불과해.

아내는 의외로 과학에 대한 지식이 나보다 훨씬 낫다. 지구의 자전과 공전 속도라든지 세월의 속도를 훤히 꿰뚫고 있을 정도다.

이런 태양계가 우리 은하계에는 천억 개 정도 있다는 정도는 알고 있지? 그런데 이런 은하계가 우주에 몇 개 있는지 알아, 당신? 아내는 과학 선생처럼 내게 물었다.

수천억 개야! 수천억 개! 우리 은하계와 가장 가까운 안드로메다 은하계를 가려면 200만 년 정도 걸려! 소리 속도도 아닌 빛의 속도, 광속(光速)으로 200만 년이 걸린다구, 그 안드로메다 은하계에

만도 지구 같은 별들이 수천억 개야! 안드로메다 은하계를 지나 무량대수(無量大數)와도 같은 다른 은하계를 겨우 망원경으로 들여다본 존재에 불과한 호모사피엔스들이 세 치 혀로 신의 존재가 있느니 없느니 따위를 말할 수 있다고 생각해? 당신, 나하고 몇 년 살았어? 37년 살았어. 시속(時速)으로 37년을 함께 산 거라구…. 내가 힘들었겠어 안 힘들었겠어?

나는 멍때린 얼굴로 아내의 얼굴을 바라봤다. 열받은 아내는 계속 말을 쏟아냈다.

한 치 앞도 내다볼 수 없는 피조물인 인간들이 하나님의 섭리를 모르고 수치와 통계로 따지려 들다니 안타까운 일이야. 자고로 감사할 줄 알아야 한다구…. 알량한 과학지식 따위로 하나님의 사랑과 섭리를 재려 하다니… 당신, 다음 주부터 나랑 함께 교회 나갈 준비해요.

나는 금방 후회했다. 오늘도 나는 구멍을 잘못 찾아 들어갔다.

어떤 지식이나 상식도 아내의 '깔때기 이론' 앞에서는 무릎을 꿇는다. 국가를 창조하고 과학기술을 연마해 가고 자기 자신과 우주에 대해서 의문을 품으며 자신이 어디에서 왔는지 알아낸 호모사피엔스의 노력을 나는 이해한다. 하지만 인간이 자연이 만든 생존 기계면 어떻고 신이 흙으로 빚어 만든 피조물이면 어떤가. 서로 다투지 않고 물질의 증거가 가리키는 사실을 사실로 받아들이면 되고 아내의 깔때기 이론처럼 신의 섭리로 받아들이는 사람은 그렇게 살면 된다.

나는 그렇게 아내와 37년을 살았다. 일요일이면 아내는 교회로 달려가고 나는 카페에 앉아 책을 쓴다. 지구는 지구대로 돌고 나는 나대로 돈다. 그러나 절대 까먹어서는 안 되는 분명한 한 가지는 오늘 하루, 내가 마음 편히 먹는 밥 세 끼와 아내의 지청구는 지구의 자전 속도나 공전보다도 훨씬 더 중요하다는 사실이다. 그걸 아는데 60년이 걸렸다.

인간과 우주는 맞닿아 있다. 우주가 대우주라면 인간은 소우주인 셈이다. 한 인간이 태어나고 죽는 과정은 어느 이름 없는 별이 탄생하고 죽는 것보다 훨씬 더 중요하다. 나는 거의 모든 종교를 거쳐왔다. 그래봤자 물수제비 뜨듯이 배운 밑바닥 지식이 전부지만 인간의 영성과 철학은 과학과 합리적 사고로도 해석이 안 되는 부분이 많다는 사실을 나는 인정한다.

칼 세이건이 말한 '코스모스'의 방대한 이론을 모른다고 해서 인간이 살아가는 데는 아무 지장이 없다. 내 몸 하나도 아직 모르고 아내의 섭리 하나도 제대로 깨우치지 못한 내가 유전자를 모르고 우주를 좀 모르면 어떤가?

1만 년 전, 빙하기 시대의 조상이자 석기시대의 주인인 호모사피엔스나 나의 할아버지의 할아버지 또 그 이전의 나의 조상들이 자신의 유전자를 널리 퍼뜨리고 자신의 위대한 꿈(Great dream)을 실현하고자 이기적 선택을 해왔다고 나는 생각하지 않는다.

단지 지금의 나처럼 자신의 본능과 생존 욕구에 충실했던 존재였으며 살아가는 이유와 의미에 대해 잠깐 고민하다 알 수 없는 존재로 사라지는 존재 그 이상도 이하도 아니었다.

인간은 태어나고 싶어서 태어나는 존재가 아니라 알 수 없는 힘에 의해 이 세상에 던져진 존재들이다.

오히려 생명의 탄생과 외경, 그 신비로운 체험을 경험한다면 인간은 단순한 염색체 덩어리가 아닌 신성한 영성체 그 이상의 존재라고 나는 말할 수 있다.

따라서 인간들은 자신의 필요에 따라 신을 만들고, 신과 싸우는 존재라고 말하는 도킨스의 주장에 나는 결코 동의할 수 없다.

다만, '신'을 만들고 '신'이라 부르는 능력을 가졌던 인간이 AI를 창조하고 AI를 기반으로 정교한 알고리즘을 만들고 신과 같은 결정을 내릴 수 있는 인간의 현재와 미래를 예측해 보건데, 인간이 신을 만들어 내는 것이 아니라, 인간 스스로가 신이 되어가고 있는 작금의 현실이 적지않게 우려스러울 뿐이다.

무당

　나의 할머니는 무당이었다. 나의 타고난 유전자에는 무당의 피가 흐른다. 처녀 적 할머니가 신작로를 지나가면 말 탄 일본 순사들이 가던 길을 멈추고 경례를 척척 올려 붙였다고 할 만큼 할머니는 아름다우셨다.

　"하이칼라 멋지다!"라는 소리를 일본 순사 놈들에게 많이 들었다며 곰방대를 물고 가걀걀걀 웃으시던 할머니의 모습이 눈에 선하다.

　가녀리고 호리낭창한 할머니는 점(占)을 치지 않으면 매일 아팠다. 할머니의 작은 소반에는 엽전과 쌀통이 놓여있었고 할머니의 점은 척척 들어맞았다. 자그마한 할머니 골방으로 손님들이 알음알음 찾아왔다. 벽 한쪽 면에는 불교 탱화로 장식되어 있었으며 제대에는 부처님과 하얀 수염의 칠성님이 시대를 뛰어넘어 함께 앉아 있었다. 하얀 초가 쌀 주발에 꽂혀 항상 은은하게 타고 있었다.

　대여섯 살의 어린 나는 할머니 옆에 앉아 점치는 모습을 지켜보는 게 좋았다. 할머니는 누워있는 내게 간혹 '아마사탕'을 입에 쏘옥 넣어주셨다. 그러다 까무룩 잠이 들기 일쑤였다.

　이상의 단편소설 『날개』를 읽으면서 주인공인 '나'와 동질감을 느

낀 적도 있었다. 남자 손님이 찾아올 때마다 기생 금홍이가 넣어주는 알약을 먹고 까무룩 잠이 드는 주인공 '나'가 그때의 나인가 싶어 할머니가 아마사탕이 아닌 수면제로 내 '입틀막'을 하지 않았나 착각한 적도 있다.

할머니는 어린 나를 칠성님 자손이라며 해마다 절에 데리고 다니셨다. 하루에 두 번 다니는 낡은 공화여객 완행 버스에 할머니는 나를 태웠다. 낡은 버스는 뽀얀 흙먼지를 일으키며 포장도 안 된 신작로를 달렸다. 포연처럼 일어난 먼지구름은 길 양쪽에 심어진 플라타너스(Platanus) 잎들 사이로 뭉게뭉게 떠올라 사라져갔다. 한나절을 달려 목적지에 도달하면 긴 강폭을 건너야 했다. 모래톱과 하얀 자갈밭 사이로 갈대와 억새밭이 끝없이 펼쳐져 있었다. 강바닥이 훤히 보이는 맑은 물과 그 속에서 헤엄치는 작은 물고기를 보느라 해찰하는 어린 손자와 갈대밭 외나무다리를 먼저 건넌 할머니의 길을 재촉하던 모습이 한 폭의 수채화처럼 남아 있다.

손자들 중 유독 어린 나를 데리고 다니신 이유를 나는 모른다. 할머니에게 나는 귀엽고 사랑스러운 동자승 같은 존재가 아니었나 짐작할 뿐이다.

집에서 잠자야 할 야심한 시간임에도 불구하고 치성을 드리거나 씻김굿 하는 장소에도 할머니는 나를 데리고 나갔다. 불평 한마디 없이 따라나서는 어린 손자가 사람의 인기척으로는 개보다 낫다는 생각을 하지 않았나 추측해 본다.

밤길을 걸어가며 할머니에게 나는 물었다.

할머니! 숲속에서 호랑이가 나오면 어쩌죠?

응, 걱정할 거 없다. 호랑이가 나타나면 호랑이 쫓는 주문(呪文)을 외면 된다. 아가야!

그게 뭔데요, 할머니?

"오로지리 바로지리 비로자는 총구지녀언~ 오로지리 바로지리 비로자는 총구지녀언~"을 크게 외치면 호랑이가 알아서 내뺀단다. 호랑이도 부처님 자손임을 아는게지. 그렇게 말하는 할머니는 웃지 않았다.

물에 빠져 죽은 망자의 넋과 혼을 건져 하늘로 보내 주는 할머니의 천도의식은 장엄하고 엄숙했다. 죽은 자와 산 자를 연결시키는 '진오귀 굿'을 진행하기 위해 무명의 하얀 적삼 저고리와 외씨버선을 곱게 차려입은 할머니는 선녀처럼 고왔다. 중간중간 실타래를 묶은 긴 흰색 광목천을 목과 몸에 두르고 의식을 시작하는 할머니는 영락없는 제사장이었다. 법사가 두드리는 북장구와 꽹과리 소리에 맞춰 시작하는 씻김굿이 신명이 오르면 할머니는 하늘로 펄펄 날아올랐다. 어제까지 하루 종일 아파 누워있던 할머니의 모습은 온데간데없어지고 서슬 퍼런 처녀무당처럼 춤을 추었다. 낮고 구슬프게 시작하는 할머니의 읊조림은 중중모리로 때로는 자진모리로 넋받이 주문(呪文)으로 쏟아졌다. 서글픈 울음 소리에 길게 토해내는 할머니의 한숨 소리에 제주(祭主)들은 울음과 탄식을 함께 터뜨렸다. 목과 몸에 친친 감은 하얀 광목천의 실타래를 하나하나 풀어가며 살아생전 망자의 한을 풀어주는 천도 의식은 할머니의 춤과 구슬픈 가락에 맞춰 진행되었다.

할머니의 그런 모습을 나는 숨을 죽이며 지켜보았다.

사발에 담겨있는 찬물을 한 모금 들이켜고 시퍼런 긴 칼에 푸욱
～ 내뿜을 때 할머니의 모습은 어느새 저승사자의 얼굴로 변해 있
었다.

박수(拍手)무당은 할머니의 춤에 맞춰 중중모리로 자진모리로 북
과 징을 울렸고 때론 꽹과리로 응답했다. 할머니가 잠시 잠깐 쉬는
틈을 이용해 박수는 바리톤과 고음의 알토로 긴 축문을 읊었다.

박수의 낮은 목청은 캄캄한 밤하늘로 퍼져 나갔고 죽음의 강물
은 검은 빌로드 빛깔로 도도하게 흘러갔다. 그의 장단이 휘모리로
넘어갈 즈음에서는 할머니의 춤도 절정에 도달했다. 할머니는 겅중
겅중 뛰었고 할머니의 치맛자락은 허공을 갈랐다.

이윽고 강물 속에 던져 넣은 주발을 할머니는 건져 올렸다. 쌀을
담은 주발에 망자의 머리카락이 들어있지 않자, 주발은 비닐 포장되
어 다시 강물에 던져 넣어졌다. 머리카락이 건져지기 전까지 넋받이
굿은 계속되었고 할머니의 춤은 더 격정적으로 변해갔다.

'나왔다!'라는 말과 함께 모두가 살펴보자 물에서 건져 올린 주발
속 쌀 위에는 놀랍게도 몇 올의 검은 머리카락이 들어 있었다.

소름이 돋는 놀라운 광경이었다.

초저녁부터 시작된 굿은 새벽녘이 되어서야 끝났다. 씻김굿이 끝
나자 긴 한숨을 토해내는 할머니의 이마에는 땀이 송글송글 맺혀
있었다. 어린 손자를 할머니는 꼬옥 껴안아 주었다.

할머니는 오랫동안 나의 신앙이자 종교였다.

모든 종교의 근간은 친절과 사랑이다.

병원 하나 변변히 없던 그 시절, 설령 있어도 돈이 없어 가지 못했던 그 시절, 할머니의 골방은 점방(占房)이자 약국이었다. 동네 아픈 사람은 모조리 할머니를 찾아왔다.

할머니는 '잠밥'의 대가였다. 잠밥은 아픈 곳에 붙어 있는 잡귀를 쫓기 위한 무속적 민간 조치의 하나다. 곡식을 한 되쯤 담아 보자기에 싸서 환자의 아픈 곳을 문질러 주며 할머니는 나지막이 주문(呪文)을 왼다.

"대자대비하신 부처님, 약왕보살님! 이 불쌍한 칠성님 자손이 아프오니 부디 노여움을 푸시고 거뜬히 걸어 나갈 수 있도록 도와 주시고 지장보살님이시여! 지옥에서 걸어 나와 썩, 이 악귀를 물리쳐 주시기 간절히 바라나이다. 나무 관세음보살 나무 관세음보살."

반 시간 여남은 시간에 걸친 할머니의 주술이 끝나면 환자는 일어나서 걸었다.

'잠밥 많이 먹었다'며 할머니가 보여 주는 바가지 안에는 쌀이 반나마 사라지고 없었다. 할머니의 이런 치성과 정성은 돈으로 거래되지 않았다. 모두 무료였다.

사회에서 퇴출된 어둠의 자식들만이 사는 속칭 화장터 하꼬방 동네에서 할머니는 샤먼이자 제사장이셨다.

거지가 와도 할머니는 그냥 돌려보내는 법이 없었다. 우리 밥상에 앉혀 함께 밥을 함께 먹게 했다. 스님이 와도 수녀님이 찾아와도 자신의 가난살이에도 불구하고 뭐라도 꼭 담아 보냈다.

'천지간에 신은 하나요 만물은 하나'라는 사실을 할머니는 자신의 실천으로 내게 가르쳐 주셨다.

    할머니는 내가 재수하던 시절에 하늘나라로 떠나셨다.
    거칠게 마지막 숨을 몰아쉬던 할머니는 외출했던 내가 돌아오자 마지막 숨을 거두고 떠나셨다.
    하얀 나비가 되어 날아가셨다.
    어린 시절 나의 엄마이기도 했고 수호신이기도 했던 할머니는 만신(萬神)이 되어 이승을 떠나셨다.
    인생은 한순간의 호접몽(胡蝶夢)이었던가!
    그때, 그 아이였던 내가 이제 할머니 나이가 되었다.

    수미산 정상에서 겨자씨 한 알을 지상에 던지고 이어서 바늘 하나를 던졌을 때, 그 바늘이 하필이면 그 겨자씨에 꽂히는 확률이 인간으로 태어날 확률이라고 부처님은 말씀하셨다. 인간으로 태어날 확률이 과학적으로 400조분의 1이라는 말보다 훨씬 은유적 표현이다.
    수많은 국가 중에 한국에서 함께 태어나고 아내와 내가 부부로 만날 확률과 내 새끼들이 내 가족의 한 사람으로 만날 확률은 그야말로 무량대수(無量大數)이고 불가사의(不可思議)가 아닐 수 없다. 억겁(億劫)의 인연이 아니고서는 설명하기 어려울 정도다.

    큰딸 소피가 시집을 가서 아기를 순산해서 내게도 손자가 생겼다.
    일타쌍피, 이란성 쌍둥이!

할머니가 내게 보내 준 귀한 선물 같았다.

여섯 살 쌍둥이가 어쩌다 익산에 내려오면 집 안을 완전 난장판으로 만들어 버린다. 새벽잠도 없다. 할아버지 할머니가 잠든 침대 사이로 꼬물꼬물 기어든다.

샤넬에게 묻는다. 샤넬은 이란성 쌍둥이 중 딸 손녀에게 붙인 애칭이다.

샤넬! 익산 할아버지와 서울 할아버지 중 누가 더 좋아?

서울 할아버지가 1등, 익산 할아버지는 2등!

왜 2등인데?

몸을 반쯤 일으키며 나는 반문했다.

응, 익산 할아버지는 돈이 없어! 둘째는 익산 할아버지는 서울 할아버지보다 못생겼어!

의문의 이패(二敗)에 나는 기가 막혔다.

이번에는 샤넬이 내게 묻는다.

할아버지, 나 팔면 얼마 받아?

팔다니? 왜?

나는 놀라서 묻는다.

응, 나 팔아서 그 돈 써.

눈물이 날 정도로 나는 웃었다.

어린이는 마음의 불치병도 치료한다더니 하루만 생각하고 하루가 전 생애인 것처럼 살고 있던 우리 부부를 샤넬은 천국으로 밀어 넣었다.

손주들의 방문은 하루치 행복 처방약으로 충분했다. 신이 있다면 그분은 어린아이의 모습으로 존재 하실 것이 분명하다. 그 사랑을 통해서 우리는 매일 신의 존재를 확인할 수 있으니, 어린이가 없는 천국이라면 나는 가고 싶지 않다.

아드리안(Adrian)처럼 잘생긴 '아드리'와 센스쟁이 '샤넬(Chanel)', 눈에 넣어도 아프지 않을 손자들을 내가 생각하는 만큼 나의 할머니도 나를 사랑하지 않았을까!

할머니는 나를 두고 어찌 눈을 감으셨을까!

이제 가면 언제 오나
북망산천 가는 길이
그리도 서러운가요
우리네 세상살이 하룻밤 꿈인가요
잘났다 잘난 체 말고
못났다 원망 말아요
바람처럼 머물다 가는 인생
다 그렇게 사는 거지
어허어, 어허이 ~ 어허 넘자 어허어~

동네 사람들이 돈을 모아 마련한 꽃상여를 타고 너울너울 춤을 추며 할머니는 북망산천으로 떠나셨다.

바람처럼 순식간에 50년이 지났고 '그때, 그 아인' 낼모레면 종심
(從心)을 눈앞에 두고 있다.

아이들이 다 떠나고 나자, 아내는 내 입안으로 아마사탕 한 알을
쏘옥 넣어주며 말했다.

당신의 역할은 끝났어요!
좋은 씨를 준 것만으로도 당신의 할 일은 끝났어요.

아~ 잠이 온다.
금홍아, 금홍아....!

귀촌

우리도 초원 위에 전원주택을 짓고 살아요.

어느 날 저녁, 식사를 마친 아내는 내게 유행가 가사 같은 말을 던졌다.

그런 땅이 우리가 어디 있는데?

삼기에 땅이 있잖아요?

내 질문에 기다렸다는 듯이 아내는 삼기 땅을 이야기했다. 순간적인 감정으로 오래전에 매입한 땅은 가든 하나에 창고 세 동을 제외하고 논이 전부인 땅이었다.

아들 등하교는 어떻게 하고?

버스도 다니고 필요하면 차로 등하교해 주면 되잖아요?

마치 준비해 둔 말처럼 아내는 따박따박 대답한다.

아내는 빈말 따위는 하지 않는 사람이다.

시내 중심가 영화관과 붙어 있는 아파트는 게으른 내가 살기에 정말 편한 장소였다. 대형마트와 병원도 가깝지, 내가 좋아하는 족발 순댓집이 모두, 걸어서 5분 거리 안에 있다. 주말이면 누워 빈둥거리다 잠옷 바람으로 옆집 마실 가듯 영화관에 들락거렸다.

텃밭도 가꾸며 풀벌레 소리를 들어가며 장작불 피우고 친구들 불러 삼겹살도 구워 먹으며 살아요.

어린아이 눈빛처럼 아내의 눈빛은 간절하고 진지했다.

전원주택이라…. 흠, 좋아! 묻고 따블로 가~!

부부는 살면서 닮는다고 아내의 한마디에 나는 전원주택을 짓기로 결정했다.

삼기는 익산시에서 차로 12km 떨어진 미륵산 옆 자락에 있는 마을이다. 이곳에 집을 지으려 하자 창고 안에 물건이 가득했다.

창고를 비워 달라고 요청하자 물건 주인은 이사 비용을 달라고 요구했다.

경매로 땅과 창고를 날린 전 주인은 땅을 경락받은 서울 사람에게 청구하지 않았던 이사비용을 내게 청구했다.

서울 사람으로부터 이 땅을 매입하고 몇 년을 방치해 두었던 게 화근이었다. 할 수 없이 이사비를 주었다.

그는 또 다른 요구도 하였다. 진입로 주변 벚나무들을 자신이 심어 놓았으니, 나뭇값을 쳐 달라고 했다. 천오백만 원을 요구하였다. 내가 경매받은 땅도 아니고 자신이 공유지에 심어 놓은 나뭇값을 달라는 것은 터무니없는 요구였다. 자신이 하던 사업이 망하고 경매까지 당한 처지이니 힘들고 오직 궁색하랴 싶어 나뭇값을 내주었다.

전원주택을 지으려면 도시가스와 수도, 전기등도 철저히 점검해야 한다. 밤에도 와보고 비가 올 때나 눈이 올 때도 와서 보고 챙겨야 한다. 그러나 나는 이것저것 무시하고 용감하게 집을 짓기 시작했다. 창고 세 동이 있던 자리에 두 동을 허물고 평지를 만들었다.

허름한 가든을 털어내고 카페로 탈바꿈시켰다.

집을 한참 짓던 어느 날, 집터 바로 뒤에 있는 야산에 올라갔다.

숲으로 뒤덮여 있어서 전혀 몰랐는데 숲 안으로 들어가자 수많은 묘지들이 가득 들어서 있었다. 확인해 보니 한국전쟁 때 죽은 무명용사와 행불자들을 묻어 놓은 시립 공동묘지였다. 무연고 묘택이라 오가는 사람 하나 없는 수백구의 묘택이 그대로 방치되어 있었다.

가까운 민가라고는 사방 사오백 미터 주위에 한 채 있을 뿐, 그야말로 공동묘지 옆에다 주택을 신축하고 있던 거였다. 아내가 알면 기절초풍할 것 같아서 아무 말도 하지 않았다. 낮에는 고라니와 오소리가 뛰어다니고 밤이면 연못에서 수달이 나와 돌아다니고 있었다. 뱀들은 여기저기에서 출몰하고 밤이면 숲모기들이 우글거렸다.

집을 다 짓고 얼마 후 창고의 물건을 빼간 그는 내 앞에 다시 나타났다. 저수지에 물을 대기 위해 개발한 관정 값을 달라고 요구하였다. 저수지를 임대받아 사업을 하던 그는 자신의 필요에 의해 관정을 파고 저수지에 물을 공급했다. 관정을 사용할 필요가 없는 내가 관정 값을 지불해야 할 이유는 없었다. 관정을 떼어가라고 했다. 관정 값을 뜯어내려 작정하고 온 그는 날뛰기 시작했다.

성격은 얼굴에 나타나고 본심은 태도에 나타난다. 그리고 감정은 음성에 나타난다. 나보다 몇 살 위인 그는 거칠었다. 말이 통하지 않자, 그는 주먹을 휘둘렀다. 말씨름을 말리려는 사람들 어깨 너머로 그는 갑자기 주먹을 날렸다. 갑작스러운 그의 주먹질로 내가 쓰고 있던 안경이 날아가고 안경알은 박살이 났다. 주먹으로 자신의 힘을 과시하던 때를 포함해 물리적 드잡이에서 단 한 번도 맞아 본 적이 없었던 나는 그의 무모한 시도에 어이없이 당하고 말았다.

자신과 부동산 계약을 한 것도 아니고 경매로 넘어간 건물을 인수한 제 3자인 내게 와서 지상물에 대해 소유권을 주장한다는 것은 엇나가도 한참 빗나간 처사였다.

주위 사람들이 말리지 않았으면 큰 사달이 났을 것이다.

경찰서까지 불려 가 조사를 받던 도중에 조사관이 오죽하면 '기소해 버릴까요'라고 내 의중을 물어볼 정도였다. 나중에 마을에서 들은 그의 소문은 아주 고약했고 형편없었다. 그와 부딪히지 않은 사람이 없을 정도였다. 본인만 모르고 있었다.

조용히 넘어가기로 하고 경찰서를 나왔다.

형님! 형님 불편하게 하는 놈 딱 한 놈만 짚어 주세요! 형님 마음 편안하게 해 드리겠습니다.

사나운 동생들도 주변에 많았지만 나는 외면했다.

나의 귀촌에 방해만 될 뿐이다.

시골이 시골 같지 않았고 7~80년대 TV에 나오는 '전원일기' 인심은 동화책에나 나온다.

사람이 없어 보면 안다. 사흘 굶어 담 넘지 않은 사람 없다. 막다른 골목에 서 있는 사람의 절망감은 당해 보지 않으면 모른다. 씩씩 거리는 그에게 관정 값을 보내 주었다.

전기 스위치를 올리면 벌건 녹물이 나오는 관정, 몇 년을 사용하지 않은 채 방치해 두었던 오래된 관정을 나는 떠안았다.

블러핑만 잘하면 나도 내다 팔겠네. 당신은 바보 멍충이야! 어쩜, 세상에 그렇게 악질들이 많아?

아내는 분에 못 이겨 씩씩거렸다.

낡은 가든을 시가의 두 배를 주고 사질 않나 부동산 업자에게 눈탱이까지 제대로 맞더니 이제는 관정 값까지 물어 주느냐고 아내는 펄펄 뛰었다.

남자라면 다시는 내 앞에 나타나지 않을 거야.

아내 앞에서 큰소리쳤지만, 그는 여지없이 내 기대를 무너뜨렸다. 그는 또 다른 주장을 했다.

저수지 연못 6천 평에 딸린 열 평 정도의 자그마한 땅은 자기 소유이며 이것까지는 팔지 않았다는 것이다.

남편에게 한 번 매 맞는 여자는 평생을 두고 매를 맞는다. 그에게 만만한 호구로 낙인찍힌 나는 그의 좋은 사냥감이었다.

경매로 넘어갈 때 크다고 넘어가고 작다고 넘어가지 않는 부동산은 없다. 경매자의 소유로 된 필지는 법적으로 모조리 경매물건으로 처분되고 소유권은 낙찰자에게 등기가 넘어가게 되어있다. 그의 소유권은 경매로 인해 낙찰자에게 넘어가고 낙찰자로부터 내가 인수했으니 그의 말은 터무니도 없을 뿐 아니라 등기부 등본상에도 엄연히 내 앞으로 되어있는 사실을 두고 그는 거짓말을 했다.

떠나간 여자는 붙잡는 법이 아닌데 그는 놓쳐버린 그의 부동산에 대한 애착과 미련을 버리지 못하고 애면글면하고 있었다.

그가 오거나 말거나 더 이상 대꾸를 하지 않았다.

분노는 벌겋게 달군 갈탄과 같다. 집어 던지는데 받으면 내가 바본데 인정에 끌려 나는 그를 오랫동안 사람 취급했다.

나는 더 이상 그를 상대하지 않았다. 그러자 그는 조용히 떠났다.

누구와도 다투고 싶지 않았다. 귀촌이라면 귀촌일 내 나머지 인생의 걸림돌을 만들고 싶지 않았다.

시간이 지나면 또 함께 지낼 이웃이기도 했기 때문이었다.

나의 맹세와 다짐은 그렇게 늘 흐지부지했다.

누군가가 나에게 복수를 부탁한다면 다짐은 하되 며칠 후 나는 그와 함께 주막집에 앉아 있을 것이다.

천지가 봄기운으로 넘쳐나고 있었다.

벚꽃과 개나리꽃은 더 이상 기다릴 수 없다는 듯이 서둘러 꽃망울들을 터뜨리고 있었다. 따사로운 봄빛 아래 연두색 어린잎들이 앞다퉈 돋아나고 있었다. 혹독하고 추운 겨울 동안 힘들어 죽을 뻔했다고 나뭇가지들은 쭉쭉 기지개를 켜는 찬란한 봄이다. 잔디와 쑥부쟁이와 개망초들이 봄의 향연을 즐기고 있는 이 봄날에 인간들의 욕심이 얼마나 부질없는 것인가를 대자연은 봄기운으로 말해 주고 있었다.

음력 사월 초파일이 지나고 부처님도 배곯던 보릿고개가 지나자 미륵산에도 어김없이 새들이 찾아왔다.

번식철이 찾아오자
검은등 뻐꾸기는 밤이고 낮이고 '홀딱 벗자'고 구애하고
붓다 새(Budda bird)는 '꾸욱 꾸욱' 참으라고 말린다.
멧비둘기는 '끅끅' 웃음을 눌러 참고
호로새는 '호호호호' 웃음을 터뜨리며 사라진다.
미륵산 군기반장 산까투리는 모든 게 부질없다고 '꿩꿩' 소리친다.

지난해 영글었던 연자방이 터지며 새로운 꽃대궁을 밀어 올리고 있다. 부처님 방석만 한 연잎들이 가느다란 꽃대궁에 의지해 위태롭게 흔들리고 있다.
이제염오(離諸染汗)
진흙탕에서 자라지만 진흙에 물들지 아니하고
계향충만(戒香充滿)
꽃이 피면 시궁창 냄새는 사라지고 연꽃 향기 가득하니
중생 속으로 들어가 진리를 설파하신 부처님 뜻도 이와 다르지 않았으리라. 진흙탕 속에서 묻혀 살아도 흙탕물을 허락하지 않는 연잎처럼 마음을 어디에 두고 살아도 항상 청정한 마음을 잃지 말고 살아야 한다고 연화(蓮花)는 말하고 있다.

국민학교 일 학년이나 되었을까!

한 무리의 아이들이 재잘거리며 학교 문을 나서고 있다.

하늘에 잔뜩 낀 먹장구름이 후드득하는 소리와 함께 한 아이가 학교 앞 연방죽으로 쪼르르 달려갔다.

키 큰 연잎 하나 뚝 따, 머리에 얹자 뒤따르던 친구들이 똑같이 따라 했다. 연잎 쓴 서로의 모습에 우스워 까르르 웃기 시작했다. 빗줄기가 굵어지자, 아이들은 서둘러 집으로 뛰기 시작했다.

옛날, 옛날, 아주 먼 옛날 배곯던 어린 시절, 세상 걱정 근심 없이 살던 극락정토(極樂淨土) 시절 이야기다.

아, 나는 세상 모르고 살았노라!

권력

삼기는 23㎢의 작은 면에 불과하다.

인구도 다 합해봐야 2천5백 명을 넘지 않는다.

밭과 논이 대부분이고 고구마가 주산물이다.

면(面)이라고 해 봤자, 변변한 다방 하나 맥줏집 하나 없는 작은 면 소재지에 불과하다. 파출소와 농협이 하나씩 있고 걸어서 10분이면 중심지를 다 둘러볼 수 있는 작은 농촌 마을이다.

중학교와 초등학교가 하나씩 있지만 이농현상과 인구감소로 인해 학교는 소멸되어 가고 있다.

삼기중학교 학생 수를 전부 합해봐야 16명에 불과하고 석불초등학교 학생 수도 7명이 고작이다. 한 학급 인원수가 아니라 전체 학생 수가 그렇다. 7명 중 5명이 다문화 가정 출신이다. 그나마 1학년과 5학년은 아예 없다. 농촌에는 젊은이뿐만이 아니라 어린이가 없다.

농촌인구가 감소하는 데에는 다 이유가 있다.

산업화로 인한 도시화는 이농을 부채질하고 있고 교육 기회와 다양한 문화와 인프라 서비스, 사회적 네트워크 등의 편의성과 접근성을 이유로 농촌을 떠나 도시로 나갈 수밖에 없다. 이러한 이농현상은 막을 길이 없고 갈수록 심화되고 있다.

　삼기는 교통의 요충지다. 전북과 충남의 경계선에 위치하고 있다. 익산과 충남을 잇는 하나로 도로가 연무IC까지 아우토반처럼 개통되어 있다. 이곳 연동제와 석불사는 익산 미륵사지에서 5분 거리에 중심권에서 12분 거리에 위치하고 있다.

　선화공주와 백제 무왕의 전설을 간직한 미륵사는 7세기경 창건되었다. 유네스코가 지정한 백제 고도의 유명 사찰이다. 하지만 언제 유실되었는지 모른 채 석탑 하나만 덩그러니 서 있을 뿐이다. 대한민국 국보 11호인 미륵사지 석탑은 백제문화와 익산을 대표하는 소중한 국가 유산임에도 불구하고 미륵사는 복원되지 않고 있는 까닭에 유적지로서 제 기능을 발휘하지 못하고 있다.

　관광은 굴뚝 없는 6차 산업이다.

　관광 소재가 없으면, 만들고 개발하면 된다.

　남원 춘향이나 순천만 생태습지는 '전설'을 발전시키고 '환경'을 최적화시켜 관광 소득을 창출한 케이스다. 예산 부족을 말하지만, 그 역할과 노력을 경주하는 제대로 된 선량(選良)이 있다는 소리를 나는 들어 보지 못했다.

　미륵사 주변은 볼거리가 부족하고 숙박할 곳이 마땅치 않으니 관광객들은 미륵사지 탑 하나 보고 전주 한옥마을로 넘어간다. 그곳에서 숙박하고 거기에서 돈을 쓴다. 그러니 미륵사지 옆에 붙어 있는 삼기는 낙수효과도 없다.

삼기에는 농공단지와 3공단 4공단이 들어왔고 5공단이 곧 들어온다. 3공단에서 1분 거리에 있는 연동제 호수를 개발하면 공단에 입주해 있는 산업체 근로자들이나 시민들의 좋은 휴식공간이 되겠다고 판단한 나는 삼기면으로 들어올 때, 연동제 호수 주변의 땅을 더 매입하여 나인 홀 골프장을 만들거나 관광농원 단지를 만들고 싶었다.

마침, 미륵산 권역 발전 사업을 위한 발전위원회가 구성되고 예산 40여억 원이 배정되었다. 그중 연동제 호수 주변 데크 설치사업 일환으로 약 4억 원의 예산까지 책정되었다.

연동제 뒤편에 주택과 카페를 짓고 정착한 나는 발전위원회를 찾아갔다. 지역발전을 위해 더 큰 시너지가 될 수 있겠다는 판단에서 개인적 편입을 요청했다. 그러나 그들은 나의 제안을 거절했다.

식사 자리를 마련하겠다는 내 제안에도 단호히 거절했다. 이상한 일이었다. 결국 개발사업은 취소되었다. 나중에 알고 보니 목소리 큰 발전위원들의 이권이 보이는 인근 마을 체험시설로 예산을 몰빵해 버렸다.

삼기면 부락 주민들의 불만과 원성은 대단했다. 면장님을 찾아가 사업계획서를 보여 주며 도움을 요청했다. 이장님들의 도장만 받으면 시 예산으로 얼마든지 가능한 사업이었지만 공무원들은 미동조차 하지 않았다.

마침내 염원하던 기회가 왔다. 중앙 정치에서 활발하게 의정활동을 하고 있는 이 지역구 여성 국회의원 한 분이 연동제 데크시설 개발을 위해 특별 교부 자금 10억 원을 받아왔다. 익산시 예산으로 전환시켜 이 사업을 진행하기로 시와 협의되었다.

이번에는 지역구 시 의원들이 반대했다.

당(黨)이 다른데 '다른 당 의원'에게 좋은 일 시켜줄 수 없다는 게 이유였다. 예산을 받아 온 국회의원과 시의회를 장악하고 있는 시 의원들의 당이 다르다는 이유였다. 지자체 선거가 코 앞에 다가왔기 때문이었다. 삼기를 지역구로 두고 있는 시 의원들조차 '소규모 영향평가 조사'를 위한 예산을 집행하지 않았다.

결국 예산 10억도 날려 버렸다.

지역발전과 민원도 당파 싸움 앞에서 힘을 쓰지 못했다.

정치 바닥에 발을 들여놓지 않은 사실에 나는 처음으로 후회했다.

대학 졸업 후, 나는 서울 마포에 있는 자그마한 무역회사에 면접을 보러 갔다. 사장은 내게 미국 시사 주간지 'TIME'지를 던져 주며 읽고 해석해 보라고 했다.

늦깎이로 시작한 공부였지만 나는 꽤 괜찮은 성적으로 대학을 졸업했다. 나는 4년 동안 학비 전액을 면제받았다. 사장은 내게 김포공항에 가서 바이어를 픽업해 오라고 했다. 우리 시대 대학생들은 외국인과의 회화 경험은 거의 드물었고 군산 기지나 가야 외국인을 만날 수 있었다. 문법과 독해는 얼마든지 가능했으나 언어 소통이 문제였다. 하지만 나에게 퇴로는 없었다. 김포공항에서 외국인 바이어를 픽업해서 차에 태웠다. 서울역 앞에 있는 대우빌딩 뒤 힐튼호텔까지 가면서 단어와 문장을 연결시키며 나 혼자 떠벌렸다. 유대인이었던 외국인 바이어는 배운 사람이었다. 다 알아듣는 척해주었다. 업무를 끝내고 바이어를 데리고 남대문 시장부터 저녁 술자리까지 며칠간 나 혼자 '시다바리'를 다했다. 떠날 날이 되자 그는 기대보다 더 많은 오더를 우리 회사에 주고 갔다.

그 이후 모든 바이어들과 외국인 여성 디자이너들의 일정과 상담을 담당했다. 공항에서의 픽업부터 출국일까지 그들과 동행하고 함께 생활했다. 우리 회사의 제품 퀄리티는 최상급이었고 납기일은 철저했다. 회사 신용은 최상급이었다. 미국 뉴욕으로부터의 수출주문은 넘쳐났고 오히려 오더를 줄여야 할 정도였다. 12개 공장을 풀가동 시켰고 밤낮없이 선적했다.

쿼타가 부족하여 한일합섬이나 대우에서 소진하지 못한 쿼타를 빌려 수출할 정도였다. 회사 인맥을 풀가동해 중앙 정치인들이나 대기업 회장에게 부탁해 쿼타를 받아 수출하기도 하였다.

나중에는 사무실이 작아서 강남 테헤란로가 보이는 강남 역삼동으로 회사를 옮겼다. 납기일을 맞추고 선적을 위해 야근을 밥 먹듯이 했다. 회사는 1년 만에 700만 불을 수출할 정도로 일취월장하였다. 우리 회사의 섬유 수출 실적은 그 당시 대기업 섬유수출에 버금가는 실적이었다.

회사 오너는 내게 '장가' 가라고 했다.

돈이 없다고 했다. 그는 그 자리에서 내게 자기앞 수표 700만 원을 끊어 주었다. 그 돈으로 성남에 9평짜리 집을 얻고 장가도 갔다.

그 돈이 없었으면 아내는 지금도 나를 기다리고 있을 것이다. 아니면 망부석이 되었거나…. 37년 전의 일이다.

"자네는 역동적이고 정무적 감각도 그만하면 됐다. 내 보좌관으로 와서 나를 도와달라." 그 당시 민정당 정치 거물이 내게 한 말이다.

중앙 정치인들의 러브콜을 그때 받았다. 할 일이 많았고 하고 싶은 일도 너무 많아 정치는 내 인생의 간이역으로도 포함시키지도 않았을 때다.

회사가 확장되고 미국 뉴욕 지사장으로 파견해 달라는 나의 요청을 회사에서는 받아 주지 않았다. 내가 가면 안 되는 사정이었다. 마침 회사에도 여러 가지 복합적인 문제들이 발생했다. 다니는 회사에 그만하면 됐다는 생각이 들었다. 마이크 잡고 수많은 학생들 앞에서 강의하는 게 버킷리스트(Bucket List) 중 하나였다.

전주에 내려와 고등학생들을 가르치며 동시에 '고등 영문법' 책을 집필했다. 1년간 강사 생활을 하며 영문법 책까지 완성하고 나니 나보다 잘 가르치는 사람은 없겠다는 판단이 섰다. 익산으로 넘어왔다. 익산은 아내의 고향이다. 몇 년 만에 중고등학교 3개 정도 합한 학생 수보다 많은 대형 학원으로 만들었다.

사업이 순항하니 정치나 그와 관련된 관변단체에 관심을 두지 않았다. 정치를 하려면 시민 단체나 봉사 활동 단체에도 미리미리 빨대를 꽂고 스펙도 만들어야 하는데 그럴 여력도 의지도 없었다.

지방자치는 풀뿌리 민주주의의 학습장이다.

　지역 공동체의 운영과 결정에 일반 시민들이 참여하는 민주주의의 한 형태인 지방자치는 역사가 짧다. 시민들이 학습이 덜된 이유도 있겠지만 자격 미달 정치인들을 뽑아주는 시민의식이 더 큰 문제다. 3류 정치인들을 피선하면 그들은 인맥과 카르텔을 동원하고 그와 연관된 부정부패와 비효율 등으로 지역발전의 발목을 잡거나 지방 재정을 고갈시키기도 한다.

　국가가 잘되려면 민주주의 학습이 충분히 되고 시민들의 정치의식 수준도 높아져야 한다. 당과 관계없이 인물과 실력을 보고 표를 던져야 한다. 그래야 자기보다 못한 사람의 지배를 피할 수 있고 지역발전을 기할 수 있다.

　고질적인 지역주의를 타파해야 민주주의와 국가 경제가 발전할 수 있다. 그 사실을 알면서도 유권자들은 선거철만 되면 정치인들의 당리당략에 의해서 이용당하고 정치적 희생물을 자처하고 있다.

　천지가 개벽된 글로벌 시대에 국가의 이익과 국민의 국리민복을 생각한다면 고질적인 '지역감정'이라는 소아병적인 사고에서 벗어나야 한다.

　우리는 정치인에게 옳고 바른 일 하라고 권력을 맡긴다. 하지만 정치인들은 권력을 위대한 벼슬로 착각하고 있다. 일개 평민이었던 자에게 완장을 채워주는 순간, 그는 호민관이 되고 관료 조직을 호령한다.

　지역사회의 발전과 이익을 위해 책임감과 균형감각을 가지고 일하라고 시의원들도 뽑는다. 하지만 정치인들은 관료조직과 결탁하여 자신의 이익과 권력을 극대화하기 위해 선거에 나간다.

일부 정치인은 선거와 승리 그리고 벼슬에만 관심있다.

마땅한 직업이 없는 사람들도 시민 단체에서 일한 경력을 이용하여 선거판에 뛰어드는 생계형 정치인들도 적지 않다.

"권력은 궁극적인 화폐다(Power is the ultimate currency)"라는 말이 있다.

권력과 화폐는 인간의 도덕성과 인간성을 시험한다. 특히 정치인들은 돈과 권력의 유혹에 노출되어 있다. 개인의 사익과 욕심은 공리주의와 배치된다. 정치인들은 오직 시민과 국민을 위해서 일해야 한다. 헌신과 봉사할 정신이 아니라면 그 자리는 쳐다보지도 말아야 한다.

'소명으로서의 정치'라는 책에서 막스베버는 정치인이 갖춰야할 덕목으로 '열정, 책임감 그리고 균형감각' 이 세 가지를 꼽았다.

관료들은 국가와 국민을 위하여 일하는 조직이다. 하지만 정치인들은 그 조직의 이익과 자신의 권력을 극대화하기 위해 일한다.

나는 수십 년 동안 정치판을 관망했다.

시민의식을 가지고 시민을 위해 헌신적으로 일하는 정치인을 나는 단 한 명도 보지 못했다. 다음 세대를 생각하고 일하는 정치인 또한 없었다. 그들은 오직 자신의 다음 선거와 당대 자신의 이익을 위해 일한다. 지역 주민을 위한다는 말은 자신의 이익과 목적을 위한 수단일 뿐이다. 정치인은 자신이 누릴 권력에 도취되기에 앞서 감당해야 할 권력을 책임있게 수행할 자질과 역량을 갖췄는지 스스로에게 물어봐야 한다. 선한 동기가 있는가! 폭력적이고 악마적인 협소한 이익과 파벌 본능에서 벗어나 온갖 유혹과 어려움을 견뎌낼 의지는 있는가! 그럼에도 불구하고 냉정하고 균형잡힌 판단력을 유지하고 단호한 결단을 내릴 수 있는가!

정치판에 뛰어들지 않은 과거를 나는 요즘처럼 후회한 적은 없다.

온정주의(溫情主義)가 강한 당신이야말로 정치할 자격 없어요. 남의 부탁도 냉정하게 거절할 줄 알아야 좋은 정치인이 되는 거에요. 팔랑귀인 당신은 어떤 유혹에도 잘 넘어가는 사람이잖아요. 남들이 광 판다고 그 판에 기웃거리지 말아요. 훈수도 두지 말아요. 정치판에 뛰어들려면 도장찍고 나가세요.

나는 아내로부터 날갯죽지가 진즉 다 꺾인 사람이다.

아, 귀촌은 힘들고 정치는 더욱 힘들다.

그때, 그 아이

　라이트 브라운톤의 바바리코트를 입은 한 노신사가 카페 문을 열고 조용히 들어왔다. 이윽고 그는 구석진 빈자리를 찾아 앉았다. 국화와 베고니아꽃들은 시든 지 오래고 패랭이꽃과 작약이 핀 그 자리는 흔적으로만 남아 그 자리가 자신의 꽃자리였음을 말해주는 늦가을 해 질 녘 무렵이었다. 노신사는 주문한 커피를 마시며 창밖 호숫가를 조용히 바라본다. 뜨거웠던 지난 여름에 대한 미련 때문인가. 진녹의 연잎들이 갈색으로 탈색되어 수면 아래로 지친 고개를 축 늘어뜨리고 군데군데 서 있었다. 반나마 잠긴 연잎대롱과 수풀 사이를 청둥오리들이 무리지어 수초들을 헤집고 다니는 모습을 남자는 조용히 바라보고 있었다.

　이윽고 노신사는 자신의 호주머니에서 핸드폰을 꺼내 버튼을 누른다. 반대편 구석진 자리에 앉아 책의 마지막 교정을 보고 있던 내 책상 위 핸드폰이 울렸다. 자신이 누른 버튼에 맞춰 뒤쪽 구석진 자리에서 벨소리가 나자 남자는 뒤를 돌아봤다. 한 공간에서 울리는 연결음에 놀라 우리는 서로 자리에서 일어났다. 나는 엉거주춤하고 서 있는 노신사에게 다가갔다.

어! 친구 웬일이야. 자네가 맞았구먼. 눈이 침침해 긴가민가 했더니 자네가 맞았어. 유붕이 자원방래 하다니! 아. 이렇게 반가울수가!

누구랄 것도 없이 우리는 서로 반갑게 껴안았다.

어떻게 살아? 하는 일은 잘 되고? 보고 싶기도 하고 궁금하기도 해서 지나는 길에 들렀어.

친구는 환하게 웃으며 손을 내밀었다.

반가워 반가워! 이렇게 와 주다니! 소리 소문도 없이. 눈이 침침해 긴가민가 했어. 설마 자네일 줄은 꿈에도 생각지 못했어. 우리는 오래도록 서로의 손을 놓지 못했다.

고등학교 1학년 때 만난 내 친구는 국립대 영문과를 우수한 성적으로 졸업하고 모교에서 한평생 영어를 가르치다 몇 년 전 퇴직했다. 내 친구는 '죽은 시인의 사회'에 나오는 '키팅 선생' 같은 존재였다. 아이들을 사랑하고 공부보다 인생을 가르치려 노력한 진정한 사표(師表)였다. 퇴직 후 쉴 법도 하건만 내 친구는 퇴직하자마자 한국방송통신대학에 등록해 버렸다.

흑인문학으로 영문학 박사까지 수료한 친구는 중국어를 공부하기 위해 방송통신대학교 중어중문학과에 입학했다. 십여 년 동안 고등학교 3학년 입시반 영어만 줄기차게 맡아 온 친구이니 영어에 관한 한 최고수인 셈인데 예순하나 나이로 중국문학에 도전한 것이다.

공부 질리지 않았어? 평생 공부 그 정도면 된 거 아닌가?

응, 시(詩)가 좋아서. 이백도 좋고 두보는 더 좋아! 중국 한시를 원문으로 읽고 싶어서 시작했는데 너무 선택을 잘한 거 같아! 지금은 논어 맹자를 읽고 있는데 중국의 역사 문학 철학까지 공부하고 있어. 그런데도 많이 부족해….

말하는 친구의 머리에는 서리가 하얗게 내려앉아 있었다.

하루에 대여섯 시간을 온전히 도서관에 앉아 공부하는 친구는 방송통신대학교의 교육시스템이 웬만한 국립대 수준이라고 말했다. 올해 졸업하면 일어 일문학과에 도전해서 팔십에 졸업 예정이라고 말하며 친구는 헐헐 웃었다.

'화향백리 주향천리 인향만리(花香百里 酒香千里 人香萬里)

꽃의 향이 좋다지만 백리 갈 수 없고 사람의 소문은 사방천지 만리를 갈 수 있다는 말이다. 오랜만에 찾아온 내 친구는 내가 오랫동안 잊고 지냈던 사람 냄새를 내게 보시하고 있었다.

평생 남의 집 머슴으로 논배미 몇 마지기 남겨놓고 부친이 돌아가시자 시골에서 대처(大處)로 나오게 된 이 친구를 고등학교 때 만났다. 서로가 지독히도 가난하고 불우했던 시절이었다.

순간의 소중함은 그것이 추억이 되기 전까지는 절대 알 수 없는 것이지만, 나는 그와 처음 만났던 순간을 전혀 기억하지 못한다. 학교 친구로만 기억하고 있던 내게 그는 나와 만났던 특별한 인연을 이야기했다.

시골에서 중학교를 나와 친구라고는 한 명도 없이 외롭게 학교 생활을 하던 때였거덩. 그날 나는 우연히 잘 가지도 않는 학교 앞 문방구에 앉아 있었어. 그때 어떤 시커멓게 생긴 친구가 불쑥 들어오더라. 운동을 하다 왔는지 온몸이 땀으로 흠뻑 젖었더라고. 빵을 하나 집어 드는가 싶더니 나를 흘끗 보데! 그러더니 '하나 먹어'라는 말만 남기고 바람같이 사라지더라고, 내 앞에 빵을 하나 툭 던져놓고….

생전 처음 보는 누군가가 불쑥 나타나 아무런 이유나 설명 없이 빵 하나를 던지고 사라지자, 친구는 어안이 벙벙한 채 교실로 들어왔다. 바람처럼 왔다가 바람처럼 사라진 그 친구의 모습이 오랫동안 지워지지 않았다. 누구나 어렵게 살던 그때. 자신의 허기진 배도 채우지 못하는 그 시절, 우연히 문방구점에 왔다가 처음 본 자신에게 빵을 던져 주고 말없이 사라진 다부지고 새까만 그 친구는 오랫동안 이상하고 신비한 존재로 남아 있었다.

그러던 어느 날, 공부에 지쳐 쉬는 시간 창문 밖 운동장을 내려다보는 그때, 한여름 땡볕 아래에서 몇 명 학생들과 땀을 뻘뻘 흘리며 운동을 하는 그 새까만 친구를 발견할 수 있었다.

그날 이후로 쉬는 시간만 되면 창밖을 더 자주 보게 되었으며 그때마다 다부진 그 친구는 어김없이 공을 차거나 운동을 하고 있었다. 운동을 한다기보다 가혹할 정도로 자신의 몸을 혹사하고 있는 것처럼 보였다.

같은 캠퍼스 안에서 공동체 생활을 함께 했지만 공부밖에 모르는 내 친구는 문과에서 1등급 선두 그룹에 있었고 평생 운동밖에 모르던 나는 낙제점 턱걸이에 간신히 걸린 채 학교생활을 하고 있었다.

공부는 사실 나의 근심 걱정 순위에도 들지 못했다.

가정은 가족 구성원들에게 강력한 기반을 제공한다. 가정에서 사랑과 지지를 받으며 자라는 아이들은 더 강하고 행복하게 성장할 수 있다. 그 당시 형의 가정폭력은 수위를 넘고 있었다. 가장 약하고 힘없는 가족을 공격함으로써 형은 자신의 불만과 갈등을 해소했다. 매일 밤 술만 먹고 들어오면 형은 살림을 쳐부수고 부모를 폭행했다. 형의 폭력에 온 가족은 치를 떨었고 온 식구는 무자비한 폭력 앞에서 전전긍긍했다. 부모를 방어하기 위해 나는 맨몸으로 형과 맞설 수밖에 없었고 형의 주먹과 워커발에 하루도 몸이 성할 날이 없었다. 밤마다 아수라와 같은 공포에 내몰릴 때마다 보호수단을 내 던지고 상대를 파괴시키거나 극단적인 수단을 선택하여 형이나 나, 두 사람의 비극적 운명의 종지부를 찍고야 말겠다며 나는 밤마다 울부짖었다. 거칠었던 형은 외부인들과의 폭력과 상해로 마침내 교도소와 경찰서를 들락거렸다. 불행한 가정사는 평생 나에게 가장 약한 고리가 되었다. 아무리 어려운 시절이라 해도 한 반 67명 학생, 어느 누구도 나처럼 불행한 사람은 없어 보였다.

이성 문제나 성적 등 고만고만한 고민이나 걱정거리를 안고 살아도 십여 년을 매일 가정폭력에 시달리는 학생은 찾기도 힘들었고 누구와도 함께 나눌 고민거리가 될 수 없었다.

나는 불우했고 스스로 외로웠다.

고등학교를 졸업 후, 형보다 더 거친 삶을 선택할까도 생각했다.

하지만 뒷골목 어둠의 자식들과 함께 내 청춘을 날린다고 생각하니 두렵고 끔찍했다. 무엇보다도 만용과 용기를 구분 못하고 날뛰는 그들의 폭력적인 삶은 내가 원하는 삶의 방식이 아니었다. 대단한 걸 원하지 않았지만, 세상에 나가 내가 할 수 있는 한에서 내 역할이 있다고 나는 믿었다. 그럼에도 불구하고 나는 탈출구가 없었다. 내 재적 분노와 억압된 감정을 표출시킬 수 있는 유일한 방법은 운동뿐이 없었다. 운동만이 내 정신과 육체를 온전히 학대할 수 있었다. 남들이 다 떠나고 난 빈 운동장에 남아 해 넘어 찾아오는 어둠과 어김없이 이어지는 폭력에 대한 공포를 두려운 마음으로 맞닥뜨릴 준비를 해야 했다. 덕분에 나는 공부보다 운동 잘하는 학생으로 친구들이 인식하였고 나는 실제 운동장에서 펄펄 날아다녔다.

100미터 200미터 400미터 계주에서 넓이 뛰기와 높이 뛰기는 물론 모든 구기운동 선수로 참가했으며 마침내 지쳐서 참가할 필요도 없는 마라톤까지 참석해 학생 체육대회 최고의 성적을 올렸다. 운동이 좋아서라기보다 뛰다 이대로 죽어버렸으면 하는 마음으로 나는 내 몸을 가혹하게 혹사시켰다. 그래야 불안과 공포를 잊을 수 있었다. 그 아픈 슬픔을 누구와도 공유할 수도 하고 싶지도 않았다.

서울대 불문과를 졸업하고 우리 반 담임을 맡았던 선생님이 내게 말했다. "공부에 조금만 신경 써라! 너는 서울대 체대에 가고도 남는다!"

결국 포기하고 말았지만 담임 선생님의 이 말은 평생을 두고 내가 선택하지 않은 아쉬운 '노란 단풍나무 숲길'이 되고 말았다.

고등학교 그 시절, 내가 전혀 기억하지 못하는 작은 '빵' 하나가 인연이 되어 이 친구와 나는 거의 55년을 함께 연락을 하고 산다. 그는 나의 좌절과 실패를 가볍게 보지도 들추지도 않았다. 나의 아픔을 자신의 판단과 생각으로 헤집으려 하지 않았다.

커피를 앞에 두고 친구와 나는 마주 앉았다. 오랜만에 만났지만, 여백이나 공백이 전혀 어색하지 않았다.

내 친구는 묵묵히 나를 지켜보며 조용히 웃었다.

나의 근황을 묻지도 않았다. 묻지 않았으나 다 알고 있다는 듯이 깊은 눈으로 나를 헤아렸다. 공백을 메꾸기 위해 나는 친구에게 말을 건넸다.

친구야, 자네는 걱정이 없어? 커피잔을 입에 가져가면서 나는 친구에게 물었다. 응! 걱정이 없는 게 나의 유일한 걱정이야!

평생 외벌이로 살다 은퇴한 친구의 생활이 궁금해 근황을 묻자 내 친구는 오히려 걱정거리가 없는 게 자신의 걱정거리라고 말했다.

아니, 어떻게 살아가는데 걱정이 없어?

나는 입에 들어있는 커피를 삼키지 못했다.

응, 교직 연금으로 360만 원 정도 나오는데 마누라가 그걸로 살아주데. 그중 100만 원은 내 용돈인데 막걸리 마시고 기름값 내고 사는데 그걸로 충분해. 내 친구는 잔잔하게 웃고 있었다.

말과 태도에서 나는 그의 고결한 인품과 품격을 감지할 수 있었다. 말은 조용하고 부드러웠으며 겸손하고 친절했다.

전국 방방곡곡 어디를 가도 제자들이 있어서 좋아! 병원을 가도 어디 카센타를 가도 제자들이 알고 튀어나와! 아는 체 해주어서 너무 기쁘고 고맙지. 허허….

그게 자신의 유일한 자산이라고 내 친구는 말했다.

친구는 이미 부자였고 만석꾼이었다.

친구의 길은 내가 가지 않았으나 갈 수도 있었던 길이었다.

내 자신이 그만큼 순수하지도 않았지만, 타다 남은 열망의 급행열차 맨 뒷칸 난간을 나는 항상 아슬아슬하게 붙잡고 있었다. 그 길을 갔더라면 친구처럼 아무 걱정 없이 제자들을 가르치며 소박하게 인생을 매듭지을 수 있었다는 생각에 잠시 잠겼다.

내 주변에는 사회적으로 경제적으로 크고 작은 성공을 거둔 사람들이 참 많아. 그런데 친구야! 나는 네가 내 친구라는 사실이 너무 자랑스럽고 존경스럽다.

커피잔을 내려놓으며 나는 내 친구에게 조용히 말했다.

아냐. 친구야! 나는 네가 좋아. 너의 거친 삶과 그 에너지가 너무 좋아! 변하지 마. 너는 너여야만 해! 그게 바로 너야. 인생의 행복은 각자 자신이 하고 싶은 일을 하며 사는 거라고 생각해. 나는 나로서 족하지만 너의 강력한 의지와 자유로운 영혼이 가끔 부러울 때가 있어. 지금은 힘들어도 언젠가 반드시 네가 하고 싶은 일로 잘 마무리

할 거라고 나는 믿어. 그때, 그 아이로 우리는 살아갈 수는 없지만, 그때 그 아이가 하고 싶었던 일을 포기하며 사는 성취가 무슨 의미가 있겠어?

힘들고 거칠게 살아온 나를 내 늙은 친구는 다독여 주고 있었다. 내 삶을 이해해 주고 나의 상처를 위로해 주는 친구의 한마디는 진하게 우려낸 커피 향보다 깊고 진했다.

이 근방 어디 술익는 마을 알고 있나?

친구는 내게 술 한잔하러 가자고 했다.

하루를 마감하려는 듯 한라산 너머로 가까스로 걸터앉은 태양은 마지막 붉은 노을을 토해 놓고 있었다. 우리는 만경강 자락으로 차를 몰았다.

수더분한 주인 아주머니는 우리 앞에 순두부와 막걸리를 가져다 놓았다. 내 친구는 노란 양푼잔에 막걸리가 넘치도록 그득 잔을 채웠다.

친구와 나는 목젖을 울리며 단숨에 술을 넘겼다. 잔을 내려 놓으며 나는 친구에게 물었다. 외롭지 아니한가 라고.

인간은 영원히 충족되지 않은 그리움을 가지고 사는 존재가 아닌가 생각해. 산다는 것은 그리움을 견디며 외로움을 잘 관리하며 살아가는 도리밖에 없지 않아? 모르지. 그 외로움과 허전을 메꾸기 위해 아직까지 나는 손에서 책을 놓지 못하는지도. 아침을 먹으면 도시락 싸가지고 도서관에 나가면 오후 네 시나 되어서 나와. 목표가 있으니 외롭지 않아. 나에게 외로울 틈을 주지 않으니 그리움도 잊고 사는지 몰라.

막걸리 잔을 내려 놓으며 친구는 손으로 입을 쓸었다.
나는 친구의 잔을 채워주었다.

젊은 시절 자네의 긴 방황을 가까이에서 지켜본 나는 자네가 늘 위태롭고 안쓰러웠네. 그 시대에 누구나 결핍을 달고 살았지만 밖으로 나돌 이유나 그럴 필요를 못 느끼고 살아온 나는 그나마 안주(安住)와 정도(正道)를 걸을 수 있었지.
하지만 자네는 달랐어. 그것도 많이.
특히 내가 보는 자네는 거칠고 투박했어. 학교 담치기는 기본이고 늘 다투고 싸움박질이었지. 운동으로 다져진 자네 몸은 참, 근사했지. 강철 같았고.
대학 때 미술대학 누드 모델링을 할 정도로 탄탄했어. 하느님의 모든 피조물들을 사랑했고 그들과 늘 붙어 다녔지. 근사해 보였지만 부러울 정도는 아니었어. 가는 길이 달랐고 사랑하는 방식도 달랐으니까.
김이 모락모락 나는 고등어 무우 조림을 주인 아주머니는 내 왔다. 우리는 비워진 술잔을 다시 채웠다.

예나 지금이나 많은 젊은이들이 세속적인 생각과 행동을 제거하고 사는 게 신에게 더 가까이 갈 수 있는 길이라고 생각하는 거 같

아. 하지만 그건 아니라고 봐. 그게 선이나 정의도 아니지만 인식에 도달하는 방법은 더더욱 아니라고 보거든.

많은 사람들이 이 세상이라는 여관에 잠시 머물다 떠나지만,

인식에 도달하지 못하고 살다가는 거 같아. 그럴만한 여유가 없거나 그럴 필요성을 못 느끼고 사는 거지.

나만 해도 그래. 자네가 내 길을 부러워했을지 모르겠지만, 사실 나는 그런 존재가 못돼. 오히려 나는 조르바나 골드문트처럼 살아온 자네의 삶이 더 부러울 때가 많아.

나는 식탁에 놓인 두부를 깍뚝썰기로 잘라 친구의 접시에 옮겨 담았다. 친구는 풋고추를 하나 집어 된장에 박아 입으로 가져갔다.

인식에 도달하는 길은 무어라고 봐?

나는 친구에게 물었다.

고추가 친구의 입에서 오도독 소리가 나게 씹혔다.

인식에 도달하는 길은 다양하지만 크게 나눠 두 가지 길이 있다고 봐. 정신의 길과 감각의 길.

나 같은 서생이나 학자는 세상의 본질을 이성과 논리를 통해 인식하고 표현하려 하지. 즉 개념을 통해 깨우치는 거지.

그게 불완전하다는 것을 알지만 달리 방법이 없는 것도 사실이야.

경험이나 형상을 통해 깨우치는 직관은 자네가 나보다 한 수 위야. 자네는 나 같은 사람이 겪을 수 없는 수많은 경험과 역경을 통해 자아를 찾고 실현시켰다고 생각하네. 일테면 직관적 인식이지. 형상

과 경험으로 배우고 몸으로 때워가는 자네가 오히려 나보다 확실하지 않겠어?

독수리나 늑대는 닭이나 강아지와 같은 가축으로 사는 걸 포기하고 야생으로 뛰쳐 나갔지. 그 덕분에 자유를 얻은 거고.

포식자의 먹잇감이 될지언정 형상의 세계를 터득하고 대자연의 주인으로 살다 사라지지 않는가! 진지한 방향으로 우리가 너무 멀리 왔네만, 이 세상에 살면서 자아를 찾고 실현시킨 사람이 얼마나 된다고 생각하는가! 많지 않아.

친구는 스스로 묻고 대답했다.

생각과 지성은 있으되 신념과 의지가 없는 사람이 너무 많아. 자네에게서는 오히려 그런 품이 느껴지네. 세상풍파가 가르쳐 준 넉넉한 품이.

여기까지 말하며 그는 막걸리 한 병을 더 주문했다. 병마개를 돌려 딴 뒤 그는 내 잔에 막걸리를 가득 따랐다.

그리움과 슬픔에 젖어 과거를 더듬는 나이가 되었지만,

내 오랜 친구는 추억의 부싯돌에 불꽃을 일으켜 그때 그 아이였던 나를 되찾아주고 있었다.

막걸리 한 병이 바닥을 보일쯤 친구는 내 얼굴을 찬찬히 살폈다.

말은 안 해도 자네 많이 상심해 보여. 얼굴도 좀 상했고. 사업이나 여러 가지 일로 많이 힘들겠지만, 자네는 충분히 다시 일어설 사람이야. 자네는 남들이 가지고 있지 않은 자산이 있어. 용기와 신념이야.

그 어려운 환경에서도 자네는 헤쳐 나왔어. 인식의 경계를 뛰어넘는 그러한 경험은 아무나 모방할 수 있는 게 아니야. 그런 친구를 가진 내가 오히려 행운이네. 잘 버텨줘서 고맙고 감사해!

질화로의 재 속에 묻혀있는 나의 식은 열정에 내 친구는 불을 지폈다.

인간들은 사람을 현재의 위치로 비교하고 재단한다.
과거는 중요치 않다고 말한다.
그리하여 흔적들을 지우거나 잊으려 한다.
그러나 인간은 두 개의 세상에 공존한다.
과거와 현재라는 공간에 존재하며 그 속에서 미래를 꿈꾼다.

방랑과 집시의 자유로운 영혼을 가진 한 젊은이는 인간의 감정과 충돌하며 인식에 도달하려 했다. 여성편력과 방랑생활. 살인과 죽음을 경험하고 총독의 애첩까지 간통하다 도둑으로 몰려 감옥에 갇히게 되자 친구이자 수도원장인 '나르치스'는 이 젊은이를 구하여 수도원으로 데리고 들어온다. 그 젊은이는 마리아상을 조각하다 미완성인 채로 죽음을 맞이한다.
미처 영글지 않아 방황과 일탈을 일삼았던 고등학교 그 시절, 밤새워 읽었던 헤르만 헤세의 '지(知)와 사랑'의 줄거리다.
나르치스 같았던 내 친구는 '골드문트'보다 험난하게 살아온 나를 두고 내게 말했다.

인생이란 참 묘한 거야. 우리의 과거는 남루했지만 참 아름다웠어. 그러니 가끔 꺼내 함께 보세나. 과거의 기억들이 숨을 쉴 수 있도록. 그리하여 오래된 상처가 치유될 수 있도록 하세나. 때로는 가장 큰 아픔이 가장 큰 축복이 되기도 하고 가장 길었던 기다림이 가장 아름다운 만남이 되기도 하니까말야. 자네나 나나 각자 자리에서 피워낸 선한 영향력이 있지 않겠나. 우리는 이제야 백만송이 장미를 피우고 있다고 생각하네.

　친구를 보내고 돌아오는 동쪽 하늘엔 초저녁 성긴 별들이 자신의 존재를 드러내고 있었다.

　〈나였던 그 아이는 어디 있을까
　아직 내 안에 있을까 아니면 사라졌을까?
　.....
　왜 우리는 다만 헤어지기 위해 자라는데
　그렇게 많은 시간을 썼을까?〉

　땡큐 파블로 네루다
　굿바이 마이 프렌드

꿈의 대화

전원주택 집터 바로 뒤에는 야산이 하나 있고 해발 430m 미륵산은 이 야산을 굽어 보고 있다. 숲으로 뒤덮여 있어서 잘 모르지만, 숲 안으로 들어가면 수많은 묘지가 가득 들어서 있다.

떡갈나무와 물푸레나무가 숲을 이루고 가문비나무가 군데군데 군락을 이루고 있다. 함부로 자란 아카시아는 우듬지가 꺾여 있거나 밑둥이 잘려 방치된 채 관리가 안 된 무덤들만큼이나 숲을 어지럽혔다.

한국전쟁 때 죽은 무명용사와 행불자들을 묻어 놓은 시립 공동묘지인 이곳은 무연고 묘택이라 오가는 사람도 없고 접근하는 사람 하나 없는 외로운 섬과 같다.

가까운 민가라고 해 봤자 수백 미터 떨어진 이곳에, 말 그대로 공동묘지 바로 앞에다 나는 집을 지은 것이다.

벌레만 봐도 기겁하는 아내에게 차마 이 사실을 언급할 수 없었다. 보따리 싸자고 할 게 틀림없었기 때문이다.

다만, 아들에게만 살짝 귀띔을 해줬다.

야밤중에도 미륵산을 혼자 올라다닐 정도로 무섬증이 없는 아들은 이 사실을 무덤덤하게 받아들였다.

그다음 날, 저녁 식사 후에 단둘이 있게 되자, 아들이 내게 물었다.

"아빠, 귀신이 있다고 생각하세요?"

있다고 생각하는 사람에게는 있고 없다고 생각하는 사람에게는 없어!

그런데 사람들은 왜, 귀신을 무서워 하나요?

응, 그건 사람들이 만든 상상력이지.

빛보다 어둠을, 과거보다 미래를 두려워하는 이유는 보이지 않고 경험하지 못한 차이에서 오는 선입관이지!

귀신이 없다면 영혼도 없는 거네요?

알 수 없지! 영혼이 존재하냐 존재하지 않느냐는 사람 마음에 달려 있어. 설령 존재한다고 하더라도 두려워할 대상은 아니지. 산 사람이 무섭지 죽은 사람은 무섭지 않아. 기(氣)가 방전되면 몸도 식어서 차갑게 변한다. 기가 빠지면 마음속의 불도 꺼지는 것. 그래서 열반이다. 열반이라는 말은 '해탈' 즉 '깨닫는다' 뜻도 있지만 '불을 껐다'라는 뜻이다. 따라서 귀신이나 영(靈)은 풀잎 하나 동전 한 닢 옮기지 못한다. 저기 뒷동산에 누워 있는 수많은 주검, 어느 한 영(靈)도 파묘(破墓)하고 뛰쳐 나올만한 힘이 없어. 손가락 까딱할 힘 하나도 없다고 보면 돼!

촛불 하나 끌 힘이 없는 귀신을 인간들이 무서워한다는 것은 아이러니한 일이네요.

한참 살아갈 아들과 죽음을 논한다는 게 아이러니한 일이었지만, 질문한 내용으로 봐선 이런 부분에 대해서도 자기 나름의 고민을 거쳤던 모양이다.

아빠는 인생이란 무엇이라고 생각하세요?
부자지간 이런 주제로 대화한다는 건 흔치 않은 일이다. 주제의 방향이 묵직하게 깔리자, 아들은 다른 질문으로 밀고 들어왔다. 나는 잠시 생각하다가 천천히 말을 시작했다.

삶은 부조리하지만 죽음은 공평해. 이 세상에 태어나고 싶어서 태어난 사람은 아무도 없어. 인간은 자기 의지와 무관하게 이 세상에 던져진 존재지. 그래서 인생은 억울하고 부조리하다고 생각하는 사람들이 많아. 마음이 들지 않는다고 인생을 포기할 순 없지만 어쩔 수 없다고 해서 그 환경에 순응해서 사는 것도 바람직한 일이 아니라고 생각해.
부조리한 세계에 어차피 던져졌다면 자신의 의지로 그 부조리를 꺾고 자신이 좋아하고 옳다고 생각하는 방향으로 만들며 살다가는 게 인생 아니겠어? 성취도 있고 실패도 있을 수 있지.
다 거기서 거긴데, 자신의 의지가 좌절되거나 뜻대로 되지 않는다고 삶을 포기하는 사람들은 삶을 이해하지 못했거나 또는 패배했다는 것을 스스로 인정하는 거라고 봐. 인생의 목적이 행복이었는지 자유였는지 아빠도 잘 모르겠다만, 한 가지 확실한 건 아들을 만났다는 것, 사랑하는 엄마와 누나들을 만났다는 것, 즐거울 때나 괴로울 때나 항상 함께 할 수 있는 가족을 만들었다는 것, 이것이야말로 아빠가 가장 잘한 일 중에 하나라고 생각하네.

사업이나 기타 다른 것들은 그 하위개념이라고 생각해. 아빠가 몇 번 이야기 했지만, 가정은 성(城)과 같은 거라고 보네!

불행을 몰고 들어와서는 안 되는 일종의 성역(聖域)이지.

아버지라는 존재는 성을 지키고 성역을 만들어 가는 기사(騎士)와도 같은 존재고, 아빠의 사업이 몇 번 산산조각이 났어도 그 금도(禁度)를 지키려고 참, 많이 노력했다고 생각하는데….

저는 아빠가 실패했다고 보진 않아요.

제가 아는 아빠는 이대로 가만히 계실 분이 아니라는 걸 잘 알아요. 작은 불씨만 살아있어도 산불을 일으킬 사람이잖아요. 아빠는 할 만큼 하셨고 우리 가족 누구도 아빠의 실패를 인정하지 않아요!

나의 긴 설명을 참을성 있게 듣고 있던 아들은 오히려 나를 위로하고 있었다.

부부를 제외하고 자식과 함께 근심과 걱정을 나누는 부모는 많지 않다. 딸들은 독립해서 따로 살게 되니 더욱 그럴 수밖에 없었고 대학을 막 졸업한 아들은 한집에 살다 보니 아빠의 흥망성쇠를 고스란히 지켜볼 수밖에 없었다.

자신의 생각이 없지 않았겠으나 아들은 내 일에 대해 자신의 생각을 입 밖으로 꺼낸 적이 없다.

다만, '엄마 아빠가 자신을 이 세상에 너무 늦게 태어나게 했다'는 말로 자신의 모든 감정을 대신했다.

아빠는 이제 많이 늙었다. 이 벚꽃이 열댓 번 피고 지고 나면 이 세상 사람이 아니게 될 게야. 나는 죽을 준비가 되어있다.

두렵지 않다는 것이야. 죽음만큼 공평한 게 없거든. '수의에는 호주머니가 없다'는 아일랜드 속담이 이를 잘 말해주고 있지.

올 때 빈손으로 왔으니 갈 때도 빈손으로 가라는 뜻이야.

죽음으로 가는 길은 길잡이도 필요 없어.

왜냐하면 인간은 누구나 그 종착점을 알고 있기 때문이야.

다만 망각하고 살 뿐이지.

혼(魂)은 영(靈)이고 백(魄)은 몸이다. 그래서 혼백이다. 죽으면 혼은 하늘로 올라가고 백은 땅으로 돌아간다는 말은 사실이 아니야.

인간은 자연(自然)으로 돌아갈 뿐이다.

자연은 신(神)이고 신이 자연이다.

아빠가 죽으면 화장해라. 재는 흐르는 강물에 뿌려라.

죽었다고 울지 마라. 장례식장에는 아빠가 좋아하는 음악을 틀어줘. 리스트의 '위안'이나 '탄식'도 좋다. 말러의 교향곡 5번 '아다지에토'라면 더욱 좋다.

헤어지는 마당에 어울리는 음악이지.

추모객이 오신다면 맛있는 음식으로 넉넉하게 대접해라.

아들은 조용히 자리에서 일어났다.

그리고 냉장고에 들어있는 캔맥주를 하나 꺼내왔다.

아빠, 저는 오래 안 살았지만, 아빠의 아들로 태어난 걸 너무 다행스러운 일이라고 생각해요. 술은 좋아하지 않지만, 아빠와 함께 술 마시는 시간이 저는 제일 행복해요. 아빠, 제가 성공할 때까지 오래오래 살아주세요. 그게 제 소원입니다.

담배는 물론 여자도 가까이 하지 않는 아들은 집에서 안주를 만들어 나와 함께 맥주 마시는 것을 좋아한다.

아들이 따 준 맥주잔을 입에 가져가며 말했다.

아들, 인간이 살아가면서 수많은 사람들을 만나게 된다. 보편적으로 그 나이에 맞는 또래들을 만나게 되지만 사회에 나가게 되면 그 사람의 지적 수준이나 부(富)의 규모에 맞는 사람들끼리 어울린다. 편하기 때문이지.

하지만 누구를 만나도 언행에 각별히 주의를 해야 한다.

특히 이런 사람들을 조심해라.

시간 약속을 어기는 사람을 조심해라.

작은 약속을 지키지 않는 사람, 큰 약속은 더욱 안 지킨다.

경박한 사람을 가까이 두지 마라. 생각이 수시로 변한다.

조급하고 성마른 사람을 가까이 하지 마라.

인내심이 없는 사람은 일을 그르친다.

말이 거친 사람을 조심하라.

언어는 생각의 집이다.

말이 거친 사람은 배려심이 부족하고 생각이 조악(粗惡)하다.

말이 비단결 같은 사람을 경계하라.

그 혀 밑에 칼이 들어 있다.

말과 태도는 성격에서 우려 나온다.

성격은 사람의 운명을 가른다.

그러므로 만나는 사람을 가려서 만나야 한다.

'사람을 믿지 말고 저울을 믿으라' 라는 말은 언젠가 아들이 내게 했던 말이다. 사람으로 인해 큰 상처를 받고 힘들어하는 나와 이를 오랫동안 지켜보던 아들이 서로 말하고 싶었으나 기회가 없었던 오늘, 가슴에 묻어두고 있는 이야기를 나누는 자리가 된 거 같아 의미있고 뜻깊었다.

밤은 점점 깊어 가고 있었다.

아들에게 하고 싶은 이야기가 더 있는데 마저 해도 될까?

네, 하세요! 아빠. 좋네요!

명태포에 찍어 먹을 청양고추와 마요네즈를 개어서 아들이 내왔다. 명태포와 마요네즈는 아들과 내가 좋아하는 안주다.

아들. 인생은 결과가 아닌 과정이다.

자기 자신을 완성해 가는 과정이라는 거다.

그 노정에는 수많은 고난과 역경이 도사리고 있다.

그래서 인생은 고난과 역경의 산물이라고 말한다.

고난과 역경은 외부에서 오기도 하지만 대부분은 자기 자신이 만든다. 잘못된 선택의 결과다. 그러니 어려운 결정을 할 때는 단식해라. 큰 결정을 할 때는 더 오래 단식하라.

위대한 작품은 고립의 산물이다.

또 하나, 반드시 메모하는 습관을 가져야 한다.

이 부분은 아빠가 여러 번 이야기한 거 같구나.

조선 후기 학자인 정약용 선생님이 한 말씀이 있다.

'머리를 믿지 마라. 메모하는 나의 손을 믿어라.

기억은 흐려지고 생각은 사라진다'라는 말.

아빠가 사업 미팅할 때, 다이어리 노트와 볼펜을 갖고 임하는 사람을 보면 정중한 칼잡이 같더라.

달리 보이고 신중해진다.

다른 하나는 독서 경영하라는 말이다.

독서는 자신의 지적 수준을 향상시키고 세상을 보는 능력을 확장시킨다. 또한 독서는 언어의 한계를 극복하게 해준다. 언어의 한계는 자신의 세계의 한계가 된다. 그러니 틈틈이 독서하고 글을 써라. 독서는 시간을 내서 하는 게 아니다. '천국이 있다면 그것은 거대한 도서관에 지나지 않을 것'이라는 말도 있다.

아들과 나는 서로의 생각을 나누며 살았지만, 오늘 같은 이야기는 어쩌면 살아생전 다시 할 것 같지 않았다. 나의 긴 이야기를 가만히 듣고 있던 아들은 내게 물었다.

아빠, 저도 물어볼 게 있어요.

인간은 근본적으로 선합니까, 아니면 믿을 수 없는 존재인가요?

사람으로부터 배신과 상처를 염두에 두고 인간에 대한 본성에 의문을 가지고 있던 아들은 무거운 주제를 들고 나왔다.

아빠는 근본적으로 성선설이나 성악설 따위를 믿지 않는다.
성선설은 인간의 본성은 본래 선(善)하다고 보며 '인간은 누구나 측은하게 여기는 마음, 부끄러워하는 마음, 옳고 그름의 판단할 능력' 등, 이런 심성은 타고 난다는 논리이다. 그래서 선(善)이다. 이런 기본적인 능력은 수양을 통해 한 단계 높은 개념인 인의예지(仁義禮智)로 발전하는데 이런 개념을 통틀어 덕(德)이라고 한단다.
반면, 성악설은 인간의 본성은 악(惡)하다는 관점이다.
인간은 태어나면서부터 악하다가 아니라 태어나면서 악을 행할 가능성이 많다는 이론이지.
성선설이나 성악설은 일면 수긍이 가는 부분이 없지 않으나 아빤 전적으로 동의하기는 어렵다.
나는 오히려 고자(告子)의 성무선악설(性無善惡說)에 한 표다. 무엇보다도 이름부터 썩 마음에 든다.
아들은 웃지 않았다. 우리 가족들이 모이면 이런 정도의 성적 농담은 수위에도 미치지 못한다. 나는 하던 이야기를 계속 이어갔다.
성무성악설(性無善惡說)은 인간의 본성은 선하지도 악하지도 않다는 주장이다.
인간은 자연 상태 그대로 순순하게 태어났으며 어떤 환경 속에서 자라느냐에 따라 선한 사람도 악한 사람도 될 수 있다는 논리다. 선한 쪽으로 이끌면 선한 인간이 되고 악한 쪽으로 이끌면 악한 인간이 된다는 말이다.

　가정교육이나 학교 교육 그리고 사회적 환경과 인간관계가 아주 중요하다고 볼 수 있다.

　그러나 자신의 이익과 욕망을 충족시키기 위해 도덕과 양심, 정의와 의리 등을 깡그리 무시하고 자신의 이익과 욕망을 본능적으로 채워가는 사람들이 세상에는 너무 많다.

　그들의 도구는 위선과 거짓말이다.

　자신의 욕심과 욕망에 포커스를 맞추고 살아가니 세상의 물질과 인간이 모두 그들의 '사냥감'이다.

　돈이면 모든 것이 가능하다고 생각하는 사람들이다.

　돈을 위해 자신의 영혼을 파는 사람들이다.

　삶의 의미나 가치 같은 상위 개념은 그들에게 돼지 발의 편자(horseshoe)와 같다. 무의미하고 무가치하다는 뜻이다.

　돈은 주조된 자유다(Money is cast freedom) 라는 말이 있다. 돈은 우리가 원하는 상품과 서비스를 구매할 수 있는 수단과 기회를 제공한다.

　돈은 일정부분 걱정거리를 해결해 주고 자기만족을 줄 수는 있어도 진정한 자유나 행복을 가져다주지는 못한다. 하지만 산업 자본주의에 살고 있는 한, 돈은 반드시 필요하다. 돈이 목표가 되어서는 안되지만, 자기가 하고 싶은 일을 언제든 할 수 있는 경지가 될 때까지 돈은 반드시 벌어야 한다. 그래서 돈은 주조된 자유라고 말한다.

　많은 사람들이 행복의 조건들을 말하지만, 아빠 생각에는 '건강한 몸과 가정의 행복'이 제일이라고 생각한다.

몸만 건강하면 자신이 좋아하는 일은 언제든지 할 수 있고 잘만 하면 돈은 따라오게 되어 있다. 가정의 행복은 가족 간의 깊은 사랑과 신뢰에서 오는 것이니 논한다는 게 새삼스럽지만 현명하고 지혜로운 경제활동이 정말 중요하다.

행복이 뭐, 별거겠니?

나쁜 일이 없는 것, 걱정 근심이 없는 상태, 이게 바로 행복이다.

한 잔만 더 하자는 말에 아들은 맥주를 가지러 자리에서 일어났다. 아들이 일어서자, 의자에서 삐걱거리는 소리가 났다. 쌍둥이 손자들이 '백곰 삼촌'이라고 부를 정도로 몸집이 큰, 아들은 실제로 백 킬로가 넘는 거구다.

맥주 두 캔을 가지고 자리에 앉은 아들에게 나는 물었다.

아들, 여자는 왜 안 만나니?

별 뜻은 없어요. 관심이 없는 것은 아닌데…. 다만, 내 자신이 준비가 되어 있지 않다고 생각해서 거리를 두고 있어요. 그리고 보통 수준의 여자를 만나는 것도 싫고요!

보통 수준의 여자라니?

예, 적어도 어느 정도 기준은 되어야 한다고 생각하거든요!

예를 들면…?

잠시 뜸을 들이다 아들은 말을 꺼낸다.

아이유 정도는 되어야 한다고 생각해요!

아이유가 누군데?

예, 있어요. 요즘 잘나가는 앤데. 그 정도는 되어야 만나죠!

유전자 구조가 나와 최소한 50% 이상은 일치할 확률임에도 불구하고 아들과 나는 공통점을 찾기 힘들다. 나는 털이 하나 없는데 아들은 하얀 피부에 가슴팍과 얼굴에 온통 털로 뒤덮여 있다. 연애관도 나와 완전 딴판이다.

아내가 없는 틈을 타 나는 목소리를 낮춰 아들에게 말했다.

아들. 결혼하기 전. 여자는 가급적 많이 만나야 한다. 고기도 먹어본 놈이 잘 먹는다고 여자 관리를 잘하는 사람이 사업도 잘한다. 사랑이라는 열병을 앓아보지 않고선 그 사람과 인생을 논할 수 없다. 사랑이라는 광풍은 인간의 의지로 통제할 수 없다. 태양보다 뜨겁고, 때론 얼음보다 차갑다. 희망과 좌절. 고통과 번민 그리고 희열과 절망을 한꺼번에 주는 건 사랑뿐이 없다. 여러 번 감염되어야 면역력이 생기는 법이다. 젊어서 진정한 사랑을 경험해 보지 않은 사람은 중년이 되어도 아무런 매력이 없다.

역사(歷史)가 없는 사람은 힘이 없다. 그러니 여자를 만나라.

그리고 사랑하라. 어떤 사랑도 잘못될 수 없다.

나의 목소리는 점점 더 낮아졌다.

아빠 지금까지 몇 명의 여자를 만나 봤어요?

맥주 몇 병으로 아들은 취하지 않는다.

그럼에도 불구하고 아들은 옆구리를 훅 찌르고 들어온다.

응, 많지! 셀 수 없을 만치… 아마 한 두름은 될걸?

아들의 깜빡이는 눈치에 깜짝 놀라 뒤돌아보니 어느새 아내가 서 있었다. 바람같이 나타난 아내는 우리 대화를 나꿔채 갔다. 자신의 방에 있을 줄 알았던 아내의 등장에 깜짝 놀라 나는 학질 걸린 사람처럼 딸꾹질이 나왔다.
우리는 동시에 일어났다.

어~ 어~ 앉아요. 앉아.
우리는 서로 자리를 양보했다.

잘하면 야동 하나 나오겠네요. 여자가 무슨 전리품이나 되는 줄 알아요? 만나기만 하면 인생이 완성이라도 되나요. 당신이 사랑을 알아요? 나는 당신 한 사람 만나 내 전부를 던졌어요. 후회는 없지만 유감이 전혀 없는 건 아니야! 그리고 아들! 사랑은 횟수에 있지 않아! 사랑은 아주 고결하고 순결한 감정 같은 것이야! 엄마는 아들이 가는 방향이 옳다고 생각해요!

선생님에게 대드는 것은 배우기 싫은 것이다.
사장님에게 대드는 것은 돈 벌기 싫은 것이다.
마누라에게 대드는 것은 살기 싫은 것이다.

우리는 서둘러 상을 치웠다.

제
Ⅲ
막
……

그게 어디 있지, 여보?

그때, 그 아이

초판 1쇄 2025년 3월 13일

지은이 김화성
발행인 김재홍
교정/교열 김혜린
마케팅 이연실
디자인 박효은

발행처 도서출판지식공감
등록번호 제2019-000164호
주소 서울특별시 영등포구 경인로82길 3-4 센터플러스 1117호(문래동1가)
전화 02-3141-2700
팩스 02-322-3089
홈페이지 www.bookdaum.com
이메일 jisikwon@naver.com

가격 17,000원
ISBN 979-11-5622-912-4 03810